A E
& I

Alegría

Autores Españoles e Iberoamericanos

Manuel Vilas

Alegría

Finalista Premio Planeta
2019

Planeta

Obra editada en colaboración con Editorial Planeta – España

Diseño de portada: Planeta Arte & Diseño
Fotografía de la portada: © Ibai Acevedo
Fotografía del autor: © Nines Mínguez
Imagen de la página 187: archivo del autor
Diseño de la colección: © Compañía

© 2019, Manuel Vilas
Autor representado por Casanovas & Lynch, S. L.

© 2019, Editorial Planeta S.A. – Barcelona, España

Derechos reservados

© 2019, Editorial Planeta Mexicana, S.A. de C.V.
Bajo el sello editorial PLANETA M.R.
Avenida Presidente Masarik núm. 111, Piso 2
Colonia Polanco V Sección, Miguel Hidalgo
C.P. 11560, Ciudad de México
www.planetadelibros.com.mx

Primera edición impresa en España: noviembre de 2019
ISBN: 978-84-08-21785-5

Primera edición impresa en México: noviembre de 2019
ISBN: 978-607-07-6450-9

Impreso en los talleres de Litográfica Ingramex, S.A. de C.V.
Centeno núm. 162-1, colonia Granjas Esmeralda, Ciudad de México
Impreso en México — *Printed in Mexico*

Llegué por el dolor a la alegría.
Supe por el dolor que el alma existe.
Por el dolor, allá en mi reino triste,
un misterioso sol amanecía.

JOSÉ HIERRO

1

Todo aquello que amamos y perdimos, que amamos muchísimo, que amamos sin saber que un día nos sería hurtado, todo aquello que, tras su pérdida, no pudo destruirnos, y bien que insistió con fuerzas sobrenaturales y buscó nuestra ruina con crueldad y empeño, acaba, tarde o temprano, convertido en alegría.

El alma humana no tendría que haber descendido a la tierra.

Tendría que haberse quedado en las alturas, en los abismos celestiales, en las estrellas, en el espacio profundo. Tendría que haber permanecido alejada del tiempo; el alma humana hubiera estado mejor sin ser humana, porque el alma envejece bajo el sol, se derrite, se hunde y combustiona en millones de preguntas que se esparcen sobre el pasado, el presente y el futuro, que forman un solo tiempo, y ese es el tiempo personal de cada uno de nosotros, un tiempo en donde el amor es un deseo permanente, que no se cumple, que nos avisa de la hermosura de la vida y luego se marcha.

Se marcha.

Nos deja en un silencio poderoso, amargo y sutil.

Millones de preguntas que fueron seres humanos antes de convertirse en preguntas. Millones de cuerpos, millones de padres, madres, hijos e hijas.

Y nos quedamos solos y ateridos.

El alma humana somos nosotros, todos nosotros, buscando amor, todos buscando ser amados cada día, cada día esperando la llegada de la alegría, qué habríamos de esperar si no.

Cuánto desearíamos todos nosotros que hubiera un orden y un sentido en la vida, pero solo hay tiempo y fugitivos adioses, y en esos adioses vive el inmenso amor que ahora estoy sintiendo.

Este es mi caos, este mi desorden.

Aquí estoy yo, desamparado y a la vez sintiendo la fuerza de la alegría, pero también con la rabia indefinida de la vida dentro de mí.

Como todos los seres humanos.

Porque todos somos lo mismo.

Y en esta alegría hambrienta se halla toda la conciencia de la vida que fuimos capaces de acumular.

A primeros del año de 2018 publiqué una novela, una novela que era el relato de la historia de mi vida, ese libro se convirtió en un abismo.

Dentro de ese libro habitaba la historia de mi familia.

Bach y Wagner, mi padre y mi madre.

Metí a mi familia en un libro que tenía música y es la cosa más hermosa que he hecho en la vida.

¿Estás loco?, me dijeron muchos.

No, es solo amor, contesté. Solo amor, y necesidad, e ilusión. Cuando hablas de tu familia, esa familia regresa a la vida. Si escribía sobre mi padre y mi madre y lo que fuimos, volvía el ayer, y era poderoso y bueno. Eso era todo, eso fue lo que hice.

Me encuentro en este instante en un hotel de Barcelona.

Nunca pensé que volvería a escribir con un bolígrafo y un cuaderno, como estoy haciendo ahora mismo. Tengo el ordenador delante pero ya no me sirve.

Me he cambiado tres veces de habitación en este hotel. La primera no me gustó porque hacía calor y las vistas eran horribles. Cuando me dieron la segunda, pensé que allí podría descansar: ese alivio, esa necesidad de encontrar la calma, de no seguir envuelto en una maraña de nervios, de idas y venidas.

Pero llevaba un rato tumbado en la cama cuando me di cuenta de que no había acertado. La habitación daba a la avenida de la Diagonal, una de las grandes arterias del tráfico de Barcelona, y el ruido que ascendía desde la calle era excesivo. De excesivo se tornó en infernal. Era el ruido que producen los desconocidos, cientos de hombres y mujeres que deambulan por la ciudad, con sus coches, o sus motos, o sus conversaciones. El ruido se estaba convirtiendo en un enemigo. Comencé a ponerme nervioso. Estúpido de mí, había deshecho el equipaje, animado por esa primera impresión positiva. Veía mi maleta allí, abierta encima de la mesa. Calculé cuánto tardaría en volver a meterlo todo dentro.

Veo mis cosas como si fuesen las de un espíritu sin cuerpo. Mis jerséis negros, mi ordenador, mi agenda, mi neceser. Parecen cosas que usaba mi padre, parecen pertenencias de mi padre, y no mías.

Era 1 de julio en Barcelona. Sentí la humedad que impregnaba la ciudad entera. No podría acostumbrarme a esa humedad, que me hacía sudar de una manera humillante. Mi vida y el calor se hermanaron en algún punto de mi pasado. Cuando esté muerto y ya no tenga calor, alcanzaré la nada. La nada es no sentir ya el calor español, el calor que hace siempre en todas las ciudades españolas: calor húmedo o calor seco, pero calor.

El calor y la vida han sido lo mismo para mí.

Tengo cincuenta y cinco años y dentro de unos días cumpliré cincuenta y seis. No me creo esa edad. Si me la creyera, si la aceptara en toda su acerada verdad, tendría que pensar en la muerte. No se puede vivir si la muerte ocupa tu pensamiento, aun cuando nada como ella emana de nosotros con tanta fuerza. Está allí, en tu corazón. Nadie ha querido amar su propia muerte, nadie quiere hablar con ella, pero yo sí quiero, porque me pertenece.

Me miré en el espejo. El envejecimiento de los hombres siempre se camufla, se esconde. La sociedad se muestra condescendiente con el envejecimiento de los hombres, en cambio es implacable con el de las mujeres.

Llamé a recepción y pedí que me cambiaran otra vez de cuarto. Alguien vino a ayudarme. Pensé que ahí abajo sería la comidilla.

«Ahora te toca a ti aguantar al chiflado.»

«No, que a mí me tocó otro loco la semana pasada; y mucho peor que este, porque estaba casado y lo apoyaba su mujer. Este al menos está solo.»

Imaginé este diálogo, pero en modo alguno sentí incomodidad, sino casi reverencia porque los recepcionistas me dedicaran sus pensamientos y sus censuras. Todo es vida y todo sirve a la vida. En todo hay un homenaje a la vida.

A mí me ha sido dado contemplar ese homenaje en todo cuanto ocupa un puesto bajo el sol.

Al día siguiente pedí otro cambio. Y fui testigo de que la vida premia a los testarudos, a los que no descansan hasta hallar lo óptimo. La perseverancia puede volverte loco.

Tal vez hartos de mí, me dieron una habitación espectacular en la planta 15, la más alta y probablemente la mejor del hotel. Era la habitación perfecta: grande, luminosa, la más elevada del edificio. Se podía ver el mar a lo lejos. Y también había una ventana en la ducha, desde donde se contemplaba Barcelona desde otro ángulo.

Me sentí dueño de la ciudad.

La ciudad estaba a mis pies.

Puse el aire acondicionado y todo fue perfecto.

Me acordé entonces de la primera vez que vine a Barcelona. Fue en 1980. Mi novia de entonces tenía familia aquí y dormimos en su casa; una tía suya nos enseñó la ciudad. Aquel noviazgo no prosperó. Y lo evoco ahora, treinta y ocho años después. Un amor desvanecido y del que solo queda este recuerdo levantado por un hombre memorioso. ¿Qué nos hace el tiempo? Pero aquel que fui, aquel que vino a Barcelona hace treinta y ocho años con su novia, está enterrado en mi cuerpo, en mi carne.

Mi habitación de la planta 15 de este hotel parece un lugar sagrado, soy yo el que la está convirtiendo en espíritu.

Poco a poco va cayendo la tarde.

Miro de vez en cuando por la ventana: allí está Barcelona, llena de colores azules, en esta tarde de verano, con sus cientos de calles y con sus muertos hablándoles a los vivos, en esa conversación permanente que mantiene la gente de más de cincuenta años con sus difuntos seres queridos.

Dentro de un rato tengo una cena con un club de lectura en donde han leído mi novela, un libro en el que hablo de vosotros dos: de ti, mamá, de ti, papá, porque vosotros dos, y vuestros dos fantasmas, es todo cuanto tengo, y tengo un reino, tal vez un reino indescifrable, un reino de belleza.

Os habéis convertido en belleza, y yo he asistido a ese prodigio. Y no puedo estarle más agradecido a la vida, porque ahora sois belleza y alegría.

2

Me da mucha felicidad (también temor) ir a los encuentros con lectores. Suelo pensar que cuando vean mi aspecto se sentirán decepcionados. Y yo sentiría tanto decepcionarlos. Es tan triste decepcionar a otro ser humano. Tal vez por eso muchos escritores eligen desaparecer. No solo los escritores, cualquier ser humano puede elegir desaparecer antes que decepcionar.

Entro en la librería y mucha gente viene a saludarme. Pero hay una persona especial. No la reconozco al principio. Me mira como si nos conociéramos, pero no sé quién es. Tal vez barrunto una posibilidad.

Siempre les temo a esas posibilidades, a esas carambolas calientes de la vida.

Y solo con dos palabras caigo en la cuenta.

Llevaba treinta y cinco años sin verla. Su belleza se ha marchado para siempre. La reaparición del pasado siempre es devastadora y rompe en mil pedazos tu sistema nervioso. Y sin embargo, mi memoria ha mantenido su recuerdo sin corrupción, sin deterioro.

Siento una indecible ternura.

Intento extraer de su rostro actual aquel que está en mi pensamiento. Y creo que ella se da cuenta. Le confieso que siempre la admiré muchísimo. Es lo que se me ha ocurrido decirle: que la admiraba. Imagino que era el mejor verbo posible.

Ella me dice que mi novela le ha hecho llorar y que se acuerda de mis padres, que los ha visto perfectamente reflejados en el libro.

«Son tus padres, cómo me acuerdo de ellos dos», me ha dicho.

Yo me acordaba perfectamente de los suyos, porque sus padres y los míos fueron amigos y recuerdo esa amistad, recuerdo sus risas, recuerdo sus cenas en pequeñas tabernas, los chistes, las ilusiones, la alegría.

Y de todo eso quedamos ella y yo.

Me dice que me tengo que sentir feliz de haber logrado retratar tan bien a mis padres en el libro. No me atrevo a preguntarle por su familia barcelonesa. Ella se adelanta y me dice que la tía que nos acogió en su casa ya murió, pero me dice «igual tú no te acuerdas, fue hace mucho y has tenido que conocer a mucha gente, ya no sé ni cómo te has acordado de mí».

Regreso a mi hotel pensando en ella.

Ni siquiera le he preguntado si se había casado o si tenía hijos. Creo que tenía miedo de hacer esa pregunta. Cómo no tenerle miedo a esa pregunta. Me he metido en otras conversaciones y, a la salida de la cena, la he visto de lejos y no me he querido despedir. Como si la devolviera íntegra al pozo de oscuridad del que ha salido.

No parecía ella.

¿Quién era entonces?

Entro en mi habitación de la planta 15 de mi hotel. He dejado el aire puesto y la estancia está bastante fría, pero es una sensación muy agradable.

No me la quito de la cabeza. Podría haberle dicho un adiós definitivo, pues casi con seguridad no volveremos a vernos. Subíamos a esquiar juntos, en 1978 y 1979. Ella llevaba un equipo de esquiar muy moderno. No me he atrevido a decirle que recuerdo, cuarenta años después, la marca de sus esquíes y de sus fijaciones y de sus botas. Eran unos Rossignol ST 650, las fijaciones eran unas Look Nevada y las botas eran unas Nordica. No me he atrevido a confesarle toda esta profusión de recuerdos y de marcas, que tal vez escondan el recuerdo más grave y profundo, y no es otro que este: que la primera vez que vi Barcelona fue de su mano y de la de su tía de aquí, que ya ha muerto. No le he preguntado por el año en que murió.

No nos permitió dormir juntos: ella durmió con su tía y yo dormí solo en otro cuarto.

Y ahora, treinta y ocho años después, creo que hubo una

enorme sabiduría en esa decisión. Gracias a ella, puedo tratar de dormir tranquilo, en esta noche.

Y con el rostro de Paloma de cuando era joven —así se llamaba y así se llama aún—, intento cerrar los ojos, intento dormirme.

Era morena, tenía unos ojos negros llenos de inocencia, una melena oscura y lisa, y todo el mundo la quería, porque era simpática, dulce y bondadosa.

No tendríamos que habernos dejado. Tendríamos que habernos casado y envejecido juntos.

No tendría que haberla conocido.

No tendría que haber nacido, si iba a sufrir tanto.

Me levanto en plena noche, no consigo dormir, son las tres de la madrugada, enciendo todas las luces y miro el espacio y miro mis cosas esparcidas por la habitación. Mañana regreso a Madrid, y estas paredes acogerán a otro huésped, y así hasta la caída del edificio, hasta el momento en que sea reutilizado, reformado o demolido y se lleve para siempre, en un remolino, toda la oración que estoy diciendo ahora mismo.

3

Vivaldi, mi hijo pequeño, está trabajando en una empresa de mensajería y recorre la ciudad con su bicicleta. Yo lo llamo Valdi, para abreviar y en homenaje al célebre compositor de *Las cuatro estaciones*, que también era pelirrojo.

Compré el disco de *Las cuatro estaciones* de Antonio Vivaldi allá por 1977. Lo compré en una oferta, me costó ciento veinticinco pesetas. Yo solo era un adolescente de catorce años entonces, pero aquel disco me deslumbró: intuí en esa música la volubilidad del tiempo, la transformación, el movimiento, el cambio, y me dolió esa intuición, porque yo anhelaba que nada cambiase.

Valdi y yo vivimos en distintas ciudades. Yo vivo en Madrid y él desde hace poco en Barcelona. Desde que sé que trabaja para esa empresa, que se llama Glovo, veo a chicos y chicas de su edad por un montón de calles de Madrid. Antes no me fijaba, pero ahora sí me fijo. Los veo desde que mi hijo se dedica a eso.

Cuando veo a un chico con su bici y con la caja amarilla de Glovo, me da un vuelco el corazón y pienso en Valdi.

Me es imposible no amar también a todos esos chavales que no son mis hijos pero que hacen el mismo trabajo que él. Pienso en sus padres y en sus madres. Como no puedo acercarme a ellos a decirles que los quiero, les hago una foto con el teléfono móvil y se la mando por guasap a Valdi. Sé que le hacen gracia. Me comenta detalles técnicos de las bicicletas de esos colegas suyos de Madrid.

También es verdad que entonces Valdi me contesta. Si le hablo de otras cosas, no me contesta. Le interesa su trabajo, y eso me alegra.

Pienso que tendría que estar allí con él, ayudándole a pedalear, ayudándole con los repartos. Valdi no ha querido estudiar, no le gusta. Me cuenta lo que gana en esa empresa de mensajería. Me dice que se puede llegar a ganar mucho. Yo sé que eso es imposible, pero me encanta verle con esos sueños. Pienso que es mejor que tenga esas ambiciones, que me recuerdan a las mías cuando tenía su edad.

Aun así me da pena que tenga ese trabajo, me gustaría que tuviera otro. Lo veo tan perdido. Y, sin embargo, esa perdición me parece tan hermosa, tan grande, tan conmovedora.

Cuánto adoro yo a Valdi y qué poco lo veo. Pero cuando hablamos por teléfono soy feliz. Me cuenta cincuenta mil cosas, y todas un tanto locas.

Se ha tenido que dar de alta de autónomos. Está, entonces, en la misma situación que yo, que también soy autónomo. Me ilusiona esta coincidencia, porque tal vez signifique algo.

Seguro que sí, que significa algo, necesito tanto que haya sentido en las cosas que hacemos.

Bach, mi padre, también fue autónomo. Así que los tres formamos parte de una cadena laboral, incluso musical, porque ser autónomo es como estar a la intemperie salarial, es como vivir de la música.

Si yo me muriera ahora, Valdi me recordaría siempre joven, porque todavía no soy un viejo. Si me muriera ahora, él tendría que llorarme, y yo no quiero eso. No quiero que nadie me llore nunca. Pero cómo me gustaría que me recordara en la plenitud, que me recordara lleno de belleza, lleno de luz.

La vida es tan grande como cruel y dura.

La vida es la imposibilidad de conocer la vida. Ya no conozco bien a mi hijo, ni él a mí. Rodamos por el mundo cada uno a su aire. Y ese desconocimiento crecerá a la par que el desgaste de nuestras vidas.

Solo la contemplación de la hermosura de nuestro desconocimiento presente y de nuestro desconocimiento futuro nos salva de la tragedia de desconocernos.

La vida de un padre y la vida de un hijo están llenas de desconocimiento que solo el amor puede convertir en la odisea más hermosa.

Pero nadie sabe qué es el amor ni cuáles son sus límites.

Nunca sabremos qué es vivir, porque a lo mejor solo es respirar y mirar el cielo. Y eso no nos basta, nunca nos bastó.

Tu pobre padre se arrastra por este mundo invocando un minuto de tu vida, Valdi.

La condición de padre es la del mendigo del amor.

4
—

Un buen día comprendes que nunca has estado con nadie plenamente, ni siquiera contigo mismo. Y ese día es un gran día. La vida de un ser humano que envejece consiste en aceptar que nunca ha estado con nadie ni nunca estará con nadie, nunca podrá darle su alma a otro y que el otro entienda lo que se le da, lo proteja, lo cuide y lo preserve. Para amar a alguien tienes que renunciar a ti mismo. Pocos seres renuncian a sí mismos. Todo ser humano, cuando entra en la vejez profunda, acepta la soledad, en eso pienso mientras voy en el AVE camino de Madrid.

Hemos construido la ilusión del acompañamiento. Lo hicimos con la invención de la familia, con la invención del amor, de la amistad, de los vínculos incondicionales, y la ilusión funciona bien hasta que la edad decanta una sensación nueva: la sensación de que morirás solo, porque todos morimos solos. Solos están los mares, las montañas, las estrellas y los árboles, así es mi sentido de la soledad: una exaltación maravillosa del misterio de estar aquí, en la vida y en la tierra.

Me gustaría verme muerto para tocar desde la vida mi propia muerte. La idea de la resurrección, tan descabellada y tan atacada y tan humillada y tan vilipendiada y tan despreciada, se presenta ante mis ojos con una fuerza amarilla, que me llama. La resurrección, en la que creyó el novelista más grande de la edad moderna —es decir, Tolstói, el ruso León Tolstói—, es adicción a la vida. Cómo no ser adicto a la vida, a la contemplación del amor, a la contemplación de la comida, a la contemplación del invierno, del verano, de la primavera, del otoño. Cómo no ser adicto al viento y a la carne del viento.

Nos hemos olvidado de los misterios ancestrales.

No puedo dar un paso en esta vida sin que el fantasma de mis padres muertos no esté conmigo.

Tras la publicación de mi novela me dije que no volvería a invocarlos, que los dejaría para siempre en su muerte, pero la gente, con la mejor y más delicada intención del mundo, me asedió a preguntas sobre ellos. Y yo quería devolverlos al lugar en donde estaban. Pero qué lugar era ese.

Esta mujer que va a mi lado en el AVE también tendrá padre y madre, y dada su edad —aparenta sesenta y tantos— es probable que estén muertos. Está comiendo a mi lado, lleva un pequeño bocadillo, y come con delicadeza. Miro de soslayo sus uñas rojas sobre el pan de molde; y los auriculares conectados a su móvil.

Desde el AVE se ven casas en las afueras de las ciudades, casas de pisos poco envidiables. Allí vive gente, y yo imagino sus vidas. Puede que yo mismo acabe mis días en uno de esos pisos de extrarradio, pisos baratos que dan a las vías del tren.

Siempre me imagino un final así: abandonado de todos y de todo, entregado al anonimato más hermético, sumergido en un piso de cuarenta metros cuadrados en donde hace cuarenta grados en el verano, consumido por el polvo y la suciedad, metido en una cama sucia. Y enfermo, y agonizante, y sin embargo tranquilo. Así me veo en el futuro.

Creo que con ese tipo de pensamiento intento desafiar al destino, intento no tenerle miedo a nada. Porque aun cuando en esos pisos que veo desde el AVE no encuentren los ojos nada apetecible o codiciable, seguro que hay seres humanos dentro, seres humanos que respiran y se enamoran. Y hay que recordar siempre que la vida ocurre bajo el sol, mientras hay luz, y bajo la luna, cuando oscurece. Nadie puede robarte eso: el día y la noche.

Vuelvo a mirar a la mujer que va conmigo en el AVE. Se ha quedado dormida con una miga de pan en la boca, que afea su gesto. Con un tiento imposible, le quito con la mano la miga de la boca.

Ahora ya está perfecta.

5

Recuerdo que en verano íbamos a bañarnos en el Cinca, un río con agua de montaña, a ocho kilómetros de Barbastro. Una vez tuve una alucinación en ese río. Esto debió de ocurrir en 1974 o 1975. Estaba nadando, buceando y tocando las piedras del fondo. Y decidí inspeccionar por mi cuenta lugares del río en donde nunca había estado. Llevaba unas chanclas de agua y me puse a caminar, alejándome de donde estaban mis padres y sus amigos, otro matrimonio, con un niño pequeño.

Las chanclas me asombraban, porque para mi mente de niño significaban algo prodigioso, especialmente la primera vez que usé unas: permitían andar por el agua, eran zapatos inmunes al agua. Puede que haya llegado el tiempo de hacer recuento minucioso de todos los prodigios que he contemplado en la vida, por vulgares o absurdos o necios que puedan parecer. Pero me enamoré de esas zapatillas. Cuando me las regalaron sentí una tremenda alegría, y quisiera volver a sentirla.

Veía el sol chocando contra las aguas del río Cinca, como una explosión que yo nunca había contemplado. Metía los pies en esos charcos y miraba mis chanclas bajo el agua, y seguía andando. Hasta que alcancé un sitio alargado y remoto, como una piscina donde el río se remansaba, porque había una especie de muro de contención, algo parecido a una presa. Y comencé a adentrarme en ese espacio de agua serena, sin corriente, pero cada vez cubría más. Y comencé a nadar allí. Lo que me causó una sensación imborrable fue la belleza de las aguas retenidas.

Había allí una profundidad tranquila.

Hoy es 19 de julio de 2018 y cumplo cincuenta y seis años. No celebro mi cumpleaños. Me incomoda este día, porque ya no lo entiendo si no es como culminación de un derribo, de un olvido, de una derrota de guerra. Vi a mi padre esconder su fecha de nacimiento y vi hacerlo también a mi madre.

Parecían intemporales.

Y yo he acabado haciendo lo mismo. No es que la escondieran, más bien ya ni la recordaban. Jamás se celebró en mi familia ni el cumpleaños de mi padre ni el de mi madre.

No solo no se celebró, sino que ni siquiera se concebía la existencia de tal día. ¿Por qué lo hicieron? ¿Les salió del alma? ¿O se apartaron de toda celebración para invocar solo una?

Así fue, pues solo existía un cumpleaños: el mío. La historia de un hombre consiste en ir celebrando su cumpleaños hasta que llega un momento en que ese día se oscurece y se marcha al infierno.

No me gusta mi cumpleaños porque mi padre y mi madre están muertos. Fueron ellos quienes inventaron esa fecha, y sin ellos esa fecha es polvo, viento, nada.

Fueron ellos quienes convirtieron el día de mi cumpleaños en el día más importante del universo.

Y si ellos ya no están, el día de mi cumpleaños se ha vuelto una fecha oscura, devastada, lóbrega, una ruina, una casa en derribo.

Me viene ese recuerdo del río porque ocurrió en mi cumpleaños, cuando mi cumpleaños era un día grande y hermoso, porque lo engrandecía mi padre. Él sabía cómo hacerlo. Ido él de este mundo, mi cumpleaños es un espectáculo decrépito y malsano. Humedad agria, desencanto indecible, pena y silencio, eso es la fecha de mi cumpleaños hoy porque ni él ni ella están ya, solo por eso.

Sin embargo, salgo a comer con Mo, mi actual mujer, y unos amigos, y de repente, a los postres, observo perplejo que Mo ha comprado una vela y la ha colocado encima de un trozo de tarta, y la vela está encendida, y me felicitan el cumpleaños. Agradezco que se hayan acordado de mí, y me acuerdo de mi padre. Tengo la sensación de que ha sido él quien ha provocado esta sorpresa. Lo ha hecho él, para que no me regodee en mi melancolía, en mi nostalgia de él. Lo ha hecho con intención. Ha querido decirme algo desde el espacio espectral en el que pervive. Me ha dicho esto: hay gente que te quiere.

Yo anhelaba que no me quisiera nadie, porque es imposible que regrese el amor de mi padre, porque es imposible volver a ser el que fui, y la vida, a través de la tarta que ha comprado Mo, me ha regalado una pequeña celebración.

En el día de mi cumpleaños siempre me encanta mandarle un guasap muy especial a Valdi. Es una especie de broma privada entre él y yo. Le escribo lo siguiente: «Acuérdate de llamar a tu padre para felicitarle el cumpleaños». Casi es una broma metafísica. Como si yo no fuese su padre. Como si yo fuese un amigo que le da un consejo. Y por tanto, su padre fuese un ser que no soy yo. También lo hago en fechas señaladas, como la Navidad o cosas así. Me gusta mucho hacerle esa broma. Casi me la hago a mí mismo. Creo que al hacerla descanso de la paternidad. Todo padre necesita descansar de la paternidad, probablemente para volver a ser solo hijo. Me gusta pensar que el padre de mi hijo no soy yo, sino un ser desconocido. Alguien que lleva una vida al margen de la normalidad. Alguien misterioso, alguien que está constantemente de viaje. Alguien sin domicilio, pero que aun con todo merece una llamada de felicitación de cumpleaños. Alguien cuyo rostro apenas sabría recordar. Alguien que me es indiferente, pero merece ser felicitado, no por él, sino por quien tiene obligación de felicitarle.

Como si yo le dijera a Valdi «tienes la obligación de felicitar a tu padre, aunque no lo ames, o aunque le temas, o aunque lo hayas olvidado, o aunque estés contemplando su lenta desaparición, o aunque esperaras más de él, o aunque te decepcionara, o aunque finalmente resultó ser una figura irrelevante, o aunque te hiciera daño, o aunque no supiera estar a la altura».

Veo otra vez a ese nadador de hace cuarenta años, allí, delante de ese remanso, y lo veo nadar, adentrarse en esas aguas. Y soy yo, porque consigo llegar a ese tiempo de mi pasado, a ese 19 de julio, en ese perdido día, y nado en ese lugar, y percibo que el lugar es peligroso, porque el Cinca tiene sus misterios y de vez en cuando se lleva con él a seres humanos.

Pero no quiere que me vaya con él. Me deja disfrutar de sus fauces, de sus sombrías corrientes, de sus piedras bajo el agua, de su respiración de bestia.

Siempre he adorado los ríos.

Mo está durmiendo en este instante. Se ha quedado dormida porque ya es la madrugada del 20 de julio, ella ha derrotado a la melancolía del calendario. Ha puesto una vela de cumpleaños allí donde yo quería colocar un monumento a la soledad.

Mo es la abreviatura de Mozart, no lo he dicho todavía. Y Mo es mi segunda mujer.

E incluso Bra, mi hijo el mayor, mi amado Johannes Brahms, me ha llamado por teléfono para felicitarme el día.

6

La historia de amor con Mo ocurre en Estados Unidos. Yo creo que fuimos felices allí, y lo fuimos de una manera bastante sencilla. Lo que más hacíamos era ir de hotel en hotel. A los dos nos gustan los hoteles. Por otra parte, los dos salíamos de un divorcio.

Yo tenía cincuenta y un años cuando la conocí. Y cincuenta y dos cuando decidimos vivir juntos. Yo llevaba una contabilidad privada. Hacía mis cálculos. Ella tiene diez años menos que yo, eso me situaba en un espacio temporal muy diferente al de mi primer matrimonio. Coincidimos en muchas cosas: por ejemplo, los dos vivimos en el desorden. Amontonamos ropa y libros y papeles. Sin embargo, ella encuentra siempre el papel que busca. Yo no lo encuentro nunca.

Cómo es posible eso, me pregunto.

Cuando nos conocimos nos hicimos mil confesiones; entre otras, todos los novios y novias que habíamos tenido. En ese momento eso tenía su fuerza, su erotismo, su morbo. Ahora, unos años más tarde, esas verdades confesadas en el pasado a veces nos estorban. Nos incomodan. Y tiene su gracia que aquello que al principio fue un juego erótico relacionado con el deslumbramiento y con el cortejo luego se convierta en un cuchillo.

Veo todo esto como un prodigio de la naturaleza humana.

Lo veo como alegría.

Cuando quiero incomodarla, le recuerdo algún novio suyo, y ella hace lo mismo con alguna novia mía. De modo que los dos salimos escaldados.

En los supermercados, Mo es muy original e impulsiva. Suele comprar un montón de cosas. Las pone en el carro. Y yo las quito cuando no mira. Cuando llegamos ante la cajera, no se da cuenta de que no están.

A veces dice que creía que habíamos puesto más cosas en el carro. Yo le digo que las que llevamos están muy bien elegidas. Y sonríe. Porque Mo tiene vanidad. Solo que la vanidad de Mo es como la vanidad de una niña.

Mo siempre da propina en todas partes, y les da dinero a los pobres. Ella está convencida de que existe el pensamiento mágico y de que hay un orden secreto por el que al final la justicia y el bien acaban ganando la partida.

Por las mañanas ella se levanta antes que yo. Porque yo siempre duermo mal. Y cuando se levanta siempre me deja un zumo de naranja recién exprimida en la nevera. Ese zumo de naranja que me deja en la nevera me parece enormemente misterioso. Muchas veces me lo quedo mirando como si viese una manifestación de la divinidad. No lo entiendo.

Pase lo que pase, haya prisa o tenga urgencia por salir de casa, me deja el zumo de naranja. Al abrir la nevera y toparme con el zumo, también me doy de bruces con un pensamiento aterrador.

Ese pensamiento es este: yo no soy capaz de hacer lo mismo.

Algunos días me pongo a medir cuánto zumo de naranja recién exprimida me ha dejado. A veces es un vaso enorme. Otras, un vaso normal. Y me pongo a meditar de qué depende la cantidad de zumo que me deja en la nevera.

Ese zumo es un acto de amor que me exalta y me recuerda mi incapacidad para hacer lo mismo.

Acto seguido empiezo a pensar en cosas que yo sí sé hacer por ella. Por ejemplo, la suelo llevar en coche a muchos sitios, porque eso se me da bien. Conforme va desapareciendo la culpa, me voy bebiendo el zumo de naranja.

Mientras me acabo el zumo, pienso en si querrá que la lleve a algún sitio con el coche. Pienso que cuando la llevo con el coche a lo mejor tengo la suerte de que ella piense lo mismo que yo pienso cuando todas las mañanas abro la nevera y me encuentro allí el vaso con el zumo de naranja.

No coloca el zumo en cualquier sitio de la nevera.

Lo coloca en el mismísimo centro.

Lo que no creo que averigüe nunca es por qué unas veces hay más zumo y otras menos.

Ella sabe que adoro el zumo de naranja.

Mo lo prepara con un exprimidor eléctrico. Mi madre me lo hacía con un viejo exprimidor manual.

Me quedo mirando el exprimidor eléctrico.

No puedo mirar el exprimidor que usaba mi madre porque se lo tragó el tiempo. Se lo tragó el amor.

Me cuesta tanto llegar al final del laberinto, siempre estás tú al final del laberinto. Siempre tú, coronada de alegría.

7

Hemos viajado a Santander, y nos alojamos en un hotel que se llama Abba, y que hace diez años se llamaba hotel México. Los edificios se refundan. Los seres humanos también. Yo mismo creo ser una refundación.

Mo se ha quedado dormida mientras escribo. La ventana de la habitación está abierta. Acaba de llover, y entra un frescor agradable que acaricia toda la estancia. Es una gran noche de verano junto al Cantábrico, ese mar me recuerda las clases de geografía de la educación general básica. Nos decían que el Cantábrico estaba en el norte. España eran sus mares. Podría haber nacido aquí, pienso. Hoy he paseado por la ciudad y he visto un montón de casas en donde me he imaginado viviendo.

Viviendo solo.

En una soledad que no fuera humana.

En una soledad más allá de la idea que tienen los seres humanos de estar solo.

En una soledad que fuese una forma de plenitud, de gracia, de majestad, de poder, de gobierno, de ira y de serenidad al mismo tiempo.

Creo que tuve esa soledad hace cuarenta años, cuando me adentré en esas aguas escondidas, aquel día lejanísimo de mi cumpleaños, en el río Cinca.

«Dónde has estado —me preguntó luego mi padre—. Nos hemos asustado, te hemos estado llamando, menudo susto.»

Mi madre estaba angustiada.

Me miraron con cara de infinita preocupación.

«Y encima es tu cumpleaños», dijo mi madre.

Había unas tortillas de patata encima de una mesa de *cam-*

ping. «Bueno, ya está aquí», dijo Ramiro, el amigo de mi padre. «Todo arreglado», dijo Pili, la mujer de Ramiro. Eran ellos los que habían traído la mesa de *camping*. Eso fue lo que pensé en ese instante: que la mesa de *camping* era de ellos.

Vi con claridad que mi padre jamás compraría una mesa de *camping* y yo tampoco, porque no éramos de ese tipo de gente, no es que fuéramos mejores, más bien al contrario, pero se nos podría describir por esa característica: personas incapaces de montar una mesa de *camping*.

Yo sonreía, había estado con el río. No he llegado muy lejos en la vida, no soy rico, ni especialmente afortunado, y tengo una tendencia al sufrimiento que mi padre nunca llegó a conocer.

He pensado mucho en eso, en qué zonas de mi personalidad conoció mi padre y en cuáles no. Todo lo que mi padre no llegó a saber de mí, ¿qué es? ¿No supone un desorden inaceptable pensar que mi padre murió sin saber exactamente quién era yo, su hijo? Ese desorden desbarata el sentido de la vida y de las leyes de la física y de la lógica de las matemáticas.

Cuando yo nadaba en ese lugar secreto del río Cinca, mi padre no estaba viéndome. Eso fue lo que le asustó. En ese lejano día de mi cumpleaños, estuve treinta minutos perdido, fuera de su contemplación.

Miré la tortilla de patata.

Ramiro había hecho fuego y se puso a asar las costillas. También supe entonces que mi padre nunca haría un fuego ni asaría unas costillas ni se compraría una parrilla. Qué grande era el vínculo que estaba naciendo y desarrollándose entre mi padre y yo. Qué proporciones gigantescas tenía y tiene ese vínculo. Qué manera más calculada y más terrible de no marcharse de este mundo a través de la constante contaminación de mi pensamiento y de mi voluntad.

Mi padre es como un alien.

Yo le dejo estar, le dejo que me coma por dentro.

El amor es comida.

8

En su día (hace ya cuatro años) acepté la proposición de Mo de pasar largas temporadas en Estados Unidos, en la ciudad de Iowa, en el Medio Oeste. Todos tenemos un alma que coincide con un célebre compositor de la historia, y acerté plenamente cuando la llamé Mozart, porque él fue alegría, pero también abismo. La música de Mozart fue inocencia, y a la vez jauría de cuchillos amorosos. Fue libertad, y a la vez inconsciencia. Fue exaltación, y a la vez locura.

He vivido con Mo en Estados Unidos, con muchos viajes a Madrid, porque me di cuenta de que no podía vivir sin España. Yo pensaba que sí, que me sería concedido el don de olvidarme de España, pero no fue así. Casi surgió un acontecimiento maravilloso: acabé identificando a mi padre y a mi madre con España, con la mejor versión de España, quiero decir.

Pero como mis padres habían muerto, podía vivir fuera de mi país. Y me fui con ella. Al principio me enamoré de Estados Unidos, porque todo me resultaba excitante, frenético, y me distraía de mí mismo. El país era un espectáculo de la voluntad de vivir, y eso me ilusionaba.

Pasado ese primer enamoramiento, me sentí extraño, como un peregrino sin fe, un errabundo. Aun así, esa extrañeza me ayudó a recordar mi pasado de otra forma, con una sensación de extranjería que me conducía a los acantilados de una angustia nueva, en donde veía cosas casi sobrenaturales. Era una angustia llena de conocimiento. Era dolor, pero un dolor que enseñaba zonas de la vida en donde era bueno estar.

Los últimos años de mi vida son inmensamente raros, porque el pasado se ha revelado ante mí con una fuerza extrema. El pasado se ha convertido en una especie de dios inaccesible.

No puedo acceder a mi pasado, eso es lo que me ocurre. Entonces, el pasado aparece ante mis ojos como un buque fantasma, que leva anclas, que me dice adiós, pero nunca acaba de irse del todo. Es así como acabo contemplando millones de tiempos pretéritos de otros seres humanos que se evaporaron.

Estar yo vivo abre una esperanza a la perduración de mi pasado. Mi pasado conspira y me mantiene vivo, porque soy su huésped, como en esas películas de posesiones diabólicas de Hollywood.

También parece estar allí, yerta y amarilla, tumbada y dormida, una especie de mano divina, la mano de un Ser gigantesco; quiero decir que cuando pienso en la extinción de mi pasado, de mi propia vida y de las vidas de hombres y mujeres que he conocido, lejos de sentir oscuridad y miedo, o de sentir solo oscuridad y miedo, también siento eso: la presencia del amarillo, la presencia de un océano de aguas amarillas, con tiburones y ballenas y delfines amarillos, que están allí, esperándome.

El cerebro humano tiene abismos, y debes abonar esos abismos con tu propia sangre. Como si fueses un agricultor que nutre la tierra más caprichosa del mundo, un campesino al cuidado de cosechas de trigo humano.

Oigo que me interpela. «Ve a esos abismos, son los abismos de la especie, la noche del enamoramiento entre la materia y la vida.»

Puedes contemplar cómo la materia se sintió sola y de su desesperación arrancó la vida.

Siéntate en esos abismos, y contempla lo que merezca ser contemplado, eso es la vida. La Tercera Guerra Mundial no será como la gente piensa. Será de la humanidad entera luchando contra la basura, que se hará inteligente e irá a por nosotros. Somos productores de basura.

Id a las playas y a los mares y a los ríos y vedla crecer.

En los veranos de mi niñez, en Barbastro, mi madre padecía cuando las moscas se colaban en la casa. Las perseguía hasta que conseguía expulsarlas. Cuando había una muy pesada, le daba el sobrenombre de «la asquerosa».

Estamos Mo y yo ahora en San José, un pueblo de playa de la costa de Almería, pasando unas pequeñas vacaciones junto al mar. Hace calor. En la cocina de nuestro apartamento se ha colado «una asquerosa». He intentado expulsarla, y la he llamado como la llamaba mi madre.

«Vete de aquí, asquerosa», le he dicho.

No era mi voz, era la suya, la he vuelto a oír: «Vete de aquí, asquerosa», ha salido su voz de mi cuerpo.

Era ella, estoy seguro.

Me ha dado un vuelco el corazón, al ver regresar a mi madre, y ha sido ella, y no yo, quien ha perseguido a esta asquerosa mosca.

No soportaba las moscas en el verano, y yo tampoco.

Este amor que nos tenemos no se irá jamás.

Me he pasado la tarde persiguiendo moscas.

Nos hemos pasado la tarde persiguiendo moscas ella y yo. Nos reíamos. A todas las llamábamos «las asquerosas».

Mi madre pensaba que las moscas eran el demonio, y yo también. Pienso igual que ella.

Las moscas son el demonio.

Nunca he sido del todo feliz porque siempre he estado tan atemorizado como eufórico. Las confesiones de felicidad absoluta que a veces hacen los seres humanos suelen ser falsas. A mí la falsedad elegante ya no me interesa. Me apetece la verdad, y la belleza. Belleza y verdad como un matrimonio.

No fue una gran enfermedad, nadie sabe muy bien qué fue. Se presentó en mi vida cuando tenía dieciocho años y estudiaba primero de carrera. Tuve que marcharme de Barbastro para estudiar fuera, en Zaragoza. Estudiaba en una residencia, de la que guardo maravillosos recuerdos. Allí fue donde tuve mi primera crisis.

Ocurrió una noche, en la que no podía dormir.

No era solo que no pudiera dormir, ojalá hubiera sido solo eso. Fui presa de un miedo desconocido, que me devoraba por dentro.

El tormento psíquico no tiene contenido.

No se puede narrar. El tormento físico sí que tiene argumento, pero el psíquico no. Es una mordedura de un lobo desconocido en el bienestar de tu pensamiento, de tu alma, de tu conciencia, de tu equilibrio.

Alguien te muerde en el centro del alma, y comprendes el mordisco; quiero decir que sabes de la racionalidad de ese mordisco, porque en ese mordisco ávido de tu sangre va un ensanchamiento de tu percepción del mundo; ves más cosas; ves a los muertos; ves la puerta de un más allá de la vida; ves lo invisible.

Todo ser humano es capaz de ver lo invisible. No es precisa la inteligencia, sino el corazón y la compasión. Y la misericordia. Sobre todo, la misericordia.

Fue en el verano de 1981. No podía dormir y me desvelaba y sufría, y me angustiaba, no podía hablar. Mi madre me llevó al médico de cabecera. Era un hombre que se parecía al presidente del Gobierno de aquella época, es decir, a Adolfo Suárez, aunque en ese momento ya era expresidente. Poco a poco la gente se olvida de quién fue Adolfo Suárez; las nuevas generaciones como mucho lo ven en los libros de historia; tampoco fue un político de fama internacional; pero fue quien posibilitó, a grandes rasgos, la llegada de la democracia a España y dirigió la política española a finales de los años setenta y principios de los ochenta.

En aquellos años, toda España le tenía mucha fe a Adolfo Suárez, se identificaba con él. España entera era Adolfo Suárez. Mi padre era Adolfo Suárez. El médico que me atendía era Adolfo Suárez. La gente que pasaba por la calle era Adolfo Suárez. La vida se llamaba Adolfo Suárez.

Si evoco aquel tiempo, se me lleva por delante un sentimiento de ingenuidad. La ingenuidad se llamaba Adolfo Suárez. Luego, con el paso de los años, todo el mundo acabó odiándole, porque en España es inevitable que te acaben odiando, pues procedemos del odio. Y se le odió de una manera nauseabunda. Aunque existiesen motivos para profesar toda la desafección política imaginable por Adolfo Suárez, el odio que se le tuvo hablaba mal del odiador y no del odiado.

El médico que se parecía a Adolfo Suárez era muy ceremonioso, muy solemne, y eso a mi madre le gustaba; le parecía que eso nos daba categoría, y puede que tuviera razón. Me recetó unas extrañas pastillas, que venían en un tarro oscuro. Es como si las tuviera en la mano ahora mismo.

Cuando intento contar de dónde vengo, siempre hay abismos, acantilados que lo succionan todo. Me quedo sin palabras. Aquellas pastillas eran unos antidepresivos. Tomé un par y las dejé, porque enseguida me sentí mejor. Obviamente, no por las pastillas, sino porque la angustia se me había pasado, o eso creía.

No, no se había pasado, se había convertido en otra cosa. No era un desorden mental, no era una depresión.

Era una pasión, era una forma de la pasión.

Recuerdo que ese mismo verano, algo más tarde —tenía yo los diecinueve recién cumplidos y estaba en mitad de mi abismo—, vi por la calle a mi tío Alberto Vidal, hermano de mi madre, a quien me gusta llamar Monteverdi. Vi su esencia, lo vi en su significado final, y eso fue gracias a mi fuerte inestabilidad nerviosa. Entonces no lo sabía, solo estaba en medio del dolor, pero ese dolor era también conocimiento.

Lo que he visto en la vida me ha trastornado, pero ha valido la pena verlo, porque he vivido más hondamente, y más honradamente.

Aquella misma noche de verano, con las ventanas abiertas, mi madre hizo salchichas y patatas fritas para cenar. Mi madre hacía unas patatas fritas muy especiales, le salían muy bien, a mí me encantaban. Sin embargo, no conseguí comer ni una sola. No me entraba nada en el estómago. Estaba completamente destrozado.

Había venido un ángel a verme, y ya no se iría nunca.

Era el ángel de mi ser, de mi desesperada forma de ver la vida, de ver a los seres humanos, de verme a mí mismo.

Y el tiempo pasaba muy despacio. Para quien sufre trastornos depresivos, el tiempo se para. No me gusta la expresión «trastornos depresivos». Nunca lo fueron en mi caso. Ha tenido que pasar mucho tiempo para darme cuenta de que ningún ser humano cabe en un diagnóstico. Los diagnósticos son una cruel invención de los hombres. Tenía un exceso de conciencia, eso era todo. Veía demasiadas cosas. Y aquella noche, frente a las salchichas, advertí que no me tenía en pie. Tampoco me hicieron mucho caso. Mi padre ni se enteró de lo que me pasaba. Bastante tenía con lo suyo.

Lo suyo y lo mío, que fue lo mismo, que acabó siendo lo nuestro.

El ángel me dijo mira cómo se extiende el vacío sobre todas las cosas, mira a tu tío Monteverdi, mira las salchichas, mira el calor del verano, y mírate a ti mismo, mira los árboles, el cielo, mira tus diecinueve años, mírame a mí y tenme miedo.

Le tuve miedo, sí, durante casi cuarenta años le tuve miedo, y nunca hablé de él, a casi nadie.

No hablé del ángel de la melancolía, que resultó ser el

ángel de la clarividencia. Mi padre y mi madre también fueron clarividentes.

Le pongo nombre a ese ángel: se llama Arnold Schönberg, el nombre del fundador del ruido contemporáneo, el fundador del dodecafonismo.

Mi vida es historia de la música.

11

En las ferias del libro de las ciudades a las que voy, me he encontrado a personas que conocieron a mis padres y a mi familia. Para mí es un fenómeno sobrenatural, que me tiene deslumbrado, conmovido, porque me da la sensación de que todo procede de una voluntad.

No son muchas personas, obviamente.

Es como si hubieran estado escondidas.

En la ciudad de Málaga me encontré a un abogado jubilado que me dijo que estudió en los Escolapios con el hermano de mi padre, a quien en mi novela llamé Rachmaninov, o sea, Rachma.

El abogado me dice su nombre, que olvido inmediatamente. Me explica cosas de su vida actual, que olvido a la velocidad de la luz. No escucho nada de lo que me dice de su presente.

Solo le miro a los ojos e intento ver en ellos el pasado, ese que compartió con Rachma.

Solo me interesa mi familia.

«Era un chico muy despierto, muy fantasioso, muy simpático, éramos muy amigos», me dice el abogado.

Me asaltan dudas, pienso que lo que me está diciendo puede ser un recuerdo mentiroso.

Interrogo, pregunto detalles. Le examino en el conocimiento de mi tío Rachma.

No miente, es verdad.

Aprueba.

Nos miramos.

«He leído detenidamente tu novela, diez veces la he leído, lo menos diez veces, porque también habla de mí», dice.

«Tu tío era una buena persona», dice.

Nos seguimos mirando.

Han pasado más de cincuenta años desde la última vez que vio a Rachma.

«Íbamos a pescar al río, tu tío además se bañaba en el río, pero no sabíamos nadar, había que buscar sitios que no tuvieran mucha agua, ninguno sabíamos nadar», dice.

«¿Qué año era?», pregunto, porque le estoy examinando.

«En el cuarenta y uno o así, a principios de los cuarenta, después de la guerra», contesta, y aprueba.

«¿Sabes que Rachma murió?», le pregunto.

«Sí, lo sé.»

«Vivo en Málaga desde hace muchos años, ya ni me acuerdo, estoy jubilado —vuelve a decir—. Tengo dos nietos, pero los veo poco. Eso me duele mucho. Enviudé hace cuatro años. Vivo solo —dice.»

Cuando me dice que vive solo, su vida se tiñe de un amarillo tan atractivo como peligroso.

«¿Sabes que Rachma al final estaba solo?», le pregunto. Porque yo veo en Rachma una especie de guía, de ejemplo, de leyenda que a veces me invento, porque he convertido a Rachma en mi héroe. Lo vi tan poco en esta vida, y las pocas veces que lo vi lo admiré tanto. Y ahora me doy cuenta de que lo quiero, de que reverencio su memoria, de que siempre lo quise, aunque no lo viera nunca. Me parecía tan distinto a Bach. Hermanos y diferentes, y yo creo que Valdi ha salido a Rachma. Yo creo que Vivaldi es Rachmaninov, en un prodigio de carácter retrospectivo en la historia de la música y de carácter biológico en la historia de mi familia.

«Sí, lo sé. Se divorció, me lo contó alguien», contesta.

«¿Quién te lo contó?»

Y sale el nombre de un tercero, otro desconocido, alguien que era amigo de los dos e hizo de puente, o de mensajero.

«¿Qué fue de él?», pregunto.

«Murió también.»

«Solo quedas tú», le digo.

Sonríe.

Hay otra persona en la fila, esperando a que le firme mi novela. El abogado octogenario, que vive en Málaga, advierte la fila. Pero yo lo retengo. Quiero que me cuente cosas, más cosas. Y él lo lee en mi pensamiento.

Quiero irme a vivir con él, quiero charlar y charlar con él, que me cuente todo.

«No hay nada más que contar. Además, ya tengo el libro firmado», dice.

Y se marcha. Se marcha a su piso, en la ciudad de Málaga.

¿Qué hará en ese piso?

No mucho, pienso.

Lo veo debajo de un ventilador de techo, tomando café y desayunando una tostada, un yogur, una pera, y esperando su hora.

Pero te agradezco infinitamente que hayas venido a verme. Me has hecho feliz, porque tu fe y tu memoria y tu soledad son bellas.

Ojalá que tus nietos vayan más a verte, ojalá, y lo digo por ellos, no por ti, que ya lo sabes todo.

12
—

Me estoy preparando bien para la muerte, pienso. Me resulta incomprensible pensar el mundo sin mí, y a la vez me hechiza pensar el mundo sin mí, me seduce y me embellece y me encumbra y me exalta y me ennoblece. Hace que me dé cuenta de que no sé quién soy ni por qué vine a la vida ni para qué. Incluso dudo de que viniera.

Tal vez por eso contraté en una entidad bancaria una tarjeta de crédito, que cuesta ochenta euros al año, pero a cambio me da seiscientos puntos que puedo canjear por billetes de tren. Esa idea del canje me pone de buen humor, porque con esos puntos puedo pagarles billetes de tren a mis hijos para que vengan a verme a Madrid. Me gusta sacar billetes de tren para ellos.

Les compro billetes de AVE para que vengan a verme a Madrid. Voy a buscarlos a Atocha. Es una liturgia, es mi dorada forma de ir a misa, de ir a una iglesia. La estación Atocha Renfe es una catedral para mí, es como San Pedro de Roma. Me apoyo en las barandillas que hay al final de las llegadas y que hacen de frontera entre quienes llegan y quienes esperan. Es un espectáculo ver llegar a la gente, ver cómo se abrazan y se besan. Mientras espero a mis hijos, miro a los demás.

Me dedico a ver la intensidad con que se saluda la gente. Imagino los vínculos por la clase de abrazos, por los besos, por las sonrisas.

La parte de llegadas de la estación de Atocha me conmueve. Se ve el mundo allí. Espero a Bra, que se retrasa tal vez tres minutos y en esos tres minutos caben tres millones de emociones. Se demora, pero tengo la certeza de que llega porque acabo de recibir un guasap en donde me dice que ya ha salido del vagón. Y aun así no llega.

Es un momento de oro esa espera, de gran ilusión.

Me paso la vida consultando por internet el saldo de mis cuentas, por temor a que llegue un día en que no pueda pagar esos billetes de AVE. Miro las webs de los dos bancos en que tengo mi dinero, cada vez más sofisticadas. Me sé muy bien las claves de entrada, porque esas claves secretas son los nombres de mis hijos: Antonio Vivaldi, una; Johannes Brahms, la otra. Dudo que tengan ningún cliente con claves familiares de tanta alcurnia. Allí está toda mi identidad, en esas dos webs. Si esas dos webs me expulsaran, el mundo también me expulsaría.

Me aterra quedarme sin dinero en el umbral de los últimos años de mi vida.

Necesitaré una casa, unos cuidados, para marcharme de este mundo de una manera digna.

Es por respeto a los demás, no es por mí. Es porque nunca nadie tenga que pasar vergüenza por mi culpa.

La mala muerte es una construcción de nuestra cultura. «Murió como un perro», dicen. Como si los perros supieran distinguir clases de muerte. Es imposible la libertad en este mundo, porque los demás están siempre opinando sobre tu vida. Me daría igual morir en un basurero, rodeado de desperdicios y de miseria, muerto de frío si es invierno, o ardiendo bajo el sol si es verano, porque la muerte vendría a aliviarme.

Pero guardo dinero para morir con dignidad, como dice la gente, y para que nadie tenga que pasar vergüenza por mi mal morir.

La muerte no es mala, la hemos hecho mala nosotros.

Llevo en mi cartera una foto de Bra, de cuando tenía cuatro años. La billetera está vieja y rota, y he tenido que graparla para que no se caigan las cosas. La idea de las grapas en la billetera me resulta tierna, hay allí un deseo de reparación. Reparar cosas me produce alegría, aunque son verdaderas chapuzas mis arreglos, porque yo no sé arreglar nada, pero ilusiona pensar que sí. Me gusta hacer pequeñas reparaciones al coche. El coche pronto cumplirá doce años.

Hace una semana mandé reparar las escobillas de los limpiaparabrisas, y al salir del taller sentí plenitud; lo mismo me pasa cada vez que le cambio las ruedas o el aceite. O el filtro del aceite. O cuando le cambio las bujías. Cuando le cambio las bujías tengo la sensación de que el coche vuelve a ser joven, y yo también. E igual cuando reparo cualquier cosa doméstica.

Las reparaciones me ilusionan.

Imagino que encienden la posibilidad de la reparación de una vida.

Yo sé que a mi padre le pasaba lo mismo cuando salía del garaje con el coche recién revisado. El cambio del aceite, el cambio de las bujías, el cambio de las ruedas daban plenitud al corazón de mi padre. Yo lo vi. Y como todo cuanto vi hacer a mi padre para mí es un mandamiento o una obligación, yo siento plenitud cuando salgo del garaje con el aceite cambiado del motor de mi coche.

No recuerdo cuándo se tomó esa foto de Bra. Lo que sí sé es que ha cambiado completamente. Todos lo hacemos, y sin embargo conservamos el mismo nombre. No hay relación alguna entre quien soy ahora y el que era hace veinte años. Ni pienso igual ni soy el mismo hombre. El poeta español del siglo XVII Francisco de Quevedo hablaba de «presentes sucesiones de difunto». Quería decir que llevamos varios muertos dentro. Quevedo era muy amargo, y pensaba que también estaba difunto el ser que habitaba su presente. Yo no pienso como él, al menos en este instante. Yo creo que estoy vivo, y me produce una enorme alegría estar vivo, y creo que aquellos que fui siguen vivos en mí, aunque ya no existan.

14

Es verano, es 31 de julio y estoy viendo las fotos de costumbre de la monarquía española, siempre veraneando en Palma de Mallorca en estas fechas, en el Palacio de Marivent. Veo las fotos de las hijas de Felipe VI y de la reina Letizia. Pienso a menudo en ese matrimonio, que encierra una perfección que no alcanzo a entender.

Parece un matrimonio de mármol.

Envidio ese resplandor, esa consistencia matrimonial en la que se mira la sociedad española, porque sin ejemplaridad el mundo se desvanecería. Todos los países generan ejemplaridad a través de quienes los representan. Esa ejemplaridad es, sin embargo, ilusoria, y eso hace que la mire casi con ternura.

El matrimonio de Juan Carlos I y de la reina Sofía era imperfecto, no dañaba tanto. Con este matrimonio me sentía más cómodo.

Me ha sido dado contemplar, como español —pues creo que es lo que soy—, tres jefes de Estado. Del primer jefe de Estado que coincidió con mi vida guardo escaso recuerdo: ese fue el general golpista Francisco Franco. El segundo jefe de Estado fue Juan Carlos I, y con su mandato o su gobierno o su jefatura colisionó buena parte de mi vida. Me temo que me moriré con Felipe VI en el trono, porque no creo que viva para ver su sucesión, aunque nunca se sabe, y además los españoles son imprevisibles. De modo que en esas coordenadas de historia política quedará encerrada mi existencia.

Todos los españoles acabamos viendo lo mismo: el rastro de los reyes por la historia. De vez en cuando surge algún general o algún presidente de República, pero muy de vez en cuando. Lo más consistente son los reyes, al menos en España.

Mi padre no conoció el advenimiento de Felipe VI, no conoció su jefatura del Estado.

Me causa desasosiego pensar que mi padre no conociera el reinado de Felipe VI, porque significa que su vida ocurrió en otro espacio político.

Pocas cosas dijo mi padre de la monarquía. Y mi madre tampoco dijo mucho. Ahora que lo pienso, ella tampoco conoció la llegada de Felipe VI, pues murió en mayo de 2014.

Pero son buena gente nuestros reyes, porque nos acompañan desde sus graves responsabilidades, y dan veracidad histórica a nuestras existencias. Millones de muertos españoles, si se levantaran de sus tumbas, dirían «yo viví bajo el reinado de Carlos I», o «yo viví bajo el reinado de Fernando VII», o si se levantara mi padre podría decir «ah, yo viví media vida bajo la dictadura de Francisco Franco y la otra media bajo el reinado de Juan Carlos I», y serían buenas referencias para localizar y entender sus vidas.

Incluso serían buenas coordenadas para saber quiénes fueron.

Nuestro amado padre vivió bajo el reinado de Juan Carlos I y de su hijo Felipe VI, dirán Bra y Valdi. Y será cierto. He de darles las gracias por estas señas de identidad. Porque hay que ser agradecido, pues sin estas señas de identidad me perdería en la noche del tiempo, del negro tiempo.

Me perdería en el espacio vacío de los seres humanos que existieron fuera de nuestras cronologías.

Tal vez esa fue la razón inconsciente por la que los grandes pintores españoles pensaron que tenían que retratar a sus reyes. Es verdad que les pagaron sus cuadros, y comían de eso. Pero más allá de ese motivo, Diego Velázquez y Francisco de Goya sabían que al pintar a esos reyes sugerían la existencia de su pueblo; que tras esos retratos reales se escondían los miserables, los ausentes, los que estaban insinuados detrás de las efigies y de la solemnidad, de la pompa, de la magnificencia y del lujo.

Tras la etiqueta y el lujo caminamos nosotros, los gobernados, aquellos en quienes se ejecuta la acción del poder.

Ellos, los reyes, nos sacan del tiempo biológico y nos dan la luz de la historia.

Los veo en Mallorca, como todos los años. Felipe VI y Letizia, y sus hijas, rubias, altas, sonrientes.

Nunca me invitarán al Palacio de Marivent, y me encantaría que lo hicieran, pero carezco de méritos. Nunca tendré los méritos necesarios para ser invitado al palacio de verano.

Y si me invitaran, sería un desastre, porque casi no tengo conversación. Me pondría nervioso. Tampoco sabría cómo vestirme. Es mucho mejor que no me inviten. Realmente, es una suerte que no me inviten.

Pienso en mis hijos.

Pienso en los hijos de miles de padres que no saben qué decirles a sus hijos. Padres y madres sin serenidad, sin orgullo, sin dinero, sin dignidad, sin nada. Padres y madres a quienes no han pintado ni Velázquez ni Goya ni quienes han heredado ahora su legado. Esos padres harán bien en mirar a Felipe VI para que les sirva de faro y les indique cómo ser padre.

No creo que mis hijos lleguen a amarme tanto como las hijas de Felipe VI a su padre, en eso pienso cuando veo en la prensa las fotos de la familia real; me parece un pensamiento terrible, pero lo he tenido.

Miro de nuevo esa foto de los reyes de España con sus hijas. Y percibo por medio de la foto que Felipe VI es un padre ejemplar. Porque hasta en el hecho de ser padre existe el éxito. Y pienso en los millones de padres que fracasamos como padres. Y por eso es bueno mirar esa fotografía: las hijas de ojos azules miran a Felipe VI.

¿Qué hemos hecho mal?, pensamos los miles de padres que vemos esa foto. Hasta en la paternidad o en la maternidad la historia nos humilla.

Acabas siendo pobre, y mal padre.

Si eres rico, el ser buen padre se te da por añadidura, parece una cita bíblica.

Puede que ser pobre y mal padre sea la misma cosa.

Saber que todo lo hiciste mal, menos estar vivo, menos sentirte vivo, menos codiciar no morir nunca, también es un motivo de rara alegría.

En eso, como en todo, soy como mi madre.

Mi madre, de la que mi padre se enamoró en 1959, mi madre ahora soy yo. Siempre tus palabras, papá, tu aseveración perfecta: «Eres como tu madre».

15

Voy con Valdi caminando por el aeropuerto Louis Armstrong de Nueva Orleans. He venido a escribir sobre la ciudad para una revista. Valdi me ayuda con la maleta, porque he tenido un fuerte tirón en la espalda, que me impide hacer esfuerzos.

Recorremos los pasillos.

Me gustaría volver a cogerle de la mano, aquí, en este aeropuerto, pero ese tiempo ya pasó. Él no lo recuerda ahora, pero lo recordará dentro de treinta años. Si le cogiera de la mano, diría «pero qué haces, papá, no te rayes», y se enfadaría mucho.

Los seres humanos nos decepcionamos los unos a los otros. No puedo evitar sentir que no lo protejo lo suficiente, o que no estoy a la altura de sus necesidades. Intento que no advierta mi inseguridad.

¿Podría ser que un día camináramos por el cielo, ya sin vida, pero con existencia? Caídas las culpas, caídos los reproches, caminando en paz y en plenitud. En eso pensaba cuando veía a mi hijo abrirme paso por el aeropuerto con la maleta roja.

«Es vieja esta maleta, ¿verdad, papá?», me pregunta.

Y yo me acuerdo de cuando la compré, me acuerdo perfectamente. Los seres humanos hemos producido millones de palabras. Las cosas que se dijeron. Las cosas que decimos. Las cosas que se dirán en el futuro.

Compré esa maleta en el otoño del año 2005. Intuí entonces que habría viajes venideros en mi vida, era solo un pálpito inconsistente, pero me hacía ilusión comprar una maleta. También me daba miedo. Porque luego, en mi vida, he sabido que comprar cosas me produce miedo. Y creo que es un miedo que procede de mis ancestros, porque mis antepasados nunca pudieron comprar nada. De ahí el terror a comprar cosas: me parece que no las merezco, es un sentimiento muy difícil de expresar, también es un sentimiento en el que Arnold Schönberg se refocila y potencia y retuerce.

A Arnold Schönberg lo llamaré Arnold, para abreviar. Arnold, el dueño de mi confusión, el jefe de mi inestabilidad emocional.

La fui a comprar solo. Pregunté por las calidades y las características de la maleta a la dependienta. Quería saber todo de esa maleta. Creo que yo sabía que compraba esa maleta para viajar con Arnold. Creo que allí estaba el fondo de la cuestión, creo que le di a la maleta la responsabilidad del gobierno de nuestros destinos. Intuí el futuro a través de una maleta. Como tantas veces en la vida, los objetos materiales sirven para que hablemos de nosotros mismos.

Y ahora cada vez que la veo pienso en estos últimos trece años. Porque esa es la edad de esta maleta. Son muchos años para una maleta y pocos para un ser humano y muchos para mí. Y he ahí otro de los prodigios: coincide mi edad con la de esta maleta. Si ella es vieja, yo lo soy con ella.

Veo que comienza a agrietarse por los bordes, que la tela se desgasta, aunque las cremalleras se mantienen perfectas. Los bolsillos exteriores están en buen estado. Las ruedas también. Se ha oscurecido la tela, el asa se está desgarrando y se pueden ver ya unos alambres interiores, se puede ver ya de qué está hecha por dentro.

Esa maleta y yo, dos estatuas de soledad, caminando por el mundo, los dos infinitamente perdidos, pidiendo alegría, caminando por los aeropuertos, de ciudad en ciudad, ambulantes, porque el movimiento es prueba de vida. Pero hoy estoy contento porque vamos Valdi y yo juntos.

Estamos en Nueva Orleans él y yo solos.

Dejamos la maleta en la habitación y nos vamos a conocer la ciudad. Caminamos todo el santo día. Yo tomo notas en un cuaderno para mi artículo, con una caligrafía desmañada y nerviosa. No sé muy bien qué apuntar. Mi concentración es doble: tengo que vigilar que Valdi esté contento y tengo que mirar la ciudad para poder escribir sobre ella. Este viaje fue idea mía y me siento responsable de que esté a gusto. Siempre responsable. De modo que le acabo mirando más a él que a la ciudad.

Y al final se produce un hecho singular: estoy viendo Nueva Orleans a través de los ojos de Valdi.

Vemos la ciudad entera: Central Street, el Barrio Francés, la famosa calle Bourbon, el Misisipi, los cementerios, los clubes de jazz, el Café du Monde, en donde nos tomamos unos típicos *beignets*, que a Valdi no le hacen mucha gracia. Decido en ese instante que lo que a él le guste de Nueva Orleans lo pondré por las nubes en el artículo, y lo que a él no le convenza solo lo nombraré.

El Café du Monde es uno de los sitios más célebres de Nueva Orleans. Es un establecimiento que data del siglo XIX, y remite al origen colonial francés de la ciudad, y al comercio del café que nació en el siglo XVIII.

Bajo un día luminoso, húmedo, tropical, allí estamos Valdi y yo, sentados en el Café du Monde, un lugar abarrotado de gente. Aquí lo recomendable es pedir el café con leche, porque es famoso. Pero Valdi se pide una Coca-Cola. Hace una observación memorable. Dice que el sistema de servicio en cadena que usan en el Café du Monde es el mismo que el de McDonald's. Y es verdad, tiene razón. La forma de preparación de los pedidos se realiza como en una cadena de montaje.

Nos quedamos mirando a los camareros, que van y vienen a toda velocidad, creo que nos interesan las mismas cosas, y eso me produce por una parte ilusión, y por otra, vértigo, porque no todas las cosas que me interesaron en esta vida fueron buenas.

De los camareros paso a mirar a Valdi.

Parece que la luz adorna su gesto joven. Más joven Valdi que la luz, eso me parece. Más poderoso que la luz su cuerpo fibroso y delgado. Al estar junto a él, pienso que no me puede pasar nada malo; debería ser él quien sintiera eso, pero no me atrevo a preguntarle si lo siente.

Hemos cogido un taxi y nos hemos ido de cementerios, porque en esta ciudad los cementerios son importantes.

Hemos visitado el de Lafayette. Yo, sobrecogido por las

tumbas y por las raíces de los árboles que se mezclaban con los sepulcros, como si la tierra y la muerte fueran la misma cosa. Valdi, como si estuviésemos en la calle: no le ha producido ningún sentimiento especial un lugar como ese, lleno de lápidas y pasado.

Valdi caminaba por el cementerio con unas zapatillas azules, que hemos bautizado como «zapatillas atómicas». Unas zapatillas muy vistosas, y sobre todo, nuevas. Iba más pendiente de ellas que del cementerio. Miraba sus zapatillas, no las tumbas. De hecho, se pasó el rato hablándome de las virtudes técnicas de las zapatillas atómicas, y ponderando el buen precio que había pagado. Así que nuestra charla por el cementerio de Lafayette era bien curiosa. Valdi me estaba metiendo un rollo sobre las zapatillas de deporte que yo ya casi ni escuchaba, de tanta repetición.

Para Valdi no existe ni el pasado ni la muerte.

Como a Valdi no le ha interesado el cementerio, al final a mí tampoco.

A él lo que más le ha entusiasmado es la música callejera, los clubes, los bares abiertos llenos de músicos de jazz, la mezcla o confusión entre bar y calle, que eso en realidad es un invento español, y esta ciudad fue española. Eso le digo a Valdi, que la ciudad fue española.

«Ah», dice Valdi. Ese «ah» está muy bien, pienso. Es una sola sílaba de significado indeterminado.

Llegamos al hotel extenuados.

Creo que Valdi se lo ha pasado bien.

Se tumba sobre su cama *queen*. Y comienza sus quehaceres, que pasan por concentrarse en su *smartphone*.

Cerca de las once y media de la noche, me dice que se va a dar una vuelta él solo. Le digo que muy bien. Lo que hace es salir del hotel a la calle, y fumarse un cigarro.

A los veinte minutos regresa.

Y se mete en la cama.

Y deja las zapatillas en donde caen.

Eso me llama la atención, creía que las iba a aparcar en alguna zona noble de la habitación. Pero no ha sido así. Tampoco las ha colocado en paralelo, como hago yo siempre con mis zapatos, porque se lo veía hacer a mi padre. Mi padre no se quitaba los zapatos, más bien los aparcaba en algún lugar que tuviese una proporción similar a la de un garaje. Yo suelo encontrar en los hoteles esos sitios: por ejemplo, a veces debajo de la mesilla del teléfono, otras debajo de la silla plegable de la maleta, o debajo de algún taburete.

Valdi ha aparcado sus zapatillas azarosamente.

Iba a decirle algo sobre este particular, pero he desistido, porque no sabría cómo decirlo.

¿Cómo se dice algo así?

Cómo se dice el destino noble que mi padre daba a sus zapatos cuando se iba a la cama. Cómo decirle que en esa manera de dejar unos zapatos había distinción y ternura. Cómo decirle que al repetir el gesto que hacía mi padre me comunico con él y lo acabo viendo en la oscuridad.

No te rayes, papá, me habría dicho Valdi.

Así que guarezco mis zapatos debajo de la mesa de nuestra habitación, los dejo en paralelo, a la misma altura, que no sobresalga uno por encima del otro, y me meto en la cama.

Mientras intento dormirme, mientras oigo el ruido de la ventilación del cuarto, me vienen recuerdos, lejanos recuerdos.

16

Fue en el mes de junio de 1975 cuando mis padres decidieron cambiarme de colegio. Me quitaban de los Escolapios y me llevaban a otro colegio de curas, que incluía ya el bachillerato. Se llamaba Colegio de la Asunción. Para ser admitido en él, había un requisito previo, que consistía en pasar dos semanas en un retiro pedagógico y espiritual en un campamento de montaña. Eran unas convivencias, en donde los alumnos novatos tenían la oportunidad de conocerse entre ellos y conocer también a algunos de sus nuevos profesores, que eran todos sacerdotes, menos uno o dos seglares.

Esas convivencias tuvieron lugar, creo, las dos primeras semanas del mes de julio de 1975. No había cumplido aún los trece años. Y se celebraron en el monasterio de Ayalante, un hermoso lugar del Pirineo de Huesca, muy cerca del pueblo de Benasque. Nunca he hablado sobre lo que ocurrió allí, nunca he escrito ni dicho a otras personas lo que pasó allí. He mantenido esas dos semanas encerradas en mi memoria. No porque pasara nada malo, sino todo lo contrario.

Creo que fue la primera vez que contemplaba la hermosura de la existencia humana, vi qué era existir, vi que yo existía, vi el viento, las nubes, los árboles, los vi existir a todos. Vi cómo las piedras, los caminos, las aguas de los ríos existían.

Y ocurrió allí, en ese sitio y en ese tiempo.

Fue también cuando tuve conciencia de que era un ser humano, de que yo tenía un alma, un cuerpo, un destino. No estaban mis padres, y debía valerme por mí mismo. Fuimos en un viejo autobús hasta el monasterio. Estábamos en el corazón de las montañas. Aunque era verano, hacía frío, había que llevar un buen jersey. Nos asignaron una habitación individual para cada uno de los nuevos alumnos. No éramos muchos. Yo creo que unos quince, o tal vez menos. Me acuerdo de algunos apellidos de quienes fueron mis compañeros: Casares, Solans, Ramírez, Palacio, Gurpegui.

Las habitaciones eran espartanas. Se componían de una cama blanca, un armario empotrado, un lavabo con un grifo, un toallero, una mesa, una silla y una ventana. No había mesilla, eso fue de lo que primero me percaté, de que no hubiera mesilla. Me entristeció y me asustó que no hubiera mesilla.

Tenía todo un aspecto pobretón, como un hospital de montaña para tuberculosos, una mezcla entre monasterio y balneario proletario. Esa pobreza me resultaba hostil. Los hierros de la cama me daban miedo. La madera polvorienta y envejecida de los muebles me producía una sensación fantasmal, peligrosa.

Habíamos tenido que traernos la ropa de cama y las toallas. El sacerdote al mando nos dijo que teníamos veinte minutos para deshacer la maleta y hacernos la cama. La mayoría no sabía hacerse la cama. Y el sacerdote vino y nos fue ayudando. Es una de las cosas que más he agradecido en la vida, que ese hombre me ayudara. Porque me sentí muy desvalido y asustado. El pasado de cualquier ser humano se convierte en un fantasma, pero tenemos que hacer el esfuerzo y recordar, porque recordar nos engrandece, nos eleva más allá de la vida y de la muerte, más allá de la historia, de la política y de la humillación.

Quien recuerda y lo hace con toda la profundidad debida se transforma en un dios. Aquel hombre me ayudó a hacer la cama, a poner la funda de la almohada, a ajustar las sábanas al colchón.

Después fuimos a cenar.

El comedor me resultó tenebroso, porque se había colado un murciélago y todos intentábamos huir de él. A mí me pareció una bestia inmunda, y me causó un miedo patológico.

Oh, murciélago pirenaico de un verano de 1975, dónde estarán ahora tus restos microscópicos.

Don Rafael, así se llamaba el sacerdote que dirigía las convivencias, se reía ante nuestro susto, porque era hombre nacido en el Pirineo, conocía las montañas y su fauna, y para él aquel murciélago era algo intrascendente, un pajarillo de la noche, tan inocente como inofensivo.

Había tortillas y salchichas para cenar, y agua fría colocada en unas jarras anodinas. De postre me tocó una fea manzana. Desde ese preciso instante, he odiado que el postre de cualquier comida sea fruta, me da igual la clase de fruta que sea. Jamás tomo fruta de postre. Y fue allí donde me vino esa revelación de que la fruta no debía comerse entonces. Porque era triste.

Después de cenar salimos al patio. Todo me resultaba desconocido y amenazador: la noche estrellada de julio, las montañas, el frío —tuvimos que ponernos un anorak además del jersey—, los pasillos oscuros del monasterio, las indicaciones de don Rafael para que formáramos un corro... Cuando lo hicimos, comenzó a cantar canciones de campamento. De repente, todos estábamos cantando bajo el cielo iluminado. Aquel hombre parecía saber muchas cosas de las montañas.

Las vidas de todos nosotros estaban en blanco.

No había actos.

No había pasado nada.

Los actos vendrían luego, mucho después. Nunca había cantado con otros y supongo que al resto le pasaba lo mismo. En el hecho de que cantáramos juntos, guiados por la voz modulada de don Rafael, vi un reconocimiento de nuestras almas.

Yo creo que entonces teníamos alma.

Y la vida te va robando el alma, hasta que te la quita entera y te da a cambio, como consuelo o como pago, un cuerpo.

Y eso soy ahora, cuarenta y tres años después, un cuerpo.

Hace ya cuarenta y tres años de esa escena. Es mucho tiempo, y me congratulo de poder estar aquí.

Tuve miedo cuando me metí en la cama. Pero también sentí excitación e incertidumbre. Ese cuarto era mío. Y mis padres, mis adoradísimos padres, no estaban. Todo era nuevo y todo era un desafío. Por eso quiero ir allí, a esa zona de mi existencia cuyos restos tienen que estar en alguna parte de mi cerebro.

Si pudiera verme en medio de mi pureza, si pudiera alcanzar ese mes de julio de 1975 desde este julio de 2018, si pudiera tocar mi mano de entonces, regresaría la paz a mi cuerpo. Eso creo que se llama la unidad en el tiempo.

La paz es una utopía. Nunca hay paz en quien ha vivido y sigue vivo. Solo hay convivencia con el mal, pero no paz.

La paz no existe.

Es una superstición de los seres humanos.

17

Al día siguiente comenzaron las actividades. Había un par de horas de clase de lengua y de historia. La clase de lengua consistía en un dictado. El profesor encargado era otro sacerdote, llamado don Juan Manuel. Era un hombre arrogante, altivo, elegante a su manera, con mucho orgullo. Tenía sentido del humor y era un poco cínico. Fumaba Ducados mientras nos dictaba el texto. Creo adivinar que don Juan Manuel estaba viviendo los mejores años de su vida. Calculo que tendría unos treinta o treinta y pocos años entonces. Se acababa de comprar —nos lo dijo— un coche nuevo, que estaba aparcado en la entrada del monasterio. Era un Renault 5 de color verde. A mí me gustaba ese coche. Tenía el Renault 5 el acierto de las formas sencillas, pequeñas pero precisas.

El Renault 5 y el Seat 127 eran los utilitarios que triunfaban en la España de aquel tiempo. Esos dos coches fueron España entera, y significaban que el Seat 600 había muerto y había dejado paso a vehículos con más diseño, más audaces en formas y motores, más libres, más sofisticados. Esos dos coches avisaban de que se avecinaban cambios políticos. La industria del automóvil siempre ha hecho gala de clarividencia política. Nota los cambios antes que la literatura, el arte y la filosofía.

Después de las clases teníamos tiempo libre y, oh, maravilla, Ramírez inventó un juego que consistía en hacer aviones de papel y arrojarlos desde el mirador. Fue Ramírez quien se percató de las posibilidades de la altura en la que estábamos. Era real esa altura. Los aviones de papel nos ayudaron a sentir las montañas que nos rodeaban. El mirador daba a un acantilado de unos cuarenta o cincuenta metros de cortante. Abajo estaba la carretera que conducía hasta Benasque, bordeando el río Ésera. Más allá del río había una presa, construida por el franquismo. La presa era el punto más lejano.

Comenzamos a cubrir de pequeños aviones de papel toda la ladera de la montaña, los árboles, los senderos, las rocas. Alguno alcanzaba la carretera, e incluso el río.

Se desarrolló entre nosotros una considerable técnica de construcción de aviones de papel. Ramírez era un genio. Se trataba de un chico alto y corpulento, convincente y apasionado, con un sentido festivo de las cosas y una imaginación extraordinaria. Sus aviones eran los mejores, porque tenía un sentido plástico y una habilidad manual que yo no había visto nunca. A él se le ocurrió también la idea de escribir nuestros nombres en las alas.

No es fácil hacer un buen avión de papel, Ramírez sabía eso, y sabía que su inteligencia para fabricar aviones de papel era superior a la media.

Hay que calibrar bien las alas para que se mantenga en el aire. Cuanto más rato permanezca suspendido en el aire, más posibilidades existen de que el avión de papel agarre una racha de viento que lo lleve lejos, lo más lejos posible.

Eso sirve para la vida: cuantos más años estés vivo, más posibilidades tienes de alcanzar la lejanía, los lugares desconocidos, los nuevos matrimonios, más hijos, más conocimiento.

Esa idea de la perseverancia, una perseverancia resuelta a lomos del aire, la aprendí allí, de la mano de Ramírez, que lo sabía por instinto. Y al final lo consiguió. Fue él quien diseñó el avión que más tiempo permaneció suspendido en el aire, hasta que una racha de viento se lo fue llevando cada vez más lejos: cruzó la carretera, ascendió por el río Ésera y lo vimos perderse en la presa.

Saltamos de alegría.

Don Rafael y don Juan Manuel aplaudieron.

Estábamos contemplando la suspensión de la materia, estábamos contemplando cómo un trozo de papel se adueñaba de la gravedad, la vencía y se iba lejos, estábamos contemplando una idea de la muerte.

Y lo hacíamos desde la adolescencia.

Esa contemplación de los símbolos de la muerte hizo que nuestra adolescencia se llenara aquella mañana de una belleza que ahora vuelvo a ver, casi como si fuese un veneno, que quiere matarme, pues nada de cuanto viví después fue tan hermoso. O más bien, no fue tan inocente.

La celestial y diminuta sombra de los aviones de papel sobre las montañas, el regocijo de Ramírez, la incondicionalidad de la vida, aún están en alguna parte de mi cuerpo o de lo que queda de mi alma.

18

Cada día más loco y más solo, ese fue el destino de Ramírez conforme fue pasando el tiempo, conforme en sus manos se fueron quemando las ilusiones, y cayendo los lustros.

Pero entonces, en ese mes de julio de 1975, aún no existía ningún destino, ni existían la soledad ni la locura. No sabíamos qué significaban esas palabras. Ni Casares, ni Ramírez ni yo sabíamos nada de esas palabras. Solo entendíamos de la fabricación de aviones de papel.

Por las tardes bajábamos a un campo de fútbol que había junto al río. Entonces, aprovechábamos para rescatar algunos de nuestros aviones. Los veíamos como heroicos supervivientes. Los guardábamos para arrojarlos al día siguiente desde el mirador.

Un día Ramírez ideó que saltaran dos, o tres, o cuatro aviones a la vez, y verlos así competir en las alturas. Siempre ganaban los suyos. Hasta tal punto que pensé que yo no tenía talento alguno para nada y menos para la fabricación de aviones de papel. Ante los de Ramírez, me sentí insignificante.

Allí está el cimiento o el origen o el quicio de todo: me sentí marginado, con miedo, porque mi impericia en la fabricación de aviones me hacía culpable. Puse mucha atención en los dobles y plegados enérgicos y en los cuidados con que Ramírez convertía una hoja de papel en un avión poderoso. Lo imité, pero una mañana introduje una inclinación más profunda en las alas. Fue un presagio, como si un ángel de la física me hubiera revelado un principio aeronáutico. Al plegar más las alas, reduje el rozamiento con el aire.

Ante mi diseño, Ramírez vaticinó un vuelo de dos metros, una caída inmediata y segura. Se equivocó. Se equivocó de lleno. Fue el avión que más lejos llegó. Ramírez se puso nervioso, pálido, asustado.

Mil veces me preguntó cómo lo había hecho.

«No lo sé», le dije.

Todos querían estar conmigo: Casares, Solans, Palacio, Gurpegui, todos me miraron como si me vieran por primera vez. No existí de verdad ante ellos hasta ese instante.

Y ahora están, estamos todos muertos, no nuestros cuerpos, sino nuestras almas infantiles. En este presente profundo, en el verano del año 2018, solo puedo mirar la belleza de esos muertos, porque ya no somos quienes fuimos.

Quienes fuimos ya no están en el mundo.

Se quedaron en las montañas.

Un día nos levantaron prontísimo de la cama. Aún era de noche. Nos llevaron en un pequeño autobús hasta un sitio aislado, unos cuarenta minutos duró el viaje. Y desde allí comenzó la marcha al ibón de Batisielles. Amanecía.

El sol, el verano, las rocas, el bosque, la humedad me conmocionaron. Estaba aturdido. Me estaba entrando la belleza en el alma. Me cansaba de tanto andar. Pero aquel olor de los bosques y de la montaña me embriagaba. No tenía fin. Nunca había andado tanto. No conocía el sacrificio físico, el esfuerzo.

Cuando llegamos al primer lago, nos comimos un bocadillo. Aún quedaba la posibilidad de seguir ascendiendo hasta el segundo lago. Yo renuncié. Casares subió, pero Ramírez y yo nos quedamos en el primer lago. No hay claridad en ninguno de los actos de la vida: ni en los que ocurrieron en el pasado ni en los que ocurren en el presente.

No hay discernimiento ni puedes averiguar la causalidad: no sabes por qué ocurren las cosas. No vemos nada. No sabemos. No entendemos.

Por eso la muerte debería ser algo gozoso, una corona que exaltara esa oscuridad en la que vivimos y que al fin termina.

Muchos años después de ese verano de 1975, a Ramírez le tocó hacer la mili, el antiguo servicio militar. Como era alto y grande, lo destinaron en una compañía de policía militar. Allí tuvo un incidente que me contó una vez: un sargento le había cogido ojeriza, no lo soportaba. Ramírez tenía algo especial en su carácter. Podía caer mal. Yo era amigo suyo y podía entender que cayera mal a la gente, a mí a veces me resultaba también un tanto insoportable. Quizá su aspecto físico, cierta manera de hablar, cierta manera de comportarse, todo junto.

Y aquel sargento se cabreó con él en una guardia. Lo tiró al suelo con una llave de judo y le metió el cañón de su pistola en la boca y cargó el gatillo. No disparó, obviamente. Y no hizo falta. Desde entonces, el alma de Ramírez se rompió en mil pedazos, y comenzó su desfile por todos los psiquiatras y hospitales de España. Lo licenciaron por loco.

Y loco sigue.

Arnold, el gran dodecafonista, le robó el alma.

El sistema nervioso de un ser humano es frágil, y esa fragilidad no es debilidad, no, nunca lo fue. La fragilidad es una cortesía que tenemos algunos seres humanos, una solidaridad con otras criaturas frágiles, como las cebras, los gorriones o las flores.

Pero Ramírez está vivo. Y puede, si lo desea, recordar aquellos días del verano de 1975 en donde ninguno de nosotros era culpable de nada, salvo de llenar la montaña de pequeños aviones de papel.

Él y yo hemos vuelto a cruzarnos alguna que otra vez. Tiene la mirada enrojecida, el cuerpo violentado. Y Arnold sigue gobernando su vida. Porque cuando Arnold Schönberg llega, se queda para siempre.

Arnold no causa los mismos destrozos en todos los seres humanos. Es voluble. Y unas veces se queda de una forma más o menos pacífica, y otras mata a sus huéspedes. Depende de lo que desee. Arnold dejó que Ramírez viviera, pero cada día se planta delante de él y le rompe por dentro un poco más. Así es Arnold.

Ramírez lo conoce muy bien.

Lo que no sabe Ramírez, porque nunca se lo dije, es que yo también lo conozco.

19

Estoy con mi hijo Valdi en Chicago. Hemos venido desde Iowa en autobús. Vamos a pasar la noche en esta ciudad y mañana volamos a Madrid. Nos alojamos en un hotel del Loop. Se llama La Quinta Inn y está en South Franklin. Había visto reseñas en internet con excelentes calificaciones. Me ilusionaba pasar casi dos días a solas con Valdi en Chicago y hospedarnos en un buen hotel. Si alguien me hubiera dicho hace cuatro años que Chicago se iba a convertir en una de mis ciudades más visitadas, no solo no le habría hecho el menor caso, sino que habría pensado que era una idea tan ridícula como gratuita.

¿Por qué Chicago?

Es una buena pregunta, nunca lo sabré. Mo vive en Iowa, y con ella me vine a Estados Unidos, pero no a Chicago. Por ella fui a Iowa, no a Chicago.

A esta ciudad he ido viniendo yo solo.

Podría haberla evitado, no es necesario hacer noche aquí para regresar a Madrid. Se puede volar desde el aeropuerto de Iowa, que es el de Cedar Rapids, y así evitas Chicago. Pero yo nunca he querido evitarla. Prefiero enfrentarme a ella, estar con ella, porque es una ciudad incomprensible para mí. Es una ciudad dura, sin concesiones.

Tal vez enfrentarme a ella y salir indemne me enorgullezca, el placer de haber logrado la supervivencia, y con ese orgullo del que ha vencido, regresa la ilusión de que todavía soy joven.

Si he vencido a Chicago, no puedo ser un viejo.

No, no es eso. Chicago simboliza en mi interior mi propia soledad, una soledad esquinada, y simboliza el planeta Tierra, y yo caminando por el planeta Tierra, como en una distopía de Hollywood.

Sí, la soledad.

Chicago es idéntica a la construcción de mi soledad.

Si mi soledad fuese una ciudad, sería Chicago.

Entramos en la habitación, en una séptima planta. Era confortable y grande, pero también impersonal y ajena, y desde la ventana se veía un rascacielos, los cimientos de un rascacielos. Yo deseaba tanto la felicidad, la ilusión, la alegría de Valdi. Esperaba que Chicago le fascinase, le hiciera feliz.

Lo miré, intentando averiguar qué le parecía la habitación. Ponía buena cara.

Nos lavamos las manos y nos quedamos un rato tumbados en la cama. Se oía el fuerte ruido del aire acondicionado. Vi que estaba encendido el termostato. Me levanté y fui a apagarlo.

Se dibujó en la pantalla un enorme y claro «Off».

Me volví a tumbar, a descansar un poco.

Valdi estaba guasapeando con algún amigo. Al cabo de unos minutos, el ruido del aire acondicionado persistía. Intenté averiguar lo que pasaba. Me di cuenta de que había dos mecanismos: el del aire acondicionado, que había conseguido desconectar, y otro que era el responsable del ruido.

Bajé a recepción, Valdi me acompañó.

Allí me explicaron que ese ruido procedía de la ventilación de todo el edificio.

«Está en todas las habitaciones. Es para que usted respire aire de calidad», me dijo el recepcionista, que hablaba español.

Me contó que las ventanas del hotel estaban selladas, así que la ventilación exterior era imposible. Y la ciudad de Chicago obligaba a tener ese tipo de ventilación interna.

Me lo quedé mirando. Miré luego a Valdi. Los vi a los dos: al recepcionista, que tendría unos veinticuatro años, como mucho; a Valdi, que tiene veinte. Pensé en el mundo estúpido que iban a heredar.

No se pueden abrir las ventanas porque la gente aprovecha los hoteles para suicidarse, eso es lo que el recepcionista no me dijo. La gente se suicida en los hoteles, se arroja por las ventanas. Es una buena manera de ahorrar el espectáculo a tu familia o a tus amigos. Si te suicidas en un hotel, eres nadie para todos los que van a toparse con tu cuerpo inerte allí, roto sobre el asfalto, con el cuello partido y la boca llena de sangre. Eres nadie para los de recepción y nadie para los transeúntes. Cuando llega la familia o quien sea que llegue, el cadáver ya está en otro sitio, ya ha habido un protocolo que impide que quienes tenían una relación humana con el cadáver contemplen la atrocidad.

Ese acaba siendo el único problema real del corazón de los hombres y de las mujeres: la relación que tendrán con los cadáveres.

20

Salimos a pasear por Chicago. Valdi y yo. Para mí era como una luna de miel, porque entre padres e hijos también existen las lunas de miel. Creo que me hacía muy feliz su presencia, porque estábamos los dos solos, en una ciudad llena de rabia y vida.

Creo que la contemplación de Valdi me convertía en un dios, miraba la belleza de su rostro, su delgadez, su hermosura, su cuerpo extremadamente flexible, y me sentía lleno de alegría.

La rabia y la vida, y el mes de agosto, y Valdi y yo, el 24 de agosto de 2018, y yo solo quería verlo feliz. Porque si lo veía feliz, veía la vida. Me repetía todo el rato la fecha: 24 de agosto, año 2018, no la olvides.

Me di cuenta de que prefería su alegría a la felicidad. Porque la alegría es mejor que la felicidad.

Me di cuenta de que la alegría de Valdi era el único sentido de mi vida en la tierra. Me di cuenta de que su alegría me transformaba en serenidad, todo yo transformado en paz, en lumbre; esa es la palabra: «lumbre».

Hice ese descubrimiento: la superioridad de la alegría.

Y luego todo el rato: 24 de agosto, año 2018.

Tal vez porque pensaba: 24 de agosto, 1974.

24 de agosto, año 1974.

Y veía a mi padre.

Ojalá estuviera él aquí. Podría estarlo, tendría ochenta y ocho años, estaríamos los tres, yo con cincuenta y seis, Valdi con veinte, mi padre con ochenta y ocho. Pero mi padre no estaba, y al no estar mi padre era como si Valdi y yo tampoco estuviéramos.

Y esa irrealidad de Valdi y yo caminando por la avenida Michigan de Chicago la causaba la ausencia de mi padre.

Era su forma de presentarse, recordándonos nuestra irrealidad, así venía él de entre los muertos, mi padre, una vez más, y yo le dejaba que viniera, y de vez en cuando le decía «mira, papá, es tu nieto, no le viste crecer, no te imaginas cuánto siento que no lo vieras crecer, mírale ahora, mira qué guapo es, no le viste crecer, no le viste convertirse en un hombre, pero está aquí, y tú también estás aquí, estamos los tres, en un vendaval de amor y de elevación, como si fuésemos el gran espectáculo del universo, porque somos dadores de vida, dimos la vida, dar la vida fue nuestra misión, porque la materia estaba triste, porque la llegada de la vida a la materia trajo la alegría».

Cuánto quise yo a mi padre, Dios santo, y por qué le quise tanto, y cómo no supe darme cuenta, o aún mejor: sí supe darme cuenta, pero hice callar a mi corazón.

Cómo puedo llevar tantos misterios encima y no pedir la muerte.

Quien está tan cerca de la belleza y del misterio está ya dentro de la muerte.

¿No estoy pidiendo la muerte a cada línea que escribo y a cada latido de mi corazón?

No es una muerte cualquiera; es la buena muerte, la que procede de no poder soportar ya tanta belleza, tanto amor.

Llevé a Valdi a una tienda que le gusta mucho: el T.J. Maxx de State Street, a cinco minutos de nuestro hotel, y comenzó a mirar camisetas y sudaderas. Le encantaba que la ropa de marca estuviera a mitad de precio. Pensé en que dentro de treinta años se acordaría del día de hoy.

Lo vi dentro de treinta años buscando el día de hoy entre miles de recuerdos.

Y lo encontrará: encontrará los dos días que pasamos juntos en Chicago, claro que encontrará esos dos días. Están aquí, los estoy escribiendo para él, para ti son estas páginas, Valdi, para que dentro de treinta años no tengas que inventar nada, como yo tuve que hacerlo con mi padre.

Y te voy a contar lo que hicimos para que no tengas que inventártelo, como yo tuve que inventarme tantas cosas de mi pasado al lado de mi madre y de mi padre.

En T.J. Maxx te compraste un anorak. Estuviste dudando entre un anorak y una cazadora, que era más cara. La cazadora costaba cincuenta dólares y el anorak veinte. Titubeaste mucho, pero estabas emocionado, era una duda festiva. Yo te miraba. Yo te describía las prendas con objetividad, intentando ayudarte, pero para que decidieras por ti mismo.

Pasaba la vida en ese instante.

A mí me dolía muchísimo la espalda, porque en ese verano tuve una contractura, y tenía que apretar el dedo pulgar de las dos manos sobre la columna vertebral, y así sentía algo de alivio.

Te probaste varias veces las dos prendas. Yo te veía resplandeciente, y vulnerable, tan resplandeciente como vulnerable. Y nervioso. Y segundo a segundo fui viéndote más vulnerable. Pero supiste elegir qué prenda querías.

Pensé: «Ojalá no dudes nunca, como yo he dudado siempre, hasta que la duda me ha vuelto casi loco».

Dije para mí: «Dios bendito, concédele el buen gobierno de sus decisiones, concédele certezas, ya que a mí no me las diste, y como la cuenta está a mi favor, lo que a mí me debes, que es mucho, dáselo a él con intereses, y te diré cuáles son los intereses: el valor y la voluntad de vivir».

21

Nos volvíamos a España al día siguiente. Le dije a Valdi que tenía que llevar regalos. Se lo dije varias veces, para ir preparando su corazón. Y, naturalmente, tenía que pagar él esos regalos. Le ayudé a escogerlos. Le costaba pensar en alguien que no fuera él mismo, por eso yo tenía que preparar su corazón. Y me vi reflejado en él, cuando yo tenía su edad.

Es hijo mío, sin duda, pensé.

Le costaba pensar en los demás, pero logré que lo hiciera. Y compró una pulsera y una camiseta. No es que se gastara mucho dinero, pero al menos llevó regalos.

Cuando yo tenía su edad, no pensé nunca en llevar regalos ni a mi madre ni a mi hermano, pero sí a mi padre. Por lo menos desde 1990.

Hasta 1990 no me di cuenta de que existían los regalos. En 1987 hice un viaje a París. En 1988, otro a Londres. En ninguno de ellos les traje nada ni a mi padre, ni a mi madre, ni a mi hermano. Pero en 1990 hice un viaje a Lisboa y aunque no compré nada ni a mi madre ni a mi hermano, a mi padre le traje una botella de vino verde, un Mateus. Se la llevé por orgullo, para que viera que dominaba el mundo y que era capaz de viajar a Lisboa, en donde él no había estado nunca, y traerle una botella de vino.

Solo buscaba que mi padre se sintiera orgulloso, solo quería su felicidad, por eso le traje esa botella de vino verde. Una sonrisa suya en su rostro. Una sonrisa alta. Una hermosa sonrisa suya era para mí la señal de que todo estaba en trance de alcanzar la perfección.

Su aprobación, ese era mi anhelo.

Buscaba su aprobación, necesitaba su aprobación.

Larga noche del mundo en donde un hijo busca la aprobación de su padre. Se ha desvanecido esa búsqueda. Ya no existe esa búsqueda.

No le hizo mucho caso a ese Mateus. Lo miró y no acabó de convencerle la forma de la botella. Han pasado veintiocho años desde ese día.

Cuando pasen veintiocho años, en 2046, Valdi recordará esa pulsera que compró para su madre y esa camiseta para su hermano Bra, y ambos objetos se convertirán en ternura.

Salimos de T.J. Maxx hambrientos.

Le propuse comer en un Panda Express.

A Valdi y a mí nos gustan los mismos sitios.

Encontramos uno al lado, en la calle Madison. Era un Panda pequeño: los hay de muchos tamaños. Siempre coincidimos en elegir *noodles* y no arroz. Luego ya en el acompañamiento diferimos: él eligió pollo a la naranja y yo filete mongol. El filete mongol llevaba un sobrecargo de un dólar veinticinco, que me hizo dudar, pero como iba con Valdi pensé que no importaba. Si hubiera ido solo, habría renunciado al filete mongol por el sobrecargo de un dólar veinticinco, porque yo no merezco nada.

Valdi siempre se pide una Coca-Cola y yo agua. Y yo acabo bebiendo de su Coca-Cola. De crío a mí me encantaba la Coca-Cola y veo que eso lo ha heredado Valdi. Nos alegramos porque con el *refill* gratuito, bebemos Coca-Cola los dos por el precio de uno, eso nos pone de muy buen humor, nos alegran esas pequeñas trampas que le hacemos al gran capitalismo universal en donde los seres humanos creen vivir y gozar, pero en realidad perecen y arden en el vacío.

Tres veces se levantó Valdi a rellenar su gigantesco vaso de Coca-Cola.

Tres veces fuimos más listos que el capitalismo universal.

Al capitalismo hay que robarle siempre, porque por mucho que le robes jamás podrás robarle tanto como él te roba a ti, pues te roba la alegría, y la alegría tiene un precio incalculable.

Cada vez que venía a la mesa con su vaso enorme lleno de Coca-Cola parecía un general romano entrando en Roma, victorioso, después de haber ganado mil batallas en la Galia, en Germania, en Hispania.

Así lo veía yo.

No había mucha gente: había un hombre solo, al fondo del pequeño rectángulo de la sala, junto a la pared, con el vaso de Coca-Cola gigante. Luego vino un oriental, vestido con un hábito gris, que parecía un monje, o era un monje, y se sentó cerca de nosotros. Comía el arroz con palillos, con una habilidad que me ensimismó un instante. Pensé en sus padres, en quienes fueran que le enseñaran a comer con esa pericia. No dejó ni un grano de arroz. Estaba solo, pero no parecía desdichado.

No parecía desdichado, estaba bien con su soledad.

Cuánta luz en ese Panda Express.

Cuánto nos gusta a Valdi y a mí el Panda Express.

Por muchos años que viva, nunca olvidaré la rara plenitud que me conmovió en ese Panda Express, un día de finales de agosto de 2018, en la calle Madison de Chicago, en donde la perfección corporal de mi hijo me deslumbraba.

También me deslumbraba el hecho de que parecíamos dos vagabundos.

Un padre y un hijo con problemas.

Un padre y un hijo tan vulnerables el uno como el otro.

Un padre con problemas y un hijo ayudando al padre.

Pensaba en todas las combinaciones posibles de nuestras dos humanidades.

Extremadamente delgado, más que delgado, Valdi era un *noodle* en un restaurante de *noodles*, con su gorra, las zapatillas deportivas que parecían naves espaciales, su cabello largo recogido en una coleta, sus manos grandes y huesudas (¿de qué abuelo, abuela, bisabuelo, bisabuela proceden esas manos?), la mochila nueva que se había comprado hacía unos días, un collar con un crucifijo de veinte dólares y una camiseta de tirantes, larga, que le bajaba hasta las piernas, y una sudadera para entrar en las tiendas, para no helarnos por culpa de la potencia del aire acondicionado.

Le gusta este país, le gusta Estados Unidos. A mí también me gusta. Y nos gusta por las mismas razones.

Yo nunca viajé con mi padre: solos los dos, quiero decir. Siempre viajamos los cuatro; mi padre, mi madre, mi hermano y yo. Nunca viajé solo con mi padre, o solo con mi madre.

Nunca dormí en una habitación de hotel solos mi padre y yo. No pudo ser, no hubo ocasión. ¿Por qué no la hubo? Nunca hicimos un viaje en donde tuviéramos que compartir cuarto.

Y siento que tengo que estar profundamente agradecido a no sé qué, a algo que no tiene nombre, y que se eleva a través del tiempo, un mar de espíritus humanos, una larga y encendida noche de muerte y desesperación humanas; a ese algo tengo que estar agradecido, a ese algo que ha hecho posible que esta noche mi hijo y yo durmamos en la misma habitación, aquí, en Chicago.

Pronto llegará el día en que ya no sea posible, bien porque yo sea ya viejo, o muy viejo, bien porque ya no volvamos a coincidir nunca.

Nuestra habitación era espléndida: había dos camas *queen*. A Valdi le encantan los hoteles americanos, porque las habitaciones suelen ser inmensas. No sé por qué esa inmensidad del cuarto nos produce una irresistible sensación de libertad y de alegría.

Esta tarde deambulamos por Chicago.

Nos reíamos juntos. A carcajada limpia.

Hacíamos chistes.

Ese es el sentimiento que necesito de ahora en adelante: la alegría.

22

Valdi y yo alquilamos dos bicis junto al lago y paseamos por el Navy Pier. Pasamos por un túnel y luego fuimos bordeando el muelle. Hacía un poco de viento y el agua estaba movida, con olas como las del mar.

Estábamos solos los dos, pero yo creo que estábamos siendo felices. A mí me seguía doliendo muchísimo la espalda, aunque disimulaba porque no quería que nada enturbiara esos momentos, los mejores de estos últimos tiempos.

A lo largo del año veo poco a Valdi, demasiado poco. Esos dos días en Chicago eran enteramente nuestros. Más míos que suyos, pues Valdi no tiene (y es maravilloso que no la tenga) mucha conciencia de que el presente se marcha. La avidez de estar con él no era correspondida, como yo no correspondí la avidez de mi madre de estar conmigo en los últimos años de su vida.

Más avidez de estar conmigo la tuvo mi madre que mi padre. O se la intercambiaron. En el tiempo de la niñez fue mi padre el que quería estar conmigo. Y en la madurez fue mi madre.

En todo esto iba pensando mientras pedaleábamos en nuestras bicis alquiladas a diez dólares la hora cada una. Saqué veinte dólares de mi cartera y se los di a una joven que regentaba el negocio. Había también un hombre que se dedicaba al mantenimiento de las bicicletas. Usaba una máquina que elevaba las ruedas hasta la altura de sus brazos, lo que le evitaba tener que agacharse. Eso hizo que me acordara de la bicicleta que me compró mi padre allá por 1974.

Era una bicicleta de carreras, pero salió mal. Comenzó a dar toda clase de problemas. El cambio de marchas se atascaba, la dirección se desnivelaba. Las ruedas hacían un ocho al correr. Lo peor fue que por aquella época a unos cuantos de mis compañeros de colegio les compraron también bicis de carreras, pero las de ellos no fallaban, eran máquinas perfectas.

No entendía qué estaba pasando.

Lo fui entendiendo poco a poco. Mi padre me había comprado una bicicleta de poca calidad, y de bajo precio, muy bajo precio, un saldo infecto. Recuerdo que muchas veces se salía la cadena del plato, y yo sufría lo indecible al ver cómo se alejaban el par de amigos con que salía los sábados con la bici. Y yo tenía que pringarme las manos intentando arreglar aquello, que me resultaba imposible, porque mis habilidades para las manualidades son ínfimas. No sé arreglar nada. Envidiaba a aquellos chicos cuyos padres les compraron bicicletas maravillosas. Intentaba buscar la marca de mi bicicleta, y era una marca española desconocida. La de ellos era BH. Esas dos letras acabaron resumiendo mi humillación: BH.

Nunca tuve una BH.

Tuve una bici sin marca.

Siempre estaba en un taller de motos, que era el lugar donde mi padre me la compró. Y en el taller no me hacían demasiado caso, porque allí arreglaban motos. No entendía por qué mi padre me compró la bicicleta en un lugar donde arreglaban motos. Les explicaba lo de la dirección desnivelada, pero no me atendían. No había ninguna BH en ese taller. Pasaban de mí. Yo me sentía avergonzado. Le pedía a mi padre que me acompañara al taller, pero nunca lo hizo. Nunca vino a echarme una mano. Al final desistí. Ahora sé que mi padre me compró una bici de saldo, de segunda mano, de ahí que el mecánico pasara de mí y de ahí que mi padre nunca me acompañara al taller. Imagino que ya las cosas no estaban para gastos superfluos y menos para una bici que nunca funcionó. Absolutamente nunca.

Acabé cogiéndole manía a esa bicicleta. Me sentí más solo y humillado que las piedras de los caminos o de los ríos o de los eriales. Por eso, en una extravagancia de mi memoria, he pensado que este hombre podría arreglarme aquella bicicleta de hace cuarenta y cuatro años.

La verdad es que aquella bicicleta no tenía arreglo. Era una bicicleta tullida. Iba a contar a Valdi la historia de mi bicicleta, pero al final no lo he hecho.

¿Cuántas bicicletas hay en la memoria de cualquier ser humano?

23

Estamos tumbados en la habitación de nuestro hotel en Chicago. Hemos andado todo el día. Le digo a Valdi que lo mejor ha sido alquilar las bicicletas. Él dice que sí. Se ha hecho un experto en bicicletas; es su herramienta de trabajo en Glovo.

Estamos tumbados cada uno en su cama; cómo no, mirando nuestros teléfonos móviles. Es una séptima planta que da a la calle Franklin. Hay dos ventanas, que forman una pareja agradable, como Valdi y yo, que también somos dos ventanas.

Busco en Valdi los recuerdos de la relación que yo tuve con mi padre, los busco con una desesperación llena de sonidos, llena de hallazgos luminosos sobre quién soy, sobre mi identidad.

Envejece mi identidad.

Me levanto de la cama, no sin dolor, la espalda me quema. Y voy hacia las dos ventanas, y miro el tráfico, y la calle, y miro el edificio de enfrente. Le cuento a Valdi cosas de mi padre.

No las entiende demasiado, ni yo mismo las entiendo. Es como si habláramos de especies que desaparecieron hace doscientos mil años. Parece un ser de la prehistoria mi propio padre.

Ni Bra ni Valdi le llamaron jamás por su nombre completo. Lo abreviaron. Lo hicieron más corto, pero le colocaron delante la palabra «yayo». Lo llamaban «yayo Manel», como se dice su nombre en catalán. De modo que el resultado no era exactamente su nombre.

Nunca ejerció de abuelo.

Nunca ejerció de abuelo porque mi padre siempre fue un dandi, esa es la razón. La acabo de saber ahora mismo. Un dandi de la clase media baja, pero dandi. Se inventó su dandismo, y yo lo he heredado.

He heredado su dandismo, que es una forma de estar siempre pensando en otra cosa distinta de la que tienes delante; es como una ausencia; como un irse de este mundo en pos de otro que no existe sino como melancolía.

Yo creo que por eso Bra y Valdi le cambiaron de nombre, por cortesía con su dandismo. Por instinto averiguaron que su abuelo no quería ser su abuelo. Quería ser otra cosa, pero no tuvimos tiempo de saber qué quería ser.

No ejerció de abuelo, como yo tampoco lo haré, porque no haré nada que mi padre no hiciera. No ejerció de abuelo porque en el fondo de su alma mi padre nunca creyó en los valores pequeñoburgueses que el mundo le daba.

No le gustaba la palabra «abuelo». Hay en ella una claudicación interna. La palabra «abuelo» no nos gusta, ni a mí ni a mi padre. Cómo pudo mi padre llegar a ser el gran señor de la vida que fue, ¿cómo lo hizo? Fue su instinto, solo su instinto.

Mi madre y mi padre en eso fueron iguales: tuvieron el mismo instinto hacia la vida. Fue lo único que les importó: la vida. Por eso a ninguno de los dos les gustaba la palabra «abuelo».

En francés está mejor, porque se dice «gran padre», eso es bonito.

¿Cómo hemos de llamarnos ante nuestros hijos y los hijos de estos sin que se pierda la elegancia y el respeto a las pasiones de la vida?

Valdi se ha puesto los auriculares. Le hablo y no me oye. Sigo mirando por las dos ventanas.

Componemos un momento de eternidad.

Exacto: eso es, estamos ante un momento sagrado, quiero besar el tiempo en el que estoy con mi hijo, mientras el tiempo aún esté con nosotros. Yo compuse con mi padre un momento así, solo que el momento con mi padre ya no lo hallo en ningún sitio, por eso me aferro al momento que estoy viviendo con Valdi, porque desde allí invoco la venida de mi padre.

Un momento lleva al otro momento en un prodigio de caminos que los seres humanos harían bien en ver y en adentrarse por esas sendas de la sangre compartida. Estando con mi hijo, lograba volver a estar con mi padre. Llamar a esto un milagro es poco.

Quisiera que su voz sonara en esta habitación 711 de un hotel de Chicago. Se asustaría de que estuviéramos tan lejos de España.

Su voz no está grabada en ningún sitio, eso es aterrador, suena dentro de mí su voz, pero es un sonido ya imaginario. Mi padre y su voz se van despedazando.

En el verano del año 2004 me dieron una beca y pasé quince días en Nueva York. Lo llamé desde allí y no supo qué decirme. Mi madre tampoco dijo mucho. No sabían muy bien en dónde estaba ni por qué ni para qué. ¿En qué pensaría mi padre cuando lo telefoneé desde Nueva York? Faltaba un año y tres meses para su muerte. No mostró la más mínima curiosidad ni por la ciudad ni por mí. Ya nos habíamos marchado el uno del otro. Me quedé triste cuando colgué. Me vino a decir algo como qué haces en ese sitio, tan lejos, deberías estar aquí conmigo, pero tampoco tiene mucho sentido que ahora vengas a estar aquí conmigo porque tal vez tengas razón y ahora te toque estar en ciudades como esa tal Nueva York desde la que me llamas y que a mí me importa muy poco. Pero como eso hubiera sido hablar mucho, hizo lo que hacía siempre y se comunicó conmigo con sus herméticos monosílabos, y en esos monosílabos había una triste belleza, pero belleza al fin y al cabo.

Le traje un reloj de aquel viaje a Nueva York.

Era un Casio.

Un Casio barato, de unos treinta dólares. Dicen que el dinero no da la felicidad, qué clase de imbécil es capaz de decir eso. Parece que esa frase la haya dicho el Presidente de todos los Empresarios de la Tierra. Parece que esa frase la haya dicho el Papa. O la haya dicho el Gran Explotador. Yo no pude llevarle ni siquiera un Seiko de trescientos dólares.

No pude.

Como tampoco él pudo comprarme una bicicleta nueva y fuerte.

Yo le traje un Casio de treinta dólares, y él lo supo. Supo que otros hijos traían a sus padres Seikos de trescientos dólares, como yo supe que otros padres compraban bicicletas BH a sus hijos.

La bicicleta que él me regaló y el Casio que yo le regalaba fueron el mismo regalo. Qué fidelidad a la clase obrera, qué enorme fidelidad, qué gran coincidencia entre mi padre y yo.

«El dinero no da la felicidad» es una frase reaccionaria, dicha por quien tiene dinero y pronunciada para evitar que otros lo tengan. El dinero te acerca al lujo y el lujo es alegría. Y sin alegría la vida no vale nada. El lujo es belleza. Debería haberle traído a mi padre no un Seiko de trescientos dólares, que los hay por esa cantidad, sino un Omega de cinco mil, o un Rolex de veinte mil.

Y mi padre habría sido feliz.

Porque mi padre era un dandi.

Porque yo soy un dandi, porque a los dos nos gusta (pues él sigue vivo en mí) la vida, nos gusta que la vida dé los frutos de oro, dé lo mejor.

Grandes cenas, grandes viajes, grandes hoteles, grandes coches, grandes relojes, y tú y yo, gobernando la belleza y la alegría.

Tú y yo, dos desgraciados españoles, hijos de la noche de la historia de España, pero con estilo, siempre con estilo.

Tú con tu Casio de treinta dólares; yo con mi bicicleta rota.

24

Todo en la vida te llega tarde, en eso pensaba mientras Valdi ya se había quedado dormido. Me puse tapones para no oír la estridencia del ventilador del cuarto. A Valdi ese ruido le traía al pairo. Se quedó dormido en un segundo. Aún tenía la luz de mi mesilla encendida (esas grandes tulipas americanas) y pude ver su rostro dormido. Era como si el niño que todavía vive en él saliera con el sueño y se apoderara de su rostro. Dejaba de tener veinte años, que son los que tiene, y su rostro acogía la dulzura y la vulnerabilidad de un niño.

Quería tocar el bebé que fue. Y cuántas veces toqué el bebé que Valdi fue y no supe darme cuenta de que en ese instante estaba en lo más alto de mi vida, en la plenitud de la existencia, cerca de Dios, cerca del misterio de la materia, dueño del secreto de la vida.

El secreto de la vida se llama belleza.

Se llama soledad.

Yo me había tomado un par de ansiolíticos, y estaba tranquilo, estaba en paz y me apetecía disfrutar de esa paz. Me levanté de la cama y volví a mirar por la ventana. Eran ya casi las doce. Volví a mirar a Valdi. Abrí el minibar y bebí agua. Habíamos comprado algunas cosas: había fruta y unas patatas con sabor a vinagre y a sal. Todo eso lo habíamos comprado juntos. En el cubo de la basura estaba la bandeja de una lasaña congelada, que había sido la cena de Valdi. La habíamos comprado en un 7-Eleven. Era un plato precocinado ideal para microondas. Y la habitación tenía uno. A Valdi le había encantado la lasaña. Y le había llamado la atención que nuestra habitación tuviera microondas. Acabé enamorado del microondas porque su presencia en esa habitación había conseguido la alegría de Valdi.

Todo cuanto trabaja para la alegría de Valdi es motivo de mi adoración, de mi profundo agradecimiento.

Cualquier cosa que haga feliz a mi hijo me produce agradecimiento. Cualquier cosa sobre la tierra que haga felices a los jóvenes de veinte años debería producirnos agradecimiento.

Pensé en millones y millones de hijos e hijas de veinte años.

A todos los sentí hijos míos, pensaba que me estaba volviendo loco, pero no podía evitarlo.

Miré en el cubo de la basura la bandeja de la lasaña, y como había sido la lasaña de Valdi, me enamoré de esa bandeja, que ya solo era basura. Pero esa lasaña había hecho que mi hijo fuese feliz, y la adoré.

Adoro todo cuanto causa alegría a Valdi, todas las cosas menores, materiales y menores.

Mo llamó desde Iowa para saber cómo estábamos, si iba todo bien. Le conté el día. Ella me contó el suyo, pero en voz un poco baja para no despertar a Valdi.

Mo siempre me da consejos, porque expresa el amor a través de los consejos. Expresar el amor tiene su complejidad. No basta con decir «te quiero». La transmisión del amor necesita materialidad.

Todo en la vida necesita concretarse en algo. Y Mo me dio consejos sobre aspectos prácticos relacionados con el viaje de regreso a Madrid.

La vida, la madurez, consiste en saber distinguir cómo la gente manifiesta su amor. No todo el mundo lo hace de la misma forma, eso quería decir. Es un largo repertorio. Comprender ese repertorio es vivir con los demás.

Luego volví a meterme en la cama, entre las sábanas limpias y tersas. Tuve la sensación de que no merecía esas sábanas. Tuve la sensación de que no merecía nada en la vida.

El no merecimiento no tiene palabra en español, no existe la palabra «inmerecimiento». Pero existe el adjetivo «inmerecido». Tal vez pueda servir «desmerecimiento».

No merecer nada y en ese no merecer nada alcanzar el gran merecimiento.

Las sábanas limpias y sin arrugas, las sábanas que representaban el trabajo de una camarera, que yo no merecía.

Ese estado de desmerecimiento me trajo un recuerdo de mi padre.

Hace unas semanas, me encontraba firmando ejemplares de mi novela en la feria del libro de la población pirenaica de Jaca. Estaba sentado en medio de una calle y había otra silla a mi lado, para el eventual comprador del libro. Una mujer octogenaria acompañada de una joven, quien la ayudaba en todo momento, se sentó a mi lado. Se me quedó mirando. Yo la miré también. Tenía los ojos azules y la piel gastada. Un pelo de color cobre, labios pintados, sombra en los ojos. Vi pulseras en sus muñecas. Respiraba un deseo de elegancia cumplido en toda su apariencia física. Una apariencia física cuidada, estudiada, en la que había esfuerzo, aliento, esperanza.

Tardó en hablar.

«No te pareces mucho a tu padre», dijo al fin.

Se presentó.

Era Carmina.

Mi padre hablaba de ella. Era para mí un nombre familiar, y ligado a la ciudad de Jaca. Cuando mi padre comenzó a trabajar de viajante de comercio, Carmina, que acababa de abrir una tienda de ropa, fue su primera clienta importante. Calculo que eso debió de ser a mediados de los años cincuenta.

«Me he leído tu novela», me dice.

Y se echa a llorar.

«Esta es mi nieta Araceli.»

La saludo.

Le digo a Carmina que no llore.

«Sabes poco de tu padre —me dice—. Pero es normal. Yo conocí a tu padre a los veintitantos, cuando él aún no conocía a tu madre. Cuando tenía otra novia. Sufrió tu padre, porque decía que apreciaba mucho a la novia que tenía, pero se había enamorado de tu madre. A mí me lo contaba todo. Pero es que no te pareces a tu padre. No te pareces nada a tu padre. Él nunca habría hecho lo que tú has hecho. Habrás salido a tu madre. Eso decía tu padre. Tienes hijos, ¿verdad? Hace tiempo que dejó de venir, y luego me enteré de su muerte. Me vinieron tantos recuerdos de cuando éramos jóvenes. ¿Puedes creerte que yo fui joven una vez? Tú ya no lo eres. Si lo fueras, no habrías escrito así de tu padre. Has escrito sobre tu padre porque lo querías mucho, eso sí me conmueve. El pasado nos hace llorar. Tu padre era muy elegante. Aunque la palabra es "distinción", eso es lo que caracterizaba a tu padre. Siempre con esas camisas tan bien planchadas, y cuando era joven, parecía un actor. En fin, tu libro es precioso.»

Miro al cielo del verano de la ciudad de Jaca. Interrumpo la charla para mirar las nubes. Veo una que se desliza, blanca y ligera. Miro los tejados de las casas. La calle está animada. ¿Cómo sería esta ciudad a mediados de los años cincuenta?, me pregunto. Cuando Carmina y mi padre fueron jóvenes y la vida ocurría de otra manera que me es imposible conocer.

«¿Cómo se llamaba aquella mujer?», le pregunto a Carmina.

Ella sigue hablando.

«Esa mujer se llamaba, y a ti qué te importa ya cómo se llamaba. Me acuerdo perfectamente de cómo se llamaba. Tengo ochenta y seis años, yo soy nacida en el treinta y dos, tengo dos años menos que tu padre, tendría dos años menos que tu padre si viviera, quiero decir. Para qué te voy a revelar cómo se llamaba. Cuando la dejó tu padre, ella lo pasó mal, pero luego se casó y tuvo dos hijos. Porque la vida continúa siempre, parece a veces un pozo oscuro, pasa el tiempo y sale el sol otra vez, y así de generación en generación, la vida siempre se rehace, siempre vuelve a aparecer. Estaba muy enamorada de tu padre. Pero fíjate, ya esto a quién le puede importar, no sé ni de qué estamos hablando, porque esta es la primera y la última vez que hablamos, te das cuenta de eso, ¿verdad?, fíjate qué poco espacio ocupa el pasado aparentemente, y sin embargo lo es todo; quiero decir que nos inventamos el presente para huir del pasado, porque lo único que tiene sentido a mi edad es recordar, pero si recuerdo me muero de tristeza, así que me invento el presente. Se llamaba María, y era alta y guapa. Morena. Tu madre en cambio era rubia. Tu padre me decía que no sabía qué hacer. Repetía eso: que la apreciaba mucho, pero que había conocido a la que luego sería tu madre. Un día se armó de valor y se lo dijo. Yo le aconsejé que se lo dijera enseguida, que si había tomado la decisión que se lo dijera a María. Incluso le dije las palabras que tenía que emplear. Tú todo eso no lo cuentas en tu novela. Cómo lo ibas a contar si no lo sabías. No sé si a tu padre le hubiera gustado tu libro. Para qué engañarte: yo creo que a tu padre, conociéndolo como lo conocía, no le hubiera gustado nada tu libro. Pero nada de nada. Era muy orgulloso, tenía su amor propio. Cuando entraba en la tienda parecía una aparición, porque era muy alto y estaba muy delgado de joven. Venía con el Seat 600 y trabajaba para Vitos. Era tan alto como discreto. La primera vez que lo vi pensé "mira qué chico tan guapo y tan silencioso". Así era tu padre, has hecho bien en quererlo tanto. Ay, ya sé que hablo mucho, pero cómo no hablar de tu padre, porque también era un hombre misterioso, ya lo creo. Pero lo de aquella novia, mira qué historia tan increíble, ¿verdad? Y esa novia no vive lejos de aquí. Se casó y tuvo dos hijos, ya te lo he dicho, que serán de tu edad. ¿Te gustaría conocerlos? Pero eso ya no tiene ningún sentido. Mira que es rara la vida cuando ya toca a su fin. Mientras la vida dura, vivimos y ya está, pero cuando toca a su fin, se vuelve muy rara. Se vuelve muy rara porque regresa, y parece diferente a como la vivimos, viene llena de matices nuevos, y nos confunde mucho, pero yo creo que tú de eso sabes más que yo.»

No oía ese nombre desde hará más de veinticinco años, en eso pienso. Dejo de oír a Carmina, porque la palabra «Vitos» me ha seccionado la memoria como un cuchillo de carnicero. Era una empresa de ropa para la que trabajaba mi padre. Se hundió en 1973, y con ella la bonanza económica de mi padre. Él y mi madre reverenciaban esa palabra: Vitos. No se la había oído pronunciar a nadie en muchos años.

Mis padres dejaron de decirla, esa palabra.

Esa palabra era el nombre de una empresa que supuso su felicidad económica y que de repente desapareció. Vivimos gracias a esa palabra. Comimos gracias a esa palabra. Desde que cerró Vitos, mi padre ya nunca volvió a ganar dinero. Quiero decir un poco de dinero. Ganar dinero no ganó nunca, pero cuando trabajaba para Vitos nos podíamos permitir una vida con algo de alegría.

Carmina y yo nos quedamos mirándonos.

A ella le espera la muerte y a mí vagar un rato más por el mundo, acompañado de Arnold, que inventa mis angustias.

Nos despedimos con un beso. Su nieta me sonríe.

«Mi padre siempre hablaba de ti con un cariño inmenso», le digo a Carmina.

Le firmo el libro.

«Casi me lo sé de memoria —afirma Carmina—. Eran otros tiempos. No se pueden explicar. Todo era de otra forma. Deja en paz el pasado», dice, y se marcha de la mano de su nieta.

«Deja en paz a tu padre. Qué poco te pareces a él», aún le da tiempo de decirme.

Yo ya no la miro.

Ya no la volveré a ver nunca más, esa es la única certeza, pero también es cierto que la acabo de ver, y eso ha sido muy importante, porque hemos conseguido algo heroico: nos hemos vuelto a ver, e incluso pienso que mi padre, a través de mis ojos, la ha vuelto a ver.

Papá, no es tan mala cosa que escribiera la historia de tu vida en un libro, porque ese libro ha hecho que Carmina se levantara de su sillón y dijera «tengo que ir a ver al hijo de mi amigo, al que ha escrito ese libro».

De repente, has salido un rato de la oscuridad, papá.

25

Al día siguiente Valdi y yo nos fuimos al aeropuerto internacional O'Hare de Chicago para tomar el avión hacia Madrid. Fuimos hasta el aeropuerto en metro, que estaba muy viejo y sucio. Teníamos una parada cerca del hotel, eso nos puso de muy buen humor. Todo iba bien hasta que entramos en la estación, pues Valdi se cabreó porque no había escaleras mecánicas y nos tocó bajar con las maletas a cuestas por unas escaleras muy estrechas. Casi nos matamos.

Valdi se cabreó con temperamento aragonés, y yo me moría de risa. Los aragoneses se cabrean de una forma especial, que mezcla la comedia delirante con la alta filosofía. Yo me enfadé también por solidaridad. Hablábamos a voces, rompiendo el acento de las sílabas del español, hasta convertirlo en gruñidos humorísticos, como una rara celebración tanto de la vida como de la desesperación de vivir.

Una liturgia aragonesa en el metro de Chicago.

No había manera de bajar por aquellas escaleras si ibas con maletas, parecía que te ibas a matar.

Si el metro de Madrid tuviera estaciones y andenes y escaleras sucias y angostas como las del metro de Chicago, ya habría habido una revolución en España. Noté que Valdi se dio cuenta de eso, de que, por tanto, su país no estaba nada mal. Al menos en algunas cosas.

Luego, en el aeropuerto, en las tiendas de colonias, seguimos robándole al capitalismo y nos perfumamos todo cuanto pudimos. Nuestra máxima es hurtar al capitalismo sin piedad. De vez en cuando venía alguna dependienta a preguntar si podía ayudarnos, al ver que nos estábamos duchando con las colonias en exposición, pero nosotros dos nos limitábamos a escucharla con atención y con una sonrisa muy amable, y seguíamos vertiendo colonias de cien dólares sobre nuestras manos, rostros, camisetas y hasta sobre nuestro equipaje de mano.

Hasta en la funda del ordenador eché colonia cara.

Nuestro criterio era muy simple: nos poníamos la colonia más cara. Y había una de ciento ochenta dólares, la Tom Ford, que es la que más me gusta, y dejamos el frasco en los huesos.

Oliendo a colonias caras de hombre, nos fuimos al McDonald's del aeropuerto y allí nos comimos dos hamburguesas gigantescas. Fuimos a McDonald's porque no encontramos ningún Panda Express.

Luego, embarcamos, y Valdi estuvo todo el viaje viendo películas.

De vez en cuando se reía.

Le pregunté si le gustaban las películas que estaba viendo.

No, dijo, son todas una mierda.

Yo dije: es verdad, son una puta mierda estas películas de mierda.

Pero allí estábamos, atravesando el Atlántico, en medio de la euforia de la velocidad, la ingravidez del espacio aéreo, el ruido de los motores, la gente durmiendo, las azafatas cansadas, los baños con cola, entre gentes de todas las razas, y los pasillos con mantas y zapatillas por los suelos, allí estábamos, cruzando el viejo Atlántico Norte, cruzándolo sin el debido respeto, porque los océanos han sido humillados por la mano del hombre.

Al aterrizar en Madrid, yo me puse triste: tendríamos que separarnos. Por la tarde, Valdi se volvió a Barcelona. Pero los recuerdos del viaje me alegraron unos cuantos días.

Hice un montón de fotos en Chicago. De vez en cuando, veía que Valdi colocaba como foto del guasap alguna de las que yo le había hecho, y eso me producía una alegría infinita.

26

Tengo un sueño. En ese sueño llego a un hotel. Hay un congreso de escritores. Conozco a alguno de ellos, que me saluda con afecto. Abrazos. Caras conocidas. De pronto, veo a una mujer con gafas, sentada al lado de una adolescente. Me siento en una silla libre. Es mediodía. No sé la razón, pero estamos en el Caribe. Se nota la humedad, el calor y el sol en la piel. La gente está contenta. Me siento al lado de esa mujer. Se quita las gafas. Es Teresa Rivalles, una mujer a la que hace treinta años que no veo.

En el sueño la trato como si estuviera viva. Sin embargo, cuando me despierte diez minutos después del sueño, recordaré que murió hace dos años. En el sueño, y una vez que se ha quitado las gafas, hablamos de la familia, me habla de sus hijos. En el sueño, viste de negro. Luego, en la vigilia, entenderé por qué viste de negro.

Mi charla con Teresa Rivalles me entretiene un rato. Cuando me doy cuenta, ya no hay escritores en la recepción del hotel. Todos han sido alojados. Miro a una esquina y veo mi maleta, solitaria, abandonada. Me pongo nervioso, la charla me ha hecho olvidar por qué estoy aquí.

Voy a recepción a registrarme y entonces se produce el milagro. El encargado de registrarme me saluda efusivamente. Le dice a otro recepcionista que tiene a su lado: «Fíjate qué habitación le ha tocado al señor» y le enseña el número. «No puede ser», dice el compañero del recepcionista. Entonces yo miro al lugar en donde he estado hablando con Teresa Rivalles, y allí ya no hay nadie. Cierro los ojos. Los vuelvo a abrir y veo a mi padre pasar delante de mí junto a Teresa Rivalles, voy a hablarles y en ese momento los dos recepcionistas me explican la razón de mi suerte.

«Señor, su habitación es un palacio, tiene una piscina marina para usted solo, es la mejor habitación del mundo», dicen. Entonces, viene un tercer recepcionista. La sorpresa de los recepcionistas radica en que pensaban que esa habitación tan mágica y espectacular ya no volvería a ofrecerse a ningún cliente.

Me describen los tres la habitación.

Me miran intentando averiguar cuál es la razón de que mi persona haya sido elegida para disfrutar de esa *suite*.

Cuando voy a entrar en la habitación, veo el mar que se acerca hasta mis pies y en ese momento me despierto.

He soñado con una mujer muerta, a quien conocí en la adolescencia. Los sueños son capaces de sacar a los muertos de la inacción y de la inmovilidad. Ella hablaba en mi sueño. Comentábamos cosas de los hijos, pues ella era madre.

En el mundo de la realidad, murió con solo cincuenta y cuatro años. Murió muy joven. Mueren personas que estudiaron conmigo durante el bachillerato. Cuando me enteré de su muerte me impresionó muchísimo. Recordé que una vez de críos, con doce o trece años, la besé. ¿Se acordaría ella alguna vez de ese beso? Yo no lo olvidé nunca. A esa edad, era una jovencita llena de vida, con mucha fuerza, era simpática y extrovertida, era imprescindible en las reuniones y en las pandillas. No consigo averiguar qué hacer con todos estos recuerdos. Porque me parece que están inacabados. Por eso los escribo, para intentar acabarlos y que acaben teniendo un sentido, y por tanto una dignidad.

Que los recuerdos mueran con dignidad, ese es mi cometido.

Yo creo que estaba enamorado de ella. Y sabía que ella nunca se enamoraría de mí. De hecho se enamoró de un chico que tenía cinco o seis años más que ella, y más que yo, porque Teresa y yo teníamos la misma edad.

Lo más sorprendente de toda esta historia, además de que soñara con ella, es que olvidé su muerte. Me conmocionó cuando me lo dijeron, pero lo olvidé. De modo que en otra conversación volvió a salir el tema de su muerte y yo no me acordaba de que ya me lo habían dicho. Así que volví a sentir su muerte como nueva. Luego, al cabo de un rato, caí en la cuenta de que ya fui informado de esa muerte. Esto me dejó aturdido.

La sentí morir dos veces.

Y es algo que no consigo entender. Es como si estuviera en un permanente lío con mi pasado.

Cómo pude olvidarme de que Teresa se había muerto. Solo puedo explicármelo de una manera: no lo entendí cuando me lo dijeron la primera vez. Por eso, mi cerebro no procesó esa muerte.

Me tuvieron que comunicar dos veces la muerte de Teresa Rivalles para que aceptara al fin que estaba muerta.

Lo hablé con mi psiquiatra, parece ser que no soy el único a quien le pasa eso, la inaceptabilidad de una muerte, la necesidad de una doble comunicación de la muerte.

La necesidad de una doble comunicación de la muerte ocurre en algunos pensamientos que no acaban de entender las dimensiones del pasado, me dice mi psiquiatra.

Me acabo de levantar.

Tengo que vestirme, porque voy a una reunión. No sé ni cómo vestirme, no sé qué ropa ponerme. No hay nadie a quien preguntar qué ropa me pongo. Cuando no tienes a quién preguntar qué ropa te pones, o si tal camisa o tal pantalón te quedan bien, tu vida acoge el sabor del fracaso. Apestas a fracaso.

Me fui a dormir anoche pensando en Teresa Rivalles.

No saber qué ropa ponerte puede volverte loco. A lo mejor eso le pasó también a ella. Igual fuimos una generación que llegamos a los cincuenta años completamente desamparados.

Teresa Rivalles se drogaba de joven. Lo sabía todo el mundo, todo el mundo menos sus padres. En aquella época todos los jóvenes españoles se drogaban. Todos nos drogábamos. Seguro que al final de su vida no sabía qué ropa ponerse.

Como yo ahora, en esta mañana de octubre, aquí, en Madrid. Si cierro los ojos puedo recordar cómo era Teresa cuando tenía doce años. La veo perfectamente. Nunca me hacía caso, yo no sabía qué hacer para llamar su atención, y todo aquello que yo hacía para llamar su atención lo hice hace más de cuarenta años. Y sigue ocurriendo: intento vestirme de forma atractiva, intento ponerme unos tejanos (entonces eran la gran novedad), intento decir algo original en su presencia, intento hacerme el chulo o el interesante, decir alguna barbaridad para que ella se fije en mí. Estoy poniéndome los pantalones tejanos ahora mismo en mi cuarto, me miro en el espejo: sí, seguro que se fijará en mí.

Más de cuarenta años después estoy haciendo lo mismo. Estoy intentando vestirme. Es verdad que ya no con el fin de hacerme el interesante, pero la acción es la misma: me miro en el espejo e intento valorar si voy bien vestido, si vale la pena que alguien me mire.

Cuánto daría por saber si ella recordó alguna vez aquel beso que nos dimos, o si lo recordaba de cuando en cuando, o si lo olvidó completamente.

Yo no lo olvidé nunca. Se lo tendría que haber dicho en alguna ocasión. Quizá si se lo hubiera dicho, ella aún seguiría viva, porque todo importa.

Nuestros padres eran amigos y eso hacía que la viera con cierta frecuencia. Ahora, por lo que sé, solo queda su madre. Vive en una casa grande, porque se hicieron una casa grande, en las afueras de Barbastro, con piscina. Imagino ahora a su madre deambulando por la casa, si es que aún puede andar. Teresa tenía un hermano mayor, que murió de muerte súbita.

Me acuerdo de su hermano mayor, porque tenía un Opel Corsa con maletero, y a mí me parecía un acierto haberle puesto un maletero al Opel Corsa. Eso sería a finales de los años setenta.

Yo hubiera querido tener un coche como ese, porque me parecía perfecto: tenía un toque deportivo, pero también tenía maletero, y era fundamental que tuviera maletero, porque mi padre valoraba mucho el maletero de un coche, de lo que deducía que si yo alguna vez tenía un coche como ese, mi padre me daría su aprobación.

Debieron de ser felices en esa casa.

¿Dónde está hoy esa felicidad?

El violento ciclo de la vida, y estoy pensando ahora en mi envejecimiento, se cumple inexorablemente.

27

Recuerdo que Teresa y yo tuvimos el mismo profesor de latín en COU. Se trataba de un sacerdote llamado don Luis Castilla. Él siempre decía esa palabra: «inexorablemente». Yo no entendía del todo su significado, o no acababa de entender la fuerza, a veces dramática, otras cómica, con que la pronunciaba.

Se ponía de pie encima de la tarima, desde donde su apariencia y su autoridad se multiplicaban, y cuando faltaba un minuto para que tocase el timbre y entregáramos nuestros exámenes, decía «el tiempo es inexorable». Yo sentía que lo decía con un añadido de experiencia personal. Era consciente de que don Luis Castilla metía en esa palabra su propia existencia. Era un hombre alto, de rostro fino, siempre bien vestido, con una corbata y un jersey azul. Un sacerdote presumido y con agenda, muy ocupado, con muchas reuniones y compromisos. Era especial. Se esmeraba en su apariencia física. Tenía mucha vida social, se codeaba con la burguesía de Barbastro. Le invitaba a comer la gente bien. Lo invitaban a las casas particulares, en donde era recibido con honores. Tenía un sentido político de Dios que me parecía más desarrollado que otros de sus compañeros de fe. Esto ocurría a mediados y finales de los setenta. Y su dominio del latín era grande, pero no perfecto. Había cuestiones gramaticales que no acababa de resolver en clase, tal vez por pereza o tal vez era porque yo no me enteraba bien de sus explicaciones. Yo estaba obsesionado con los valores del *quod* en latín, y le preguntaba mucho sobre ese particular de la sintaxis latina y recuerdo que nunca me quedaba completamente satisfecho.

El *quod* me tenía obsesionado, porque podía ser varias cosas, y yo quería estar preparado, estar alerta, que el *quod* no me cogiera desprevenido. El *quod* era un desafío a mi inteligencia, porque era voluble. La volubilidad de la sintaxis del latín rompía mi sentido de la lógica. Me obsesioné con el *quod* latino, también me atormentaban los valores del *cum*. Quería saber con precisión qué significaban aquellas frases dichas hacía dos mil años. Ahora me doy cuenta de que era imposible traducir lo que se dijo hace dos mil años. Me doy cuenta de que lo que hacíamos en clase eran aproximaciones razonables a algo que fue dicho en el pasado, pero que ya nadie podía saber qué se dijo realmente, al menos hasta la perfección absoluta, hasta la concreción precisa de todos los matices posibles. Los matices eran intraducibles, o irredimibles, o se los había tragado el tiempo. Y el *quod* eran los restos de ese naufragio, del naufragio de toda una lengua, que a mí me parecía maravillosa y a la vez terrible.

Tengo un gran recuerdo de ese hombre. Tengo un gran recuerdo porque era elegante, porque se esforzaba en escoger su ropa. Porque siempre estaba bien arreglado. Ahora ya está entre los muertos.

Teresa también está con él.

No era una gran alumna, suspendía y no estudiaba demasiado. También eso era parte de su encanto.

Un día vi a don Luis acompañando a un anciano. Cuando vi que don Luis tenía padre me quedé de piedra. Era un hombre tan elevado, tan especial, que le supuse sin padre. Lo mismo pensé que era un ángel. Creo que había divinizado su figura, por eso me sorprendió verlo con su progenitor.

Luego supe que vivían juntos.

Puedo pensar en el sufrimiento del padre de don Luis Castilla al comprender un buen día que con la muerte de su hijo desaparecería todo. Pues era hijo único. También debía de haber belleza en la convivencia entre un anciano y su hijo sacerdote. No sé cuándo se quedó viudo el padre de don Luis.

Igualmente me inquietaba el hecho de que don Luis fuese alto y su anciano padre fuese bajito. Pienso ahora, en este instante, en que el padre de don Luis debió de sentir un profundo orgullo muchas veces, y quiero concentrarme en ese sentimiento, en que no muera ese sentimiento.

Él me enseñó todo el latín que sabía, y sabía mucho. El latín se fue marchando del mundo. Soy de los últimos que quedan, uno de los últimos seres humanos para quienes los valores del *quod* latino son más importantes que las dimensiones del universo.

Imagino que don Luis condensaba la historia de su vida y la de su padre en una palabra, que pronunciaba con la gracia y la fuerza de todos los demonios y de todos los ángeles.

La palabra «inexorable».

Un sacerdote, un latinista elegante, con su corbata y sus modales educados, y su anciano padre. Los dos viviendo juntos. Los veo ahora sentados juntos a la mesa.

Tal vez estén enterrados juntos.

Los veo en el portal de su casa: don Luis muy alto, y su padre bajito. Ese detalle de las estaturas discontinuas entre padre e hijo viene a mí ahora como un enigma que ya no podré resolver, porque creo que soy el único sobre la faz de la tierra que recuerda a don Luis Castilla y a su padre, su anónimo padre, porque don Luis gozó de fama en Barbastro, y fue muy conocido, en cambio su padre viene a mí ahora envuelto en misterio, en oscuridad, en amarilla plegaria.

Los tres sois santos: Teresa, don Luis y el anciano desconocido. Los tres en este instante sois bellos.

Sois alegría.

Yo no os olvido.

Yo escribo para vosotros, para deciros que vuestras vidas fueron importantes y fueron verdad y fueron bondad.

28

Y ahora mismo ya estoy sintiendo nostalgia de Estados Unidos. Nostalgia de la fuerza y la voluntad. Nostalgia de las enormes praderas del Medio Oeste. Nostalgia de las hamburguesas gigantescas y de las habitaciones de los hoteles más gigantescas aún que las hamburguesas.

Fue Mo la que me sacó de España y me llevó a ese país, y mi vida renació. En Estados Unidos fui nadie. Un ser anónimo. Un pájaro en el cielo. No tenía identidad. Me reduje a la mínima existencia, a la mínima visibilidad. Gozaba de las realidades materiales. Mo tenía una casa admirable, que compartimos una temporada hasta que la vendió.

Los primeros días que viví en esa casa fueron en el invierno de 2014. La casa estaba en un bosque, a cinco o seis kilómetros del *downtown* de Iowa City. Era como si me hubiese fugado de la realidad. Cuatro años después, es decir, hoy, en este 2018, por cuestiones políticas y por el hostigamiento del presidente Trump a los latinos ya no me atrae tanto ese país ni siento ese vértigo que entonces sentí. Pero si evoco ese invierno de 2014, mi primer invierno largo fuera de España, me invade la alegría.

Mo se iba a trabajar a la universidad y yo me quedaba en la casa. Me pasaba la mañana descubriendo los electrodomésticos americanos, fascinado por la nevera y por los productos alimenticios estadounidenses. Todo era gigantesco, y eso me infundía felicidad. Estaba todo el día con el corazón sobresaltado. El tamaño de las cosas era una fiesta: los coches, las casas, los puentes, las autopistas, los supermercados, todo era portentoso.

Pensaba en mi madre, pensaba en lo que pensaría mi madre si viera la cocina que tenía Mo. Hubiéramos podido cocinar alguno de los platos que mejor le salían. Me puse a recordar los platos que le salían bien: las patatas rellenas de carne, la paella, la zarzuela de pescado, los canelones, las berenjenas rebozadas, el cardo con bacalao en las Navidades. Tal vez fuesen las berenjenas rebozadas su mayor conquista. Sentado en la cocina de Mo, pensaba en la cocina de mi madre.

Me di cuenta de que ya no volvería a probar ninguno de los platos que cocinaba mi madre. Pensé que si no podía volver a probar los platos que cocinaba mi madre, todas las cocinas de la tierra se convertían a mis ojos en cocinas extranjeras, hostiles, enemigas. Odié todas las cocinas del mundo, porque en ninguna de ellas se cocinaría jamás uno de los platos de mi madre.

Me ponía a escribir al lado de un bosque.

Un pavo silvestre se acercaba por la casa.

Lo bauticé con el nombre de «Fermín» y lo dibujé en un folio que luego colgué en un corcho. Hablaba con Fermín, e imaginaba que él me contestaba. Pensé que Fermín era español y aragonés y de mi mismo pueblo, y que había emigrado a Estados Unidos por una cuestión privada, tal vez huyendo de un desengaño amoroso o de un desfalco, y nos hicimos amigos.

Fermín y yo, perdidos en Estados Unidos, y los dos aragoneses. Usaba un marcado acento aragonés para hablar con Fermín. Lo gracioso es que Fermín me contestaba con un acento aragonés aún más marcado.

Pensaba en Aragón.

Fermín y yo parecíamos los dos últimos aragoneses sobre la faz de la tierra. También pensé en Francisco de Goya, en Joaquín Costa y en Luis Buñuel. Después de ese trío de ilustres aragoneses, íbamos Fermín y yo.

En aquellos días pensé mucho en Joaquín Costa. El embrujo del pavo Fermín me llevaba al recuerdo de la vida de Costa. Me fue dado ver su sufrimiento moral. Y todo esto lo estaba viviendo desde Iowa, al lado de Fermín.

Joaquín Costa fue un aragonés muy sensible al retraso político y económico de España. No es tan famoso como Goya o Buñuel, pero a mí me toca el corazón, porque llevaba en su cabeza la idea de que en España las clases medias tenían que prosperar, y esa idea me parece que sigue siendo la más revolucionaria y la más moderna.

Siento nostalgia de Aragón, de Barbastro, de mi tierra, y veo en el desconocido Joaquín Costa un símbolo de todo esto. Costa nació el 14 de septiembre de 1846 en un pueblo que se llama Monzón, que está a dieciocho kilómetros del mío. Mi padre tenía muchos clientes en Monzón. Cuando iba allí nos poníamos muy contentos mi madre y yo, porque sabíamos que volvería para comer.

De manera que Monzón significaba buenas noticias. Costa murió en Graus, otro pueblo cerca de Barbastro, el 8 de febrero de 1911. Nació en verano, y murió en invierno. Lo llegaron a llamar el «León de Graus». Mi padre también tenía clientes en Graus, y en concreto se hizo amigo de uno de ellos. De modo que alguna vez le acompañé a Graus. Allí hay una estatua de Joaquín Costa, que yo miraba de niño con algo de prevención o de miedo, pues representaba un busto de un hombre serio, con una barba frondosa y larga. Siento una reverencia por Costa que involucra a mi padre. El León de Graus está muy olvidado hoy. Nadie se acuerda de su talla intelectual. Está tan olvidado Joaquín Costa como la historia de mi familia y como la historia de esas tierras del norte de España, esas tierras de la provincia de Huesca.

Así que el pavo Fermín me traía recuerdos de mi tierra, allí en mitad de la cocina de la casa de Mo.

Había y hay un salto generacional con Mo, que tiene diez años menos que yo. Eso se acaba notando, porque pertenecemos a dos generaciones diferentes. Crecimos con consignas distintas. Por ejemplo, ella no se ríe con las cosas que a mí me hacen una gracia enorme.

Por eso, pensé que Fermín se reía con mis chistes.

Cuando Mo se iba a trabajar en la universidad, yo me quedaba sentado a la mesa de la cocina, al lado del enorme ventanal, esperando la aparición de Fermín, que siempre venía. Si tardaba, sacaba un poco de pan con mantequilla a la repisa de la ventana, y enseguida aparecía.

Comencé a repasar mi vida y lo hacía al lado de Fermín, que se quedaba mucho rato en mi ventana, aunque ya no hubiera pan con mantequilla.

Fermín me lleva a un recuerdo de 1980, a unas Navidades de 1980, cuando mi padre trajo un pavo a casa. Se lo había regalado uno de sus clientes. Mi madre en aquellas fechas me compró unos pantalones muy modernos que a mí me seducían mucho, pero también me sacaban de mi habitual discreción a la hora de presentarme en público.

Yo fumaba, casi como un consuelo, también como una forma de pasar desapercibido porque en aquella época el tabaco era una conducta social que uniformaba. Fumaba muchísimo. En esos tiempos todo el mundo fumaba muchísimo, y fumar era como mirar el teléfono móvil ahora, un recurso inmediato, que nos sosegaba. Entonces no sabíamos que fumar mataba. Imagino que mirar el teléfono móvil cada treinta segundos de manera compulsiva mata también, pero no lo sabemos hoy, lo sabremos allá por 2040.

Ayer fumábamos.

Hoy miramos un teléfono.

Somos lo mismo.

Sin embargo, no hay dos seres humanos que recuerden de la misma manera.

Recuerdo que yo era una persona que pasaba completamente inadvertida.

Hemos sido muchos a lo largo de nuestra vida: no tiene sentido que nos llamemos siempre con el mismo nombre.

El que yo fui en 1980 creo que está muerto, aunque a veces hablo con él. Está tumbado, dormido, descansando, en alguna parte de mi corazón. Ya no quiere saber nada de mí. Se quedó en el pasado, en donde reina y duerme al mismo tiempo.

En todo caso, es un muerto sin certificado de defunción, pero no existe sobre la faz de la tierra.

Nadie puede comunicarse con los yoes muertos que lleva dentro. No exactamente muertos sino cambiados.

Entonces he de pensar que en mi vida hubo un ángel de la guarda, porque sigo vivo. Como si alguien hubiera orquestado un plan para mí.

La bondad es uno de los milagros que más me han conmovido, a veces la bondad de los demás hacia mí me ha hecho sentirme culpable.

Todo ha sido como si mi madre hubiera estado detrás de cuanto iba a ocurrir. Seguro que lo hizo, estoy completamente seguro de su fuerza sobrenatural.

No vas a cumplir cien años, me digo siempre.

Lo que quiero decir es que ya no tengo muchas cosas por delante. Eso lo sé bien, ese pensamiento se presenta cada mañana con solo abrir los ojos ante el nuevo día. Esa presencia del final convierte mi vida en pura belleza.

También en bondad.

Me doy cuenta de que todo esto se lo acabo de decir a Fermín, que aún está al otro lado de la ventana, esperando que le saque más pan con mantequilla.

29

Qué importante era hacer el amor, y tampoco supimos muy bien en qué consistía ese acto. Alegraba las vidas. Nos hacía sentirnos afortunados. Pero era violento allá en sus formas más oscuras, allá en lo hondo del corazón.

Era terrorífico.

Cuánta violencia había allí, y cuánto dolor.

Nunca se parecía a sí mismo. Iba cobrando distintas naturalezas. Se movía en nuestras almas.

Del deseo y la pasión pasaba a la ternura y a la confianza. Hacíamos el amor porque confiábamos en el otro.

Nunca lo hicimos dos veces de la misma forma.

Qué importante fue en cada uno de nosotros, en todos los seres humanos que hicimos el amor.

A todos nos cambió.

A todos nos hirió.

Y cuando dejamos de pensar en hacer el amor, simplemente nos morimos.

Hemos inventado mil cosas para distraernos de esa única cosa que, por otra parte, no sabemos qué es.

Nadie lo ha sabido nunca. Hemos sido frívolos unas veces; otras, solemnes; otras, lúdicos; otras, insaciables; otras, puritanos. Y es lo que más nos pide el miedo al otro, nos pide que nos volvamos puritanos. Nunca se entiende tan bien el puritanismo como cuando te es revelado el terror del erotismo. Porque el erotismo es un matadero de seres humanos. El amor lleva al erotismo si es amor, y el erotismo es dolor, angustia y a veces perversión.

Hacer el amor es como las montañas o el mar: un misterio.

Es una presencia.

Nunca sabremos qué es. Oiremos muchas teorías, y muchas reflexiones, y muchas demostraciones, pero todas serán inútiles. Porque hacer el amor es regresar a la noche de la especie, que fue una noche terrorífica.

Quien piense que no hay terror en el acto del amor no ha vivido. Tal vez haya existido, pero no vivido.

Hacer el amor es la oscuridad, la mayor oscuridad. Hay un espejo en donde te miras, un espejo que anuncia melancolía y miseria.

La gente emplea palabras obscenas para señalar el acto del amor, yo las empleé también en su día, y las escribí y las pronuncié, ya no lo hago. Ya nunca digo esas palabras que manchan el amor.

Qué indescifrable, qué irredimible es todo cuanto me ha pasado.

El acto del amor solo debería ser, a pesar de todo, alegría.

30

«¿Cómo es posible que hayas venido a parar aquí, papá?»

Eso fue lo que pensé cuando bajé del avión en la ciudad peruana de Arequipa, y mis ojos contemplaron los 5.822 metros de altura de la montaña llamada Misti.

Te vi allí, transformado en tierra alta, transformado en una pregunta.

Misti está allí de la misma forma que tú sigues en mi corazón, como una presencia convertida en mutismo. La ciudad de Arequipa es tan hermosa como difícil de comprender. Estaba invitado a un festival de literatura, esa era la razón de mi presencia allí.

Pero no veía a la gente, no conseguía conectar con lo que sucedía a mi alrededor, porque estaba obsesionado con tu metamorfosis. Porque sentí que te habías convertido en un volcán, porque Misti además de una montaña es también un volcán, porque se pueden ser las dos cosas a la vez, como tú lo fuiste, pues fuiste hombre y padre.

Pregunté la manera de tocarte.

Solo iba a estar tres días en la ciudad. Había excursiones organizadas a la cima del Misti y me dijeron que se requería preparación física, porque había que andar muchas horas. Yo te veía desde cualquier lugar de la ciudad.

Me alojaron en un hotel agradable, pero la habitación que me dieron era oscura. No tenía casi luz natural. Pedí otra habitación. Me dieron otra que tenía más luz. Por la noche, cuando me fui a dormir, un leve pero real zumbido eléctrico se oía en la estancia. Tuve que ponerme los tapones para los oídos.

Casi me sangran los oídos, de la fuerza con la que coloco los tapones allí dentro, en los conductos auditivos.

Pensé que el silencio se había marchado del mundo.

Pensé que tú, allá arriba, en la cima del Misti, gozarías del silencio. En el mundo que vendrá, solo los hombres y mujeres más ricos, de mayor poder económico, podrán disfrutarlo.

El silencio es una utopía.

El silencio tal vez no exista.

A veces he conseguido estar al lado del silencio.

En los hoteles más humildes suele haber silencio, porque no hay complejas instalaciones eléctricas, ni tuberías de extracción de aires, ni sofisticados detectores de incendios.

Nuestra dependencia de la electricidad carga el mundo de ruidos que impiden el silencio natural con el que la vida nació, con el que la vida fue regalada a los seres humanos.

Me tomé dos pastillas para poder dormir. No es solo el ruido, es también lo que significa el ruido. Significa una fuerza hostil que está allí para acabar conmigo. Porque en el silencio hay perdón, hay disolución de todas las agresiones cometidas contra mí y por mí.

Solo la música tiene legitimidad para acabar con el silencio.

En Arequipa, me puse a pensar en la clase de hombre que soy. No soy un hombre. Soy un cuerpo, eso es una revelación. Por eso me he sentido siempre fuera del debate y de las luchas de poder entre hombres y mujeres. No soy un hombre. No soy una mujer. Soy un cuerpo que envejece, un cuerpo que reclama miles de cuidados.

Para sentirse un hombre o una mujer, hay que tener vanidad.

Yo no tengo vanidad.

La vanidad que hay en decir «soy un hombre», o la que hay en decir «soy una mujer». La vanidad que todos aceptamos para que haya descendencia, lucha, movimiento, agresión, crimen, pasión, injusticia.

Yo solo tengo vida, vida sin identificar, vida sin alegato, vida sin vanidad.

En Arequipa, me pregunto cuántos años de vida me quedan. Esa obsesión no se marcha jamás. No puedo disfrutar del simple hecho de estar vivo porque pienso que en tres minutos estaré muerto.

A este festival de literatura en el que estoy asiste un famoso premio Nobel, muy mediático, al que admiro muchísimo. Lo he visto en el desayuno. Lo observo con intención de que su ejemplo me ayude con mi vida. Es octogenario y goza de buena salud. Se le ve sano y fuerte. Es elegante, atractivo, inteligente, la vida le quiere. Tiene ochenta y dos años. Hago mis cálculos mentales, aplico mis matemáticas. Tiene veintiséis años más que yo. Comienzo a llenar esos veintiséis años, codicio esos veintiséis años. Mi corazón se llena de rabia. Rabia contra la vida, de que sea corta y frágil, de que sea tan poca cosa, tan cambiante y tan dura. De repente el escritor me mira. Y en esa mirada están contenidos todos los misterios. Sabe lo que estoy pensando. Quiere protegerse de mí. Quiere protegerse de la gente que está pensando en la muerte, porque él tiene delante la muerte, pero la obvia, porque posee ese talento natural para obviar la muerte.

El talento de obviar la muerte es un don, un don que de alguna forma deviene en una simplicidad casi vulgar. Obviar la muerte es un acierto, sí, pero también un engaño que te desacredita ante la inmensidad de las cosas, ante la inmensidad de tu propia vida.

Subo a mi habitación de mi hotel de Arequipa y me entra un ataque de ira. ¿Qué está pasando en mi corazón?

Es la locura.

Es Arnold, Arnold Schönberg, que ha vuelto: los nervios tambaleantes, las sílabas mal pronunciadas, la codicia de no se sabe qué.

Arnold siempre en mi corazón.

Hacía días que no lo veía, pero hoy ha vuelto.

He visto a la hija y al hijo del escritor. He querido ver en sus rostros los rostros de mis hijos. Los he visto felices y llenos de amor a su padre. He deseado que a mis hijos les pase lo mismo.

He visto y analizado el parecido físico del escritor y sus hijos. He comprendido la naturaleza de la herencia. La hija ha heredado la forma del rostro, la mandíbula y el cuello. El hijo ha heredado el mismo cabello.

Pienso en qué han heredado mis hijos. Los echo de menos a través de los hijos del escritor que obvia la muerte.

Parece que me quería decir «obvia la muerte, porque no hay

nada en ella, y sobre todo, nada que tú puedas hacer; obviar la muerte no es renuncia, es conclusión, es belleza, es elegancia».

Los he visto tan felices de estar con su padre que he sentido envidia. ¿Cómo se consigue eso?

Eso es el éxito.

Me he alegrado no de su éxito literario, profesional, social, cultural, histórico, sino de su éxito vital, que es el que me ha parecido codiciable, porque es el único éxito codiciable, el único que me interesa.

El éxito de seguir vivo con firmes propósitos, en donde tus hijos se convierten en cimientos poderosos, eso he visto en este hombre.

De repente ha sonado el teléfono. Me llamaban de recepción. Me preguntaban si había dormido bien y me ofrecían un cambio de habitación. He renunciado, he dicho que ya daba igual, que ya solo me quedaba una noche, y que era más incómodo cambiarme. A los dos minutos me he arrepentido y he descolgado el teléfono para decirle a la recepcionista que aceptaba el cambio.

Me subían a la planta cuarta, yo estaba en la segunda. Es significativo que los hoteles suelen tener sus mejores habitaciones en las plantas más altas. La cuarta era la última. Me pusieron en la habitación 402.

No sé qué significado tienen para mí los hoteles, no sé qué me pasa en ellos. Llegué a creer que era una especie de obsesión o de manía. Una manía más en mi vida de maniático, en mi vida dominada por Arnold. Pero no es así.

La vida siempre está jugando con nosotros, y te acaba diciendo las cosas cuando ella quiere. De modo que he tenido que venir a la ciudad de Arequipa para saber esto. Para saber que lo que estoy buscando es mi casa, que se perdió en el tiempo y se anegó en el espacio.

Estoy buscando la casa de mi infancia.

Estoy buscando mi habitación a través de las decenas de habitaciones de hoteles en donde he intentado dormir. Estoy buscando un sentimiento de serenidad y de paz, y estoy buscando la restitución de un cuarto infantil y lo estoy haciendo a lo largo de la tierra, en todas las ciudades y países que visito.

Hay una borrosa razón que explica por qué nacemos en

donde nacemos, en qué punto del globo terráqueo, en qué lugar de la vasta y vieja Tierra. No se nace en España, en Francia, en Rusia o en Perú por casualidad. Hay una razón que invoca a los astros, a los planetas, a los árboles, a los mares, a las cuevas, a los dinosaurios.

Escucha esas voces.

Si no oyeras esas voces, estarías perdido, estaría perdido. No sé si soy primera o segunda persona. Aún oigo esas voces remotas, que son lo único que tengo, lo único que impide que me vuelva loco.

Toda mi vida he luchado contra la locura, contra ese desgraciado de Arnold, y él sabe que me acabará ganando, pero lucho, lucho contra él con todas mis fuerzas. Si mi vida puede contemplarse con algo de benevolencia e indulgencia, será por la titánica lucha contra Arnold.

Arnold ha matado a mucha gente.

Los amigos de Arnold, los psiquiatras, los médicos, los jueces, los policías, los chamanes lo saben. Los psiquiatras y los sacerdotes conocen bien lo que Arnold hace en las mentes.

Es una distancia muy corta la que va de la lucidez a la oscuridad.

No es exactamente la locura. No es la psicosis, no, ambas son formas sencillas de Arnold. Si Arnold se presentara ante mí con sus ropajes habituales, todo podría ser incluso más sencillo. Arnold viene a mí como un estado de nerviosismo relacionado con el deseo. Es unas ganas locas de vivir que acaban en frustración. Es un estado de excitación acre. Como si del cielo cayeran cuchillos largos, como alfileres de luz. Es el goteo de las estrellas, que gotean sangre y demonio. Es un estado de frustración permanente, una frustración abstracta, metafísica.

Arnold me regala sus flechas más raras. Arnold me mete en la cabeza las ecuaciones morales más oscuras. Arnold me va destruyendo milímetro a milímetro y de una manera artística.

Estoy de regreso en Madrid. Hoy he ido a reparar unos zapatos. Descubrí que había un zapatero cerca de casa, cerca de donde vivimos Mo y yo. Lo descubrí por azar ayer, cuando salimos a dar un paseo. No solo reparaba calzado, también afilaba cuchillos y hacía arreglos de ropa; también hacía llaves, y un montón de cosas más. Me deslumbró ese sitio. La sola idea de la reparación me ilusiona en sí misma.

Hoy lunes he ido a ese zapatero.

Me he presentado en la tienda con un montón de cosas. Le he llevado unos zapatos viejos, unos pantalones rotos y dos cuchillos que no cortaban nada. Nos hemos mirado. Qué clase de hombre se presenta en un negocio como ese a las doce del mediodía con un cometido tan ordinario.

La sola idea de estar equivocado me enloquecía. De estar equivocado en estas reparaciones. No tenía sentido arreglar esos zapatos ni coser ese pantalón. De repente, me he dado cuenta de que el único cometido que tenía cierta razón de ser era el afilado de los cuchillos, pero ya era tarde.

Me ha ofrecido dos opciones para los zapatos: una suela de cuero, que costaba treinta y dos euros, o una de goma, que costaba veinte. Me ha dejado que me lo pensara. Yo miraba las dos opciones a través de dos muestras. Luego le he mirado a él. Era de algún país de América Latina, pero ya casi no tenía acento. Pequeño de estatura, muy moreno, con una cicatriz en la frente y una mirada serena. Las manos negras, las uñas destruidas. Lo he imaginado lavándose las manos todas las noches, al regresar del trabajo. ¿Dónde vivirá? Necesitará un jabón muy fuerte para borrar esas manchas atroces del betún, de las grasas limpiadoras, de los disolventes y del trabajo manual. He estado a punto de preguntarle por la marca o el nombre de ese jabón, que seguro que será especial, habrá en el nombre de ese jabón muchas horas de búsqueda de un jabón que limpie de una manera portentosa.

He elegido las suelas de goma, y he salido de la tienda maldiciéndome, con una sensación de soledad insoportable. Desde el 9 de junio de 2014 no bebo. Hoy me he vuelto a acordar de la bebida, después de haber elegido las suelas de goma.

¿Por qué no he sabido tirar esos zapatos?

He vuelto a casa desalentado. No sabía qué hacer. Me he tomado dos cafés seguidos con un par de galletas. Me he quedado mirando las galletas. Como he adelgazado más de diez kilos, todos los pantalones se me caen. Esa sensación es de una gran hermosura: que se te caiga la ropa. He vuelto a salir. He cogido el coche y me he ido a un centro comercial con la idea de comprarme unos pantalones de mi nueva talla.

La primera tienda de ropa que he visitado era cara, y la dependienta enseguida ha sabido que no iba a comprarle nada. Pero me he probado unos pantalones grises. Me he sentido profundamente solo. Me he mirado al espejo con los pantalones nuevos, y me he visto muy envejecido.

Los viejos no necesitan pantalones nuevos, he pensado, o más bien ha sido Arnold el que ha pensado por mí.

He salido de la tienda, pero no he abandonado el centro comercial. He estado dudando, y al final he entrado en otra, más barata. Allí al principio no he encontrado ninguna dependienta.

He pensado en mi vanidad. Para qué comprar unos pantalones nuevos, si tengo ya unos cuantos, pero están tan viejos. Eran mi madre y mi padre quienes me sacaban de estos abismos.

Pero están muertos.

Ahora no me saca nadie, porque Mo no entiende este lugar en el que me encuentro, y nadie está obligado a entenderlo. Ni yo mismo lo entiendo. Es el lugar de la desesperación.

El lugar al que fue mi abuelo, el que se suicidó.

Al final una chica me ha atendido. Era una chica joven, sería su primer empleo, he conjeturado. Y a través de esa conjetura he caminado hacia el recuerdo de mi primer empleo serio. Mi padre y mi madre, mis perdidos para siempre Bach y Wagner, estaban contentos con que hubiera encontrado mi primer trabajo importante.

Mi primer empleo serio fue una beca de colaboración que me dieron en una institución que se llamaba y se llama Universidad Nacional de Educación a Distancia. No era mucho dinero, pero a ellos, a mis padres, les hacía una ilusión tremenda.

Me he visto a mí mismo en la dependienta, y he sido amable con ella en un intento de ser así amable con el fantasma de mi pasado que me ha salido al encuentro.

Ese trabajo lo tuve en Barbastro, pero yo vivía en Zaragoza. Tenía que ir una vez a la semana a dar las clases. Iba todos los martes. Al salir del trabajo me acercaba a la que fue mi casa a cenar con Bach y Wagner, quien me preparaba una tortilla de espárragos de la huerta de Barbastro. Esto era en 1988. Mi hermano estaba estudiando fuera, en otra ciudad, así que cenábamos los tres solos, pero ellos estaban contentos porque ese era ya un buen trabajo. Era un trabajo relacionado con la carrera que había estudiado y me lo habían dado por mi expediente académico, que estaba lleno de matrículas. Lo que quiero decir es que era un trabajo que suponía una redención familiar, la primera redención en muchos siglos, y eso mi padre lo sabía por instinto.

Pero lo que más les gustaba es que ese trabajo ocurría en Barbastro, y así Bach y Wagner podían presumir de hijo, y de paso yo los visitaba todos los martes. Sé que cuando entraba por la puerta todo renacía, y aunque yo ya no vivía con ellos, los martes daba la sensación de que volvía a vivir en la casa de mi infancia, ese era el secreto.

Esos martes recobrábamos un orden que ya se estaba marchando, pero aún pervivía. Esos martes nos sentábamos los tres por última vez, y yo comía mi tortilla de espárragos. Ahora me parece una escena cargada de misterio. Para mi padre la tortilla de espárragos era el bien absoluto. Y bien pensado, se trataba de algo sencillo, un plato humilde: una tortilla con espárragos. Ese era mi padre: un explorador de la sencillez del mundo.

Ahora bien, tenían que ser espárragos finos y de la huerta

de Barbastro. Si eran otros espárragos, si eran de otra huerta o de otro pueblo, mi padre ni probaba la tortilla.

Ese fue él.

Un gran explorador, un enigma.

Una fidelidad omnímoda a su Barbastro, a todo lo que venía de Barbastro, porque ese era el lugar más importante del universo. Más allá de Barbastro, todo era devastación, ruina, fealdad, deterioro y mala comida.

Yo pienso igual que él.

He imaginado a la joven dependienta regresando a casa, tras concluir su jornada; la he visto cenar con sus padres; he oído las conversaciones. Ella les hablaba de su trabajo, de las compañeras, de la empresa, de los sueldos, de las horas extras, de cuánto iba a ganar, de la ilusión que hace ganar dinero, porque ganar dinero es ocupar un sitio en la vida.

Y su madre le tenía preparada si no una tortilla de espárragos, sí una de patata.

Todo lo que nos pasó regresa en otra parte y en otros seres humanos.

He visto en ese regreso una reconciliación y un motivo de alegría.

La chica me ha atendido con paciencia. Le he explicado que necesitaba unos pantalones, pero que me perdía en la abundancia de modelos y tallas. Me ha aclarado que existían básicamente tres tipos: los Skinny, los Slim y los Straight. Mi talla era una cuarenta.

No he comprado nada.

He ido a recoger los zapatos. Les habían puesto una suela de goma. Los he olido y apestaban a cola.

La reparación de esos zapatos me ha parecido el peor negocio del mundo.

32

Sueño que tras mi muerte volveré a ver a mi padre.

El próximo 17 de diciembre de 2018 se cumplirán trece años de su muerte. Si pienso en él y cierro los ojos, viene a mí.

Lo hace últimamente con un traje gris y una corbata con rayas blancas, y con un pañuelo en la solapa.

Viene a la edad de unos cuarenta y cinco años, más o menos.

Parece ya no Juan Sebastián Bach, sino Elvis Presley.

El Elvis Presley de los últimos años, el Elvis que cantaba *Unchained Melody*, mientras lanzaba una sonrisa desafiante al mundo.

Viene para devolverme al tiempo pasado y hace un milagro: convierte mi presente, mi presente de 2018, en algo irreal, y convierte el irreal pasado en algo sólido.

Hace ese prodigio para mí.

Y después me acuesto, me meto en la cama.

Intento dormirme con ansiolíticos que lleva Arnold en la mano. Mo se ha marchado, tenía un viaje de trabajo. Cuando me quedo solo en casa me dedico a mi padre, a invocarlo.

Alguien ha telefoneado, pero no le he cogido el teléfono. Estaba en un clima tal de soledad que no podía hablar con nadie. Muchas son las veces en que no puedo hablar con nadie, en que no puedo decir una palabra sin que Arnold me clave agujas en la lengua. Los martirios de Arnold son sofisticados, y todos eficaces y rotundos.

Lo gracioso es que Arnold soy yo mismo, esto me costó años averiguarlo, muchos años.

Me he ido a un centro comercial a probarme zapatos.

Me he desesperado mirando zapatos. Arnold estaba detrás de cada par de zapatos.

Me he probado unos cuantos, ninguno me gustaba. Las dependientas estaban cansadas. No tenían ganas de atender a más clientes.

Es una noche de un 2 de noviembre.

En una noche como esta, de hace cincuenta y siete años, yo no estaba en el mundo. ¿En dónde estaba? No era. No existía. Hay tantas cosas hermosas a las que la gente renuncia por pudor. La gente no suele pensar en el acto sexual que te saca de la oscuridad y te trae al mundo.

Si viviera mi madre, la llamaría ahora mismo para preguntarle qué hago con los zapatos reparados, porque huelen a pegamento industrial y ese olor es anuncio de la miseria.

Si pudiera hacer esa llamada, si pudiera hablar con ella un minuto, un segundo, solo un segundo. Le preguntaría por los zapatos. Y puede ser que ella me dijera: «Lo de los zapatos, pregúntaselo a Elvis Presley».

33

Mi madre, en sus últimos años, no se portó bien con todo cuanto la rodeaba. Podía llegar a ser muy dura y cruel. Yo no sabía qué hacer. Me hundía verla así. Nos hundíamos los dos, madre e hijo.

En la vejez, se agarró a mi hermano y a mí, en alguna medida, y quiso que le resolviéramos la vida.

Mi hermano se la resolvió más que yo, aunque las soluciones de mi hermano le resultasen poco festivas. A mi madre le hubieran gustado grandes soluciones, basadas en el lujo, la celebración, la fiesta y el regreso de la juventud.

Pero eso era imposible.

Mi hermano le ofrecía reparaciones de sentido común. Pero mi madre siempre vivió lejos del sentido común, esa fue su marca, su estilo, su temperamento.

Yo estaba deprimido, siempre con Arnold a mi vera. Mi madre llamaba por teléfono para contarme su soledad. Yo no estaba preparado entonces para esas llamadas. Porque yo entonces solo vivía para Arnold Schönberg: mira que les he inventado un nombre ilustre a mis angustias, tal vez para eso sirvan los libros, para adornar nuestras penas.

Ahora que lo estoy, que estoy sumamente preparado para esas llamadas, no hay llamada alguna.

No tenía capacidad para arreglarle la soledad a mi madre, no tenía fuerzas para dárselas.

Esa soledad irrumpió a partir de 2007, porque hasta 2007 no se dio cuenta de que se había quedado viuda. Y se quedó viuda el 17 de diciembre de 2005, pero no lo notó entonces, porque la muerte de un marido es tan enorme, tan devastadora, que parece una fiesta.

La muerte se disfraza de fiesta, eso lo sé muy bien.

Viene a nosotros desde lo más alto, y nos seduce, así es la muerte de quien amamos, una confusión con un día de fiesta.

Mi madre tardó en advertir que luego venía lo malo, y yo no estaba allí porque vivía en medio de una depresión.

Lo normal es que mi madre y yo nos deprimiéramos, porque éramos la misma cosa.

Sentimos lo mismo.

Somos una forma de melancolía rudimentaria, mi madre y yo.

Arnold nos visitaba a los dos.

Bach tenía razón, siempre la tuvo: no me parecía a él, me parecía a mi madre. Era igual que mi madre.

Tuve que escribir una novela para darme cuenta de eso.

Aporreo las letras del teclado, intentando que salgan todos los fantasmas y me digan qué hacemos ahora.

Idénticos hasta la confusión, hasta que seamos confundidos el uno con el otro el día de la resurrección, cuando nadie sepa quién de los dos ha resucitado. El mismo instinto. La misma sangre. La misma mirada. El mismo terror. La misma soledad. La misma codicia de la vida. El mismo amor a la vida.

Vimos a los demás según nuestros intereses y nuestros deseos más complejos. Porque si no cumplíamos nuestros deseos, moríamos. Y no queríamos morir. Pero nuestros deseos eran infantiles.

Ahora que llevo cuatro años y medio sin oír su voz, me parece que quien está muerto soy yo. Como su voz ya no pronuncia mi nombre, no sé quién soy. Cualquiera que me observe con un poco de atención se puede dar cuenta de ese nerviosismo de quien ha perdido su identidad porque hace cuatro años y medio que su madre no dice su nombre.

Ese nerviosismo es Arnold.

Gente que sufre he visto muchísima en mi vida, siempre he sentido simpatía por ellos. Siempre llevo a esa gente en el corazón. Detecto a la gente que sufre de manera inmediata. Es un don. Enseguida se nota el sufrimiento. No es ninguna peste. No es malo. No es ofensivo. No es ni siquiera triste. No es una maldición.

Es simplemente conciencia y cortesía.

Mi boda con Mo ocurrió sin la presencia de mis padres. No lo pensé al principio, no caí en ese detalle.

¿Cómo iban a venir a esta boda si estaban muertos?, era una obviedad. Sin embargo, para mí no era una obviedad, sino un motivo grande de preocupación. Cómo podía dar semejante paso sin decírselo a mi madre y a mi padre. Mi boda se produjo en Iowa City, en Estados Unidos, demasiado lejos de España.

Con el tiempo esa incomparecencia ha ganado fuerza, pues no podían sancionar ni aprobar mi nueva vida. Y de hecho, uno de los grandes problemas que tengo con Mo es que mis padres no la conocieron, argumento que aprovecha Arnold para taladrar sin piedad mi corazón y la confianza en mí mismo.

Si no la conocieron, tu matrimonio no existe, dice Arnold. Es un tipo indomable. Seguirá vivo cuando ya no esté, el gran Arnold.

Si ellos no estuvieron presentes, tu matrimonio te lo estás inventando, dice Arnold. Todo es mentira, si ellos no están. No tienes autoridad sino la que procede de ellos. No puedes tomar decisiones relevantes si ellos no las conocen. No puedes saber lo que te conviene si ellos no te orientan. No puedes hacer nada si ellos no te auxilian con sus consejos.

No puedes hacer nada sin su aprobación.

¿Qué hubieran pensado mis padres de Mo?, esta pregunta me la hago constantemente. La misma Mo comprende lo que me pasa y a veces dice cosas al respecto. Hace sus cálculos y expresa sus intuiciones, sabe cómo eran mis padres por cuanto yo le he ido contando y la información que le he ido transmitiendo, que ha sido mucha. Me dice que se hubiera llevado bien con mi madre, cuando dice eso yo me pongo de buen humor y gano confianza, seguridad. Mi madre le resulta cercana, por todo lo que le cuento.

Allí hay un abismo.

Mo no tiene un pasado junto a mis padres, ni lo tendrá nunca. Tendrá un pasado junto a mí. Eso acaba propiciando un laberinto de espejos, una suerte de dualidad, acabo siendo dos personas.

O dos épocas históricas: el Barroco y el Renacimiento, por ejemplo. Aunque yo pienso que ninguna de esas dos épocas existió. No existieron ni el Barroco ni el Renacimiento ni la Edad Media ni el Romanticismo.

Lo que existió es la vida.

La vida y los pobres recuerdos que fue dejando en este océano del pasado sin fin.

Cuando un ser humano no puede conectar, unir el pasado que vivió y el presente que vive, se vuelve melancólico, se agrieta su mirada, pero también madura su vida de otra forma, y esa madurez vale la pena.

Me gustó la boda por lo que tuvo de naturalidad. Hicimos los papeles y mi testigo fue Paul, un americano estupendo, un hombre generoso. Paul es un jubilado, fue un reputado cirujano, un hombre de unos setenta años, alto, delgado, silencioso y con melena. Paul tenía muchos misterios y hablaba poco de su pasado.

A veces pienso en él, en la manera fortuita por la que terminó siendo testigo de boda de un hombre de más de cincuenta años que había acabado viviendo en el Medio Oeste americano. Es la ruleta de la vida. En ese vaivén sin razón alguna se deciden los momentos más felices de nuestras existencias.

Después de la boda, hicimos una pequeña fiesta en una casa histórica de Iowa City, una casa de principios del siglo XX, de una amiga nuestra. Nada más cruzar el porche ya sabías que entrabas en un túnel del tiempo. La casa estaba igual que hace cien años. Yo me paseaba por las estancias como quien entra en un libro de historia.

Era el mes de octubre.

Yo elegí una fecha de boda imposible de olvidar: el 12 de octubre. Evidentemente, no elegí esa fecha por su significado histórico, sino porque era una fecha famosa. Si hubiera sido en enero, habría elegido el 1 de enero o el 6, fechas famosas, como digo. Y ahora sé por qué elegía una fecha famosa.

Creo que esa elección obedecía a mi lucha personal contra el olvido de todas las cosas y de todos los hechos que conforman la vida de un ser humano.

Pensé en que cuando fuera un viejo decrépito, acosado por el alzhéimer o por alguna de sus variedades en donde siempre acaba taladrada y deshuesada la memoria, la fama de esa fecha sería una ayuda; pensé que cuando, preso de la amnesia, alguien dijera esa fecha en voz alta yo recordaría algo.

Por eso elegí el 12 de octubre. Podría haber elegido, como digo, el mismísimo 25 de diciembre. ¿Cuáles son las fechas irrompibles, las fechas inolvidables de la historia de la humanidad? Eso pensé.

Aquel día de mi boda en Iowa fue muy íntimo y también enigmático y sé que cuando pasen los años su enigma crecerá hasta alcanzar la irrealidad más severa. Fue un día de otoño, la grandeza del otoño en el Medio Oeste exige vivirla y verla. Hay que ver esos árboles desnudos y las calles inundadas del color amarillo y los ciervos deambulando perdidos en el frío recién estrenado.

Vinieron amigos al ágape.

Tiene gracia, porque, pasado el tiempo, tengo mal recuerdo de algunos amigos españoles que vinieron al convite y un excelente recuerdo de los amigos americanos. Tampoco fueron tantos, pero un par de los supuestos amigos españoles que vinieron no nos regalaron absolutamente nada. Al principio, no le das importancia. El paso del tiempo, sin embargo, te revela lo importante que es. Los detalles son siempre importantes, porque la vida son solo los detalles de la vida. La vida en sí misma, como absoluto, no se presenta si no es a través de pequeños detalles. Por eso yo vivo obsesionado por los detalles, a mi padre le pasaba lo mismo, sabedores los dos de que en los detalles está la verdad que no nos atrevemos a pregonar. La verdad se esconde en esos pequeños gestos, nunca en las grandes afirmaciones. Y aquel par de españoles que vinieron al ágape y no nos regalaron nada nos estaban avisando de que nunca fueron amigos nuestros. También dejaron bien claro que eran unos miserables, unos casposos y unos cutres, pues comieron hasta reventar, repitieron varias veces de todo, se emborracharon, rompieron objetos de la casa, que tuvimos que pagar Mo y yo, y no nos regalaron nada.

Mira que no regalarnos nada, ni siquiera una taza de café bonita, o un libro, o un jarrón, lo que fuese, ni un dólar se gastaron.

Mo encargó un ágape típicamente americano. Había humus, pequeñas hamburguesas, ensaladas, comida mexicana y oriental y árabe, ya no recuerdo bien. Me acuerdo de una estupenda tarta de mantequilla que hizo Helen, una amiga de Mo, que fue además quien nos casó, porque tenía el permiso para celebrar bodas.

A mí me encantaba y me encanta la tarta de mantequilla que se hace en Estados Unidos. Son tartas altas, de bizcocho, en donde la mantequilla surge por dentro y decora con una densa capa toda la circunferencia y la parte de arriba.

Como ya he dicho, los amigos españoles que no nos regalaron nada fueron los que más comieron. Yo los veía comer y pensaba en España. Mi amada España. Un amor bien raro.

Un amor a gente que come y no te regala nada el día de tu boda.

Pero da igual.

Porque Mo estaba muy feliz.

Parecía una niña.

35

Cuando éramos pequeños y mi madre no sabía si mi hermano o yo teníamos fiebre, recurría a mi padre. Él ponía su enorme mano sobre nuestra frente, apretaba dos segundos y confirmaba o negaba. Era tan inapelable como infalible. Tenía ese don: percibía el calor en los cuerpos de sus hijos.

Me ha venido este recuerdo a mi memoria, así, de repente, aquí, en la ciudad de Nashville, en donde Mo y yo estamos pasando dos días de viaje de novios. Ella ha agarrado un enfriamiento y piensa que tiene fiebre. Coloco mi mano sobre su frente y determino que no tiene.

El mismo gesto, la misma aseveración, el mismo dominio de los cuerpos ajenos que tenía mi padre hace casi cincuenta años.

Estamos en una habitación del Hyatt Place Hotel, en el piso catorce. Se ve un enorme puente y unos cuantos rascacielos, y luces a lo lejos, porque ha caído la noche. Mo está tumbada en la cama. Ese recuerdo sobrevenido de mi padre me ha dejado perplejo. Ha venido con una intensidad aterradora, así viene él, así viene el pasado, con un cuchillo en la boca.

Tal vez Mo haya cogido frío esta mañana, cuando hemos ido a visitar la tumba del cantante Johnny Cash. Cuando nos hemos despertado, y antes de bajar a desayunar, hemos buscado la ubicación de la tumba a través del GPS. Luego hemos desayunado un montón de cosas, teniendo bien claro que nos íbamos a ver la tumba de Johnny Cash. El GPS indicaba una distancia de 20,9 millas, con un cálculo de veinticinco minutos en coche. Estaba cerca.

Todo parecía ir a la perfección. Pero a los veinte minutos de viaje nos hemos dado cuenta de que el GPS había equivocado el lugar. Hemos tenido que parar en un desvío, que nos ha llevado a una plaza donde había ese típico racimo de tiendas que acaba conformando el submundo de la periferia americana.

El caso es que ese contratiempo me ha puesto de muy mal humor. Nos habíamos alejado de la tumba de Cash. Y ahora el GPS nos daba una distancia de 30 millas y de unos cuarenta minutos.

No he sabido controlarme y he golpeado la guantera del coche. No puedo evitar convertir en tragedia las imbecilidades del azar, las adversidades mínimas. Otra manera que tiene Arnold de presentarse en mi corazón.

Tal vez porque en estas pequeñas adversidades veo señales de una adversidad mayor, de una oscura adversidad que es más bien una emergente sensación de fracaso, que procede de la noche de los tiempos, del viejo miedo a la vida, a la naturaleza, a la muerte y a la nada.

Arnold en todo su esplendor.

Por eso, cuando esta noche, después del viaje a la tumba de Cash, ya en la tranquilidad de la habitación del hotel, he puesto la mano sobre la frente de Mo, me ha venido el sosiego al recordar a mi padre, al recordar el mismo gesto que él hacía cuando nos medía la fiebre a mi hermano y a mí, hace muchos años, en una casa y en una familia que ya no existen.

Ha venido un vendaval de ternura que yo creía extinta.

Miro por la ventana de nuestra habitación del piso catorce y ese recuerdo se vuelve amargamente melancólico al enfrentarse con la arquitectura de Nashville.

Al final conseguimos encontrar el Hendersonville Memory, que es un cementerio considerablemente grande. Una mujer nos atendió con una sonrisa maternal. Nos dijo que había muchos famosos enterrados allí y nos explicó la ubicación de la tumba de Cash, pero yo no escuchaba, pensando que Mo sí lo hacía. El caso es que de repente estábamos los dos vagando a la deriva por el cementerio de Hendersonville y otra vez me tragó la adversidad, la desesperación, y reproché a Mo que no hubiera atendido a las indicaciones de la mujer del tanatorio.

Nos pusimos a buscar la tumba enfadados. Y para colmo, sin previo aviso, comenzó un viento helado, que nos abofeteaba la cara. Un hombre y una mujer buscando una tumba.

Mo insiste en que le vuelva a medir la fiebre. Otra vez veo la mano en el aire, ya no es mi mano, me viene ese recuerdo de la infancia. Hemos encendido todas las luces de la habitación. Bueno, he sido yo el que las ha encendido. Mo está tumbada, presa de su catarro y de una tos insistente. Tengo la sensación de que no hay suficiente luz, por eso enciendo todas las lámparas. Aun así, quedan partes de la habitación en penumbra, porque no hay una luz potente que proceda del techo. Ningún hotel tiene ya luces en el techo. Son todo lámparas de mesa o luces indirectas. Parecen esas luces de hotel un símbolo de la vida actual.

Como nos habíamos perdido de vista, cada uno buscando la tumba por su lado, me telefoneó al móvil.

«La encontré», dijo Mo esta mañana.

Allí estábamos los dos, enfadados, delante de la tumba. Yo estaba iracundo, no entendía qué estábamos haciendo allí. Me enfadé con Mo delante de la tumba, sin prestar atención al lugar en el que estaba, sin pensar en el muerto célebre enterrado allí, sin pensar que tal vez eso fuese una falta de respeto: una pareja hablándose a gritos y lanzándose reproches insustanciales delante de Johnny Cash.

Fue entonces cuando miré la lápida de Johnny Cash y vi la fecha de su nacimiento. Había nacido dos años después que mi padre. En 1932. Vivieron, pues, el mismo tiempo, en países bien distintos.

«Mira, están enterrados juntos», dijo Mo. Es verdad, eran dos tumbas. Johnny Cash yacía junto a su segunda esposa, June Carter.

«Se amaron toda una vida», dijo Mo.

Contemplé las dos tumbas, y me acordé de Bach y de Wagner.

Ya cesó mi ira por el disgusto de no haber encontrado la tumba a la primera, me fui calmando. Miraba las lápidas de Cash y Carter, en cada una de ellas había una inscripción sacada de la Biblia, un mensaje lanzado a la eternidad, que no existe, pero ellos eran creyentes, y debieron de pensar que sí, que existe la eternidad, la redención, el amor más allá de la muerte.

«¿Quieres que te toque la frente, para ver si tienes fiebre?», pregunto otra vez.

36

No hubo alcohol para los novios en mi boda americana, porque ni Mo ni yo bebemos. Para los invitados, sí. Para los novios, no.

Claro que me gustaría volver a beber; muchas veces lo pienso. Lo pienso cuando estoy en comidas con vinos fantásticos. Hace unos meses estuve en una cata en donde se celebraba el maridaje del vino y la literatura. Fueron pasando por delante de mis ojos excelentes vinos. Un catador profesional iba describiendo las virtudes de cada caldo. Yo los olía y los miraba.

Pensé en algo que podría llamarse «la buena muerte del vino».

Pero aquello fue un infierno: mi vida en el alcohol, eso fue un infierno. Madre de Dios, aquellos meses, aquella destrucción, pero también aquella euforia, porque ahora que lo pienso mejor, en todo momento de mi vida hubo alguna forma de la alegría.

Qué incomprensible es la alegría, que a veces también se pone la máscara de la desesperación.

El infierno siempre se presenta con los adornos del paraíso. Es un clásico de la vida. Entras en el infierno creyendo que estás entrando en el paraíso. El vino es jugar a la ruleta rusa.

Vas a la muerte recordando que fuiste un gran bebedor. Y la muerte ya no puede hacerte nada que no te hiciera antes la vida.

Puedes cerrar los ojos y acordarte del vino mientras te mueres.

Eso haré, con gran arte.

Que Mo no beba fue crucial para que yo dejara de beber.

Hubiera sido imposible dejarlo sin ella. Ya han pasado más de cuatro años y medio desde que dejé de beber, y pienso en cómo habría sido mi vida si lo hubiera dejado antes, mucho antes.

Podemos cambiar el pasado en la imaginación, suspender posibilidades durante un par de minutos, hasta que caemos en la cuenta de la banalidad de esos ejercicios mentales, que acaban en ocio que duele. No podemos cambiar nada, y esos ejercicios proceden de nuestra inmadurez. Hay que aceptar adonde hemos llegado en la vida, al lugar que sea. Hay que aceptar las responsabilidades.

Mi madre me mandaba a una bodega que había cerca de casa para comprar vino para mi padre. A mí no me gustaba hacer recados. Lo detestaba. Siempre me quejaba amargamente de esos recados. Mi madre me mandaba a comprar cosas. Sería en 1972, por ahí. Tendría yo diez años.

Iba a esa bodega con una garrafa de algo más de dos litros. Comprábamos el vino a granel. La bodega me parecía un sitio diferente a todos, lleno de olores muy profundos. Había grandes cubas, que me daban miedo, y grifos, y al lado de los grifos colgaba un cartel con el precio de cada vino. Un empleado rellenaba mi garrafa. Yo llevaba escrito en una nota el vino que quería mi padre; en la mano, el dinero justo. Recuerdo el bolso en donde depositaba la garrafa.

Cómo es posible que recuerde ese bolso.

Lo estoy viendo, como si fuese un bolso de ahora mismo.

Las asas negras, y lo demás todo de amarillo.

Era grande.

Los misterios de la ebriedad que da la ginebra, el whisky, el vino, la cerveza, el vodka son más importantes que los misterios del universo. Fui muy feliz bebiéndomelo todo. El ruido de los hielos en la copa de whisky. El olor y el sabor, y la transformación de tu vida en un huracán.

Y ahora, en mi boda americana, no pude beber ni una copa de champán.

Qué gran hombre fui cuando bebía, pienso ahora con amarga ironía y con humor, mucho humor, daba gusto verme sostener el vaso largo entre mis manos, la sonrisa abierta hasta la desesperación de la mandíbula, los hielos rugiendo en el vaso, los amigos crecidos, las risas retumbando.

El alcohol ayuda a la creación de la vida como espacio político. El alcohol en los seres humanos incluso crea la idea de que la vida es fuerza sin límite, y de que la vida tiene sentido.

A veces pienso qué pasaría si volviera a ellos, a los vinos y a los whiskies, si volviera a darles entrada en mi vida.

Volverían a quemarme, claro.

Unos esperan la venida de Dios, otros la revolución, otros el hundimiento del capitalismo, otros el fin del mundo. Yo, más modesto, espero o temo el día en que vuelva a beber, el día en que regrese esa exaltación olvidada, esa atormentada locura.

Porque todo vuelve.

37

Estoy ahora en un hotel de una ciudad española, en esa ciudad me dan un premio por haber escrito mi novela. Me quito los zapatos, los aparco en paralelo, debajo de la mesilla que parece un garaje de zapatos, y me tumbo en la cama. Veo de repente un montón de pequeños hilillos que manchan la colcha blanca de la cama. Esos hilillos, descubro horrorizado, proceden de mis calcetines. Intento quitar esos hilillos y me afano en esa tarea con desesperación. Parece que todo acaba siempre en la más inesperada de las imperfecciones, porque esos calcetines, para más inri, son nuevos.

¿Son nuevos?

Seis pares de calcetines por tres euros, esa fue la compra en una tienda de fama mundial.

Ahora me arrepiento de haberlos comprado. A mi madre le pasaba lo mismo: se dejaba seducir por el mundo a bajo precio y fue llenando la casa de utensilios monstruosos.

Ella me ayudaría en este instante, en este instante de furia, de esplendor de la furia, ella podría sanar este cerebro herido. Sigo quitando esas pelusas de mis calcetines. Me van a dar un premio por el libro que escribí sobre mis padres. He traído un traje, pensando en mi padre.

A mi padre le encantaba verme metido en un traje.

Nuestra apariencia física es importante.

Somos un cuerpo.

La elegancia no reside en el precio de lo que llevas puesto. La elegancia es un don. Mi padre lo tuvo. La elegancia es una conciencia abierta a ti mismo, un río de la vida.

La elegancia de mi padre vino a mí.

La elegancia es un gesto, una manera de estar delante del espejo universal del tiempo.

¿Qué pensará la camarera que tenga que limpiar mi habitación al ver todas esas pelusas negras en el suelo y en la colcha? Sigo quitándolas, como puedo. ¿Adónde fueron a parar los calcetines que dejó mi padre a su muerte? No les di importancia entonces, seguro que acabarían metidos en una bolsa, y de ahí a la basura. Ahora me gustaría verlos. La ropa de la gente que se marcha se convierte en un problema moral. Mi padre no dejó mucho, un armario rojo con algunos trajes antiguos, pasados de moda y gastados, pero la gente rica deja auténticos metros y metros de armarios llenos de ropa carísima, nueva —a veces solo usada una vez; otras, ninguna—, que ya no tiene destino, más allá del recuerdo de la vanidad de alguien que eligió gastar miles y miles de euros en ropa en vez de dárselo a los que se mueren de hambre en este mundo.

Esa ropa cara que dejan los muertos ricos es prueba de condenación. Esa ropa habla del mal, de la locura, del egoísmo, y es triste, porque mucha de esa gente, de tener una segunda oportunidad, de poder ver sus armarios y sus vestidores un minuto después de su muerte, entenderían su insania y lo regalarían todo. Lo venderían todo y lo entregarían a los millones de seres humanos que no tienen qué comer, y entonces morirían bajo la luz de la alegría. Pero no es así. Porque la alegría no es de este mundo. Es un arte del corazón, que se esconde siempre, un arte de la bondad.

Suelo ponerme a veces unos calcetines de Mo, que son excelentes, porque no producen esos hilillos negros. No recuerda dónde los compró. Yo le pregunto cosas como esas. Ella sabe que para mí son importantes. Al principio, no entendía cómo se había casado con un tipo que hacía ese tipo de preguntas, luego las ha ido contestando como puede. Ha visto que para mí allí reside el misterio de la materia, y me ayuda, me ayuda con la cruz, con esta cruz que es la materia.

Me pongo el traje, me pongo la camisa blanca, que también es nueva. Me costó cinco euros con cincuenta. Pensé que ya no tenía sentido lavar y planchar la ropa. Ese precio parecía contener una revolución. Cómo nos gusta a los seres humanos estrenar cosas, lo que sea.

La ropa blanca nunca está completamente blanca, y eso me duele. Mi padre lo sabía, se planchaba las camisas como un dios que mejora el mundo con sus manos fuertes y voluntariosas.

La voluntad de que las camisas blancas estén completamente blancas, eso fue mi padre.

No es fácil vestir de blanco, porque una camisa blanca o unos pantalones blancos se ensucian enseguida. Por eso, cuando tengo delante de mí a un hombre o a una mujer que visten camisa o blusa blancas me invade la sensación de estar ante un héroe. El blanco es una afirmación de la vida, una afirmación simple, sencilla, sin adornos fatuos.

Hay humildad en el color blanco.

Es mi color preferido, pero yo sufro muchísimo, porque para que una camisa quede blanca después de lavarla hay que hacer casi magia.

Lo que suele ocurrir es que la gente que cree ir de blanco en realidad va de amarillo. Porque el color blanco de las camisas o de las blusas o de las camisetas se pierde enseguida. Las lavadoras son enemigas del color blanco.

Si veo a un hombre con la camisa blanca amarilleando, siento pena, pero también me siento acompañado, menos solo en la oscuridad. Cuando veo a alguien con una camisa blanca como la nieve, me siento mal, me siento un ser inferior. A veces solo entreveo una posibilidad: estrenar una camisa blanca cada día. Parece que es la única forma de vencer a esas briznas oscuras, a esos puntos negros o esos tonos amarillentos que van apareciendo en las camisas al lavarlas por primera vez.

¿Qué hacía mi padre para conseguir ir de blanco? Porque el blanco le encantaba: las camisas, las americanas blancas. Sería tan maravilloso preguntárselo ahora, que me dijera cuáles eran sus trucos para mantener blanco lo que es blanco.

He comprobado que muchos hombres y mujeres han renunciado al blanco absoluto, y se avienen con blancos parciales. Al fin y al cabo, una conciencia del blanco radical ya es infrecuente en este mundo, porque el blanco angelical ya no existe, pues todo el mundo comete pequeños delitos, pequeñas ofensas, pequeños pecados, pequeñas faltas, y todo eso oscurece el blanco de esas camisas, de esas blusas, de esas camisetas.

El sudor de hombres y mujeres se nota mucho más en las camisas blancas. Ese sudor acaba formando una balsa grisácea en las sisas, que no quita ninguna lavadora ni ningún desodorante. Por eso, cuando te encuentres con alguien que vista una camisa de blanco cegador, luminoso, de blanco sin una exigua partícula de oscuridad, muy probablemente estés delante de un ángel, delante de una criatura sobrenatural, porque en esta vida ya nadie viste de blanco.

La camisa de cinco euros con cincuenta va perfectamente doblada, y lleva una perchita, y unos fijadores que la sujetan a un cartón. Hay un pequeño adhesivo redondo donde aparece el precio. No me atrevo a tirar el adhesivo. Se queda pegado a mis dedos. Si mi padre estuviera aquí, me diría qué hacer con el adhesivo de cinco euros con cincuenta.

En un acto cómico, decido pegarme el adhesivo en la frente. Me miro en el espejo y me río.

Mi precio es cinco euros con cincuenta.

La comedia de la vida se me lleva, me arrastra.

Ese adhesivo es indestructible.

Me río de lo barato que soy. Me río de mí como producto en oferta.

Me doy cuenta de que necesito a alguien que me diga qué hacer con esta inmensidad del mundo que no entiendo, que no puedo entender, porque me devano los sesos intentando entender la vida y no entiendo nada. Con el adhesivo en la frente me quedo mirándolo en el espejo en silencio. No quiero tirarlo a la basura. No quiero que exista la basura.

Porque todo es basura.

Todo lo hemos convertido en basura.

38

Salimos Mo y yo del hotel y vamos caminando hasta el lugar donde se entrega el premio. Es una tarde de diciembre. En el lugar donde se entrega el premio me encuentro con muchas personas conocidas y amigas. Saludo a mucha gente. Pero hay alguien especial, nada más verlo me dirijo a saludarlo. Es don Nicolás. Fue el director del colegio en el que estudiaron mis hijos, Bra y Valdi. Hace ya bastante que se jubiló. Me cuenta que ha tenido problemas de salud, yo lo noto. Lo noto porque ya no es el hombre que conocí. Hace quince años era un huracán, un docente enérgico, entregado a la pasión de educar. Se desvivía por su colegio.

Hace quince años yo acompañaba a mis hijos hasta la puerta de la escuela. Miraba al patio y allí estaba don Nicolás, quien conocía a todos los alumnos de su colegio. Para todos tenía una palabra de ánimo y una sonrisa sencilla y buena. Yo miraba a mis hijos entrar en el patio del colegio y don Nicolás me miraba a mí, y me iba tranquilo.

No me marchaba hasta que don Nicolás me buscaba con los ojos. El hecho de que me mirase tenía un significado preciso: aceptaba la custodia de mis hijos, era como un acuerdo entre él y yo.

Al mirarme era como si me dijera «yo me encargo de ellos, puedes irte tranquilo, ve a la vida; lo mejor de tu vida queda conmigo, en mi custodia; tú ve a la vida, porque tu vida se queda conmigo». Porque él sabía lo importante que era ese trasvase de responsabilidades. Porque él sabía que lo más importante que me había pasado en la vida eran esos dos niños. Sin esos dos niños, mi vida carecía de sentido.

Era una liturgia.

Bra se dio cuenta una vez y decidió, desde entonces, mirarme a mí también. Acabamos mirándonos los tres. Recuerdo la sonrisa de Bra, la sonrisa de un niño de siete años, y hoy sé que no existe esa sonrisa sino en mi memoria, porque Bra ahora ya se ha hecho un hombre.

«¿Tú sabías acaso, hace quince años, que iba a pasar esto, que nos íbamos a encontrar aquí?», es lo que me tienta preguntarle a don Nicolás, pero no lo hago. Don Nicolás me da la enhorabuena por el premio, y yo permanezco a su lado, intentando no irme de su vera, porque es el único sitio donde me siento bien en esta noche del premio, porque me conduce a aquel tiempo en que Bra y Valdi eran unos niños de seis y siete años.

Veo a don Nicolás como si fuese un poderoso árbol, un árbol del pasado. Organizaba excursiones. Nos llevaba a la nieve, a padres, alumnos, profesores. Nos llevaba a esquiar. Conseguía esquíes y botas para alumnos con escasos recursos. Democratizaba la excursión. Una vez fuimos a la estación de esquí de Candanchú y nos alojamos en un albergue. Allí nos metimos siete u ocho familias. Todo lo había conseguido don Nicolás. Entre todos preparamos la cena: longaniza, huevos, salchichas. Se acercaba la Navidad, debió de ser un 21 de diciembre, un fin de semana. Ahora también se acerca la Navidad, es un 11 de diciembre.

La cercanía de la Navidad me lleva directamente a mi padre, pues él murió un 17 de diciembre. Es un tiempo de Dios en la tierra. Ya nadie cree en Dios, pero a mí me parece que en Navidades el cielo se tiñe del cuerpo blanco de Dios, me parece que Dios se encarna en los ríos helados y en el viento frío de la mañana, y se mete en las sonrisas de las gentes, arranca un poco de vigor en el corazón del mendigo; parece que Dios abre los candados de la historia, ruge en los campos, ruge en las ciudades.

Claro que ya sé que Dios no existe. Pero hay belleza en la idea de que un ser omnipotente te ame. Que te ame quien sea, pero que te ame alguien. Es mejor que te ame un ente de ficción a que no te ame nadie.

Claro que sé que mencionar a Dios es algo antiguo, indigno de un escritor del siglo XXI. Pero a mí me da igual.

Como Dios no existe, decido que las Navidades serán la presencia de mi padre en todas partes. Como si él le hubiera arrebatado al Dios de la Biblia el gobierno del cielo y de la tierra.

Pobre de mí, cuánta belleza veo y de qué poco me sirve. Pero la veo.

Don Nicolás, al despedirse, me dice: «¿Cuándo subimos a esquiar?».

Y esa pregunta me atormenta.

En alguna parte leí que Dios lleva una lista con todos los nombres de los seres vivos (animales y humanos) que han existido o están existiendo desde el principio de los tiempos.

Ninguno se perderá.

En esa lista pienso cuando me alejo de don Nicolás, sabiendo que ya no lo veré más.

O solo veré su nombre en la lista.

Grande entre los hombres, grande entre las personas que conocí en esta vida, veo alejarse a don Nicolás.

No lo volveré a ver nunca más.

Los dos lo sabemos.

Nunca más subiremos a esquiar juntos.

39

La historia más deslumbrante que ha soñado la humanidad sigue siendo la resurrección de Jesucristo. Ya no es una creencia, como es obvio. Ahora solo es un mito, muy aborrecido por mucha gente, y con razón, pues en su momento fue un dogma impenetrable y como tal dogma sirvió como excusa para asesinar a seres humanos. Pero si observas solo la historia que se narra, puedes acceder a una revelación de lo que somos: un anhelo de regreso, de vuelta a la carne.

Me hechiza el mito de la resurrección porque es una resurrección de entre los muertos. Me asombra porque dos mil años antes de las ideas sobre la inmortalidad que ahora aparecen al hilo de los últimos desarrollos tecnológicos, y la posibilidad que se abre de que nuestros cerebros (memoria, inteligencia y voluntad) puedan ser trasladados a otro continente que no sea orgánico o humano, en el mito de la resurrección ya se contenía todo esto y de una forma más hermosa.

Resucitar de entre los muertos era humano y contenía belleza.

Trasladar tu cerebro a un ordenador es cutre y triste, y será lo que acabará pasando. Sí, tendremos una inmortalidad a la que no podremos llamar así; más bien será como una perseverancia, o una permanencia.

Podrán etiquetarse como «vidas permanentes». Y será una permanencia garantizada, funcional, agradable, asequible, popular, pero no gloriosa.

Todos estos pensamientos han surgido porque estoy en medio de las Navidades, porque hoy es 25 de diciembre del año 2018.

Como estoy pasando dos días en Barbastro, he hecho esto:

he ido al portal de la casa donde Bach y Wagner vivieron su matrimonio. He sentido un desorden moral. El mío, claro. Y otro desorden, el temporal. En esa casa mi padre vivió cuarenta y cinco años, pero mi madre vivió allí cincuenta y cuatro años.

Me he quedado pensando en eso: en esa diferencia de años vividos en la casa.

Había un juego enamorado entre el 4 y el 5. Mi padre 45 años, mi madre 54. Me asombran esos nueve años en que esa casa estuvo sin mi padre.

La casa, ese orden, esos ladrillos.

He llamado al timbre del portero automático.

Nadie ha contestado.

No habrán vuelto a alquilar el piso, menos mal, he pensado. He mirado el toldo verde desde la calle, el toldo verde de la sala de estar. Allí estaba, recogido, avejentado.

Parecía la bandera del pasado.

Le he regalado a mi hijo Valdi un abrigo, y luego he estado padeciendo, sufriendo, al pensar que tal vez lo arrinconara en el armario de su habitación y acabara por no ponérselo nunca.

Lo más importante para mí en este instante es saber que se pondrá ese abrigo. Tal vez ese abrigo sea mi piel ofrecida a mi hijo. El miedo de Jesucristo se produce en el instante en que cree que su padre lo ha abandonado.

Mi padre me trajo una vez de la ciudad de Jaca un abrigo de piel vuelta. Yo tenía catorce años entonces. Es el mejor abrigo que he tenido en mi vida.

Cada vez que me lo ponía, sentía la fuerza de su amor. En algún momento de nuestras vidas ese chaquetón de piel vuelta desapareció. Lo estuve buscando muchas veces por la casa de mis padres. A la muerte de mi madre, cuando desmontamos el piso, seguí buscándolo.

Cada vez que me lo ponía, sabía que mi padre no me había abandonado.

40

Por razones de trabajo, Mo tenía que regresar a Estados Unidos, para estar allí a primeros de enero de 2019. De modo que decidimos adelantar el viaje y pasar la Nochevieja en Chicago, adonde llegamos el día 30 de diciembre.

Han sido más de nueve horas de vuelo desde Madrid. Por supuesto: en *economy class*. Yo he dormido porque me drogo: me tomo una pastilla, un relajante muscular, que me da un sueño inmediato. Así Arnold se duerme también y deja de hablarme. Mo no ha dormido y ha estado viendo películas en la pantalla de su asiento.

Eso nos ha cambiado el ritmo vital, de modo que cuando hemos llegado a Chicago yo estaba fresco como una rosa, y Mo cansada por el *jet lag*.

Ella se ha quedado dormida sobre la cama de la habitación del hotel. Le he echado una manta por encima, una manta que había en el armario. He apagado las luces y he salido a la calle.

Se oían villancicos y había gente que entraba y salía de las tiendas. La temperatura estaba descendiendo, hasta seis grados bajo cero. De vez en cuando se ponía a nevar.

Me encantaba el frío que estaba haciendo. «Más frío», le gritaba a la intemperie.

Me he acercado hasta los puentes, y he caminado por uno de ellos buscando la mitad exacta, en la idea de que la mitad del puente coincidiría con la mayor profundidad del río. Me he apostado sobre la barandilla, que estaba llena de nieve, y he mirado la oscuridad de las aguas.

Hacía eso de pequeño en el río de Barbastro, luego lo he hecho en todos los ríos de todas las ciudades que he pisado:

buscar el centro del río, el quicio de las aguas, desde el puente, y quedarme allí, pensativo, intentando ver el espíritu del río. Hubo un poeta inglés que hacía lo mismo y que creía que los ríos tenían alma. Yo también lo creo. T. S. Eliot meditó sobre los ríos. Decía que el río está en nosotros, que el río es una corriente hermana de nuestra humanidad, y obliga a la construcción de puentes. Casi lo mismo pensó quinientos años antes Jorge Manrique.

Los ríos son nuestra obsesión. Lo que vio en los ríos Jorge Manrique en el siglo xv lo siguió viendo Eliot en el siglo xx y lo veo yo ahora mismo.

He pensado en arrojarme a esas aguas.

Quitarme la ropa, quedarme desnudo y saltar. He supuesto que casi no sentiría nada. La altura, la caída, el frío extremo de las aguas, todo acabaría robándome el conocimiento de inmediato. Y dejaría de existir sin dolor. Luego he pensado en Mo, en cómo recibiría la noticia, y cómo esa noticia se propagaría a otras personas.

¿Quiénes son esas otras personas, aparte de Mo?

No estaba viendo a nadie.

Nadie.

Y había libertad allí, como un desprendimiento de cualquier atadura a los seres humanos.

La oscuridad del agua era muy atractiva. Podría ser una muerte dulce. ¿Pensaría mi padre alguna vez cosas como las que yo estaba pensando en ese puente, bajo la nieve?

¿Pensaría alguna vez en el suicidio?

Jamás.

Él, jamás. Y en ese jamás veo la esperanza.

Lo cierto es que yo tenía ganas de morir, pero ese deseo esta vez no procedía del miserable de Arnold ni de ninguna tristeza insuperable. Esas ganas de arrojarme a las aguas se originaban en el impulso hacia la extinción.

La plenitud que debe de haber en el adiós vivido hasta su más extrema profundidad.

He pensado en mi madre.

No es tiempo de juntarme con ella, todavía.

No es tiempo aún, querida madre. No es tiempo aún de que volvamos a ser madre e hijo por los siglos de los siglos, hasta que el sol se derrumbe hecho trizas sobre la tierra y la entropía le gane la batalla al universo.

La paternidad y la maternidad son la victoria sobre la entropía, sobre la degradación de la vida y la materia. ¿Lo sabe eso algún físico? Lo sé yo, que cuando era un crío de quince años no entendía la geometría de los puntos en los planos equidistantes de una recta. No entendía las matemáticas. No entendía la ecuación de la parábola. Me acuerdo de aquellas matemáticas complicadas de tercero de BUP. Y ahora soy el matemático supremo, el rey de los matemáticos, pues acabo de descubrir, aquí, en el río Michigan, en la Nochevieja de 2018, que la paternidad y la maternidad son el eje gravitacional de la alegría y de la belleza, son una fuerza duradera que se impone sin violencia, pero con amor, a la malvada entropía.

He seguido paseando por el puente.

Cuando ya me iba de vuelta al hotel, he retrocedido y he vuelto al mismo sitio, con la misma idea en la cabeza.

Estaba yo solo allí, en mitad del puente. Venían un montón de recuerdos a mi cabeza. No tenía frío, solo estaba intrigado por cómo sería la sensación de arrojarse al río de Chicago. Calculé unos quince metros de altura. Lo suficiente para que el peso de mi cuerpo me condujera hasta el fondo, donde habría barro y piedras, un espacio fantasmal y abocado a la invisibilidad.

Si ni mi padre ni mi madre se tiraron a ningún río, yo tampoco lo haría.

He visto a mi padre al final de toda esta escala de pensamientos. Iba con un traje gris y con corbata. Sería 1975. Me estaba hablando desde 1975, y lo estaba haciendo a su hijo, en la proximidad de la Nochevieja de 2018.

En realidad, ya éramos dos extraños.

Hace trece años que no te veía, le he dicho.

Vuelve al hotel, me ha dicho él.

Trece años sin vernos, trece años que son aviso de los trece mil años sin vernos que vendrán.

¿Nos convertiremos en extraños, papá? ¿Es eso posible? Dímelo tú, que ya lo sabes todo.

¿Nos miraremos con desconfianza?

La ciudad de Chicago era un fantasma de acero, cristal,

hierro y cemento; era una mole inhumana, construida sin embargo por corazones humanos. Cemento, hierro, cristales y hormigón a siete grados bajo cero.

Pensé en los miles de familias que en esta ciudad vivieron en estos últimos cien años desde que la ciudad comenzó a prosperar; también quise escuchar las conversaciones de la gente que había vivido aquí; conversaciones de 1920, de 1930, de 1940.

Pero también conversaciones de familias habidas en 1890, en 1900, en 1910. Parecía un médium. Hombres y mujeres que nacieron aquí en el año 1900, que nacieron con el siglo XX, y prosperaron y fueron padres y madres, eso es la ciudad de Chicago, un río de la alegría en el pasado.

Quiero ver la alegría que hubo en el pasado: el momento de la llegada del primer hijo, el momento de una boda, el momento de un ascenso en el trabajo, el momento de la adquisición de una casa en el año 1918.

Todo eso que el río aún lleva en su ser.

Toda esa energía oscura que derramamos sobre la vida mientras estamos vivos y cuyos restos solo saben ver los espiritistas, los médiums o los poetas, y que yo sé ver por herencia de Wagner, mi madre.

Ella me transmitió ese don, basado en un sentido de la lógica: la energía humana ni se crea ni se destruye, sino que se transforma.

Yo soy ejemplo de ese principio físico. La herencia es eso.

Había mendigos en la calle, dispuestos a morir en mitad del frío salvaje. Les he ido dando a todos un par de dólares. A uno le he dado cinco, porque ya no me quedaban billetes de un dólar.

Me devolvían una sonrisa asustada. Tendría que haberles dado más. Tendría que haberles dado todo mi dinero. Tendría que haberme sabido desprender del terror a no tener dinero y haberles dado todo lo que tengo, pero no he sido capaz, por miedo a acabar como ellos. Y sin embargo, todos acabamos como ellos, porque todos hemos de morir. Esclavos del dinero lo somos todos. No lo vemos. La esclavitud más grande no sabemos verla.

41

He vuelto al hotel y Mo seguía durmiendo.

La habitación estaba llena de ruidos eléctricos que afortunadamente Mo no oye.

Yo los oía todos. Entre ellos había uno impenetrable y fantasmagórico: era un ruido como de tren de metro, que sonaba en la habitación a intervalos de un par de minutos.

La imperfección de la vida justifica el suicidio, lo justificó ayer, lo justifica hoy y lo justificará mañana, dice Arnold, y lo dice con determinación. Cómo de alguien asustadizo y temeroso como yo pudo nacer Arnold, me pregunto. Y es el mismo Arnold quien pregunta.

Arnold el caótico, Arnold el desfigurado, Arnold el depresivo, Arnold el grande.

Arnold, rey del mundo.

La imperfección de la vida ha arañado mi corazón en todas las épocas de mi existencia.

La imperfección de la vida, sentirla, sentirla hasta la náusea, tú me la regalaste, mamá, va conmigo, es tuya. Cuando viene a mis ojos la santa imperfección de la vida, vienes tú con ella, y me besas, por fin.

Arnold eres tú.

Arnold es de tu estirpe.

Mi abuelo materno se suicidó, porque su hijo mayor murió en un accidente de carretera, con un camión, a la edad de diecisiete años. Mi abuelo no pudo superarlo y se ahorcó.

Algo de él viene a mí.

Por eso está Arnold a mi lado, recordando a mi abuelo, y a aquel tío que se borró completamente, porque ni de mi abuelo ni de mi tío hay ni una simple fotografía.

Un accidente en una carretera, años cuarenta, finales de los cuarenta, calculo, porque tampoco lo sé con precisión.

No me podía dormir, porque los ruidos eléctricos me rebanaban los nervios, y me puse a pensar en mi padre, y venía su rostro desde la oscuridad, como si se formara en las aguas que había visto en el río. Como si mi padre pudiera abarcar todos los lugares en donde he estado, estoy y estaré. Esa idea de que él y ella, mi madre, puedan acompañarme por esta deriva terrestre en la que se ha convertido mi vida me daba paz, pero seguía sin dormirme.

No estaba el silencio en esta habitación de un hotel de Chicago. No existe ya el silencio. Estaba leyendo un ensayo de Erling Kagge sobre el silencio, y todo cuanto allí leía lo hacía mío al instante. El explorador noruego se fue al Polo Sur: en el frío, en la nieve, en la ausencia de seres humanos, Erling Kagge anhelaba conocer el silencio.

Puede que el silencio sea la alegría.

Arnold son los ruidos.

Para mi abuelo, Arnold fue el ruido de un camión chocando contra un árbol.

Me he dado cuenta de que estoy buscando el silencio desesperadamente, porque es en el silencio absoluto donde puedo escuchar a los muertos, a mi padre y a mi madre, y oírme a mí mismo.

¿Pudo Erling Kagge escuchar a sus muertos allá en el Polo Sur?

Presiento que los ruidos están en expansión, porque nuestra civilización antes que cualquier otra cosa produce ruidos.

La naturaleza produce sonidos, y los seres humanos, ruidos.

Al escritor checo Franz Kafka los ruidos le hacían enloquecer.

Cuando el sonido se convierte en ruido comienza la degradación de la vida. Por eso no soporto los ruidos.

Desde aquí, en este instante de angustia y confusión, me acuerdo de Bra y Valdi, que están en España.

42

Me levanto de la cama, ya sé de dónde procede el ruido: es del ascensor, el maldito y desalmado ascensor. ¿Por qué me molesta tanto este ruido y por qué ansiaba tanto oírlo hace unos cuarenta y cinco años? Porque hace cuarenta y cinco años, cuando no me podía dormir porque mis padres habían salido, era el ruido del ascensor el que anunciaba su regreso, que iba acompañado de mi sosiego.

Un ruido amado, y un ruido odiado, y los dos son el mismo ruido. Claro que ha cambiado muchísimo la tecnología y la construcción de ascensores. Pero el principio sigue siendo el mismo: electricidad y poleas, engranajes, tornillos, sirgas y frenazos.

Todos duermen, todos consiguen dormir, menos yo.

Recuerdo cuando hice el servicio militar.

Era lo mismo: llegaba la hora de meterse en la cama, apagaban las luces, y mis compañeros de barracón se quedaban dormidos en tres segundos.

Sí, en tres segundos.

Yo no podía entenderlo, qué clase de don era ese.

Una noche de insomnio fue especial. Era verano y hacía un calor espantoso, dormíamos con la ventana abierta. De vez en cuando entraba una pequeña brisa y se colaba la luz de la luna; yo tenía veintitrés años recién cumplidos. Todos mis compañeros estaban extenuados, reventados, por la cantidad de ejercicio físico que habíamos realizado durante el día. Yo también lo estaba, pero no había forma de pegar ojo.

Fue de las primeras veces, con uso de razón, en que mi pensamiento se impuso a mi cuerpo.

Siempre ha ganado mi pensamiento sobre mi cuerpo. Es

una hazaña temible, es una heroicidad de Arnold: daba igual cómo estuviera mi cuerpo, mi pensamiento (el gran Arnold) lo gobernaba y lo gobierna todo, como ahora mismo en que mi pensamiento ha decretado, ha ordenado que el ruido del ascensor llame a los muertos y yo debo estar en vigilia, velando la nada, porque mis padres ya son la nada, como yo lo seré, como lo podría haber sido hace treinta minutos si me hubiera arrojado al río de Chicago, y hubiera seguido la tradición que inauguró mi abuelo.

Todo el mundo con el que he dormido al lado se ha dormido siempre antes que yo. Mi hermano, en la infancia. Los compañeros, los amigos, en la juventud.

Todos se durmieron antes que yo.

Y allí estamos Arnold y yo, siempre despiertos, como si estuviéramos de guardia. Y tal vez estemos de guardia.

Arnold recordándome el terror de estar vivo, recordándome que existe el vacío y la nada, que existe el fracaso. Arnold Schönberg, el músico de quienes padecemos todos los desórdenes psicológicos de la tierra.

El gran Arnold, un ser majestuoso, un ser que está conmigo, un ser que viene de ellos dos, que es hijo también de Bach y de Wagner. Y de mi abuelo, sobre todo de él.

Arnold, el gran Arnold, a quien la gente llama «depresión», «depresión mayor», «depresión endógena», «ansiedad», «angustia», «neurosis», «trastornos obsesivos compulsivos», «trastorno bipolar», nombres de los que Arnold se ríe.

Porque Arnold es el sonido de la furia.

Es más que esos tristes nombres de la psiquiatría contemporánea.

Arnold es un artista del caos, del terror, de la deformidad, de la imperfección, y de la verdad.

Arnold, el salvaje.

Arnold, el matador de cerebros.

Arnold, una simple verdad al desnudo.

43

Desde que mis hijos nacieron, no sé gastarme el dinero en mí mismo. Si me tengo que comprar una camisa, busco la más barata. No sé concederme ningún capricho, aunque suponga un gasto mínimo. Renuncio a todo, y no es porque me sienta culpable, es porque no merezco nada, porque nadie merece nada.

A veces pienso en hacer una transferencia bancaria como último acto de mi vida. Mandarles todo mi dinero y desaparecer. Todo el dinero que he conseguido ahorrar, mandárselo a ellos, y después convertirme en un mendigo. Tal vez entonces ya estaría en paz.

Y si no lo hago, es porque estoy alienado como todos en este mundo.

Si no sabes convertirte en un mendigo, no sabes nada, no has aprendido nada, eres un necio, si no sabes renunciar a todo, la vida no te concede su conocimiento, es así de sencillo.

La verdad es solo de los mendigos.

La vida es la mendicidad.

No sé convertirme en un mendigo.

Hay unas zapatillas de cortesía en la habitación del hotel. Enciendo la luz y Mo sigue dormida, no le afecta la luz, qué suerte tiene que sigue durmiendo. Quito el plástico en que están envueltas y me las pongo. Tienen grosor, tienen calidad. Recuerdo entonces que la última vez que estuve con Valdi en Madrid, yo no tenía zapatillas de ir por casa para ofrecérselas. Son comodísimas, y pienso que a él le encantarían, que sonreiría al meter allí los pies, y me quedo asomado a ese pozo, a esa transmutación de las zapatillas en la alegría de mi hijo.

Miro las zapatillas.

No son de usar y tirar; alguien, en la dirección de recursos materiales de este hotel, de esta cadena de hoteles, diseñó este tipo de zapatillas de cortesía, que no son como las de otros hoteles, que se caracterizan por su ausencia de suela, por su escasa dureza, por su incapacidad para que el pie encuentre acomodo; antes bien, estas zapatillas tienen una suela gruesa y mullida, y son agradables, por eso me hubiera encantado que estuviera aquí Valdi.

«Toma, Valdi, estas zapatillas son para ti», y él las habría mirado con curiosidad, y se habría dado cuenta, como yo, porque nos parecemos muchísimo, de que esas zapatillas son una fiesta de la vida.

Y se las habría puesto.

Y nos habríamos reído juntos.

Porque la manera en que Valdi y yo nos reímos juntos es una manera condenada a desaparecer de este mundo.

Y desaparecerá, como desapareció la manera en que nos reímos juntos mi padre y yo.

44

He llamado a Valdi desde Chicago, mañana es Año Nuevo y su cumpleaños. He salido de la habitación del hotel y he bajado al *hall*, era temprano, pero había un montón de gente por todas partes: en los sillones, en la cafetería, en las tiendas. El *hall* de este hotel es casi una pequeña ciudad.

He tenido que llamarlo dos veces, a la segunda me lo ha cogido. Me ha dicho que se pone el abrigo que le regalé hace unos días.

Eso me ha bastado.

Pero luego he mirado en el teléfono móvil el tiempo de nuestra conversación, y era un minuto y un segundo.

He tenido que aferrarme con fuerza a la idea de que lleva puesto el abrigo que le regalé, cómo puede un ser humano agarrarse a ese tipo de hechos con tanta pasión. Qué importantes pueden llegar a ser algunos regalos, que tienen la capacidad de conducirnos a la presencia del ser querido.

Por eso mi padre y mi madre se obsesionaron por comprobar si me ponía los abrigos y las prendas que me compraron.

Lo entiendo ahora.

Demasiado tarde.

Todo lo entendemos tarde.

Tampoco Valdi sabe a qué viene la obsesión por saber si se pone o no se pone el abrigo; no puede entender que ese hecho sea de una inmensa importancia para su padre, como yo tampoco entendí nunca que mi padre me preguntara mil veces por un abrigo que me regaló.

Cuando un padre o una madre le regala un abrigo a su hijo y este lo lleva, ese padre y esa madre tocan el cuerpo de su hijo a través de esa prenda, y pueden así sentirse en paz. A través del abrigo regalado, están con su hijo, ese es el milagro.

Los americanos se disfrazan en Nochevieja. Este hotel es una auténtica fiesta. La gente va con trajes elegantes. Cómo agradezco la elegancia en cualquier sitio. Tenemos planeado contemplar desde nuestra habitación los fuegos artificiales. Un montón de huéspedes llegan al hotel, cargados de equipaje, con maletas, con adornos navideños; llevan los trajes colgando de sus fundas, hay una obligación social de disfrazarse.

En el restaurante del hotel tienen un menú de fin de año que consiste en un bufé libre en donde todos los platos saben igual.

Siempre están mal iluminados los restaurantes estadounidenses. Eso les acaba dando una sensación de irrealidad, que atraviesa la comida y te toca el alma.

Miramos el menú, porque queríamos cenar.

La vida son elecciones, pensé mientras escrutaba los distintos platos, y miraba de paso qué había elegido una pareja que teníamos al lado, y que no prestaban atención a la comida, pues debían de estar recién enamorados.

No los envidié en absoluto, solo me interesaba lo que habían elegido. Me parecía más interesante la carne que se enfriaba en sus platos que los besos encendidos que se daban.

Elegí mirar la carne en un plato, la triste carne de un animal moribundo, servida delante de dos seres que la despreciaban.

No somos conscientes de lo que elegimos. Me lo dijo el otro día un psicoanalista que también es actor de teatro. Me dijo que las decisiones más importantes que un hombre o una mujer toma en la vida se realizan de manera inconsciente.

Son las decisiones secretas, y son secretas o incluso inconfesables porque su moralidad no es social sino biológica, animal casi, instintiva, atávica, no reflexiva.

Solo ha durado un minuto la conversación con Valdi. Pero yo sé que tendrían que haber sido al menos diez minutos.

Hay que estar siempre preparado para las mayores decepciones que quepa imaginar; y dentro de esas decepciones hay que hacer sitio a la alegría, sí, a la alegría.

Porque la alegría es mi responsabilidad como ser humano. Es la fundación de mi naturaleza.

Lo único sagrado es la alegría.

Ojalá Valdi lo descubra pronto.

A lo mejor él ya lo sabe. Al fin y al cabo, a mí me ha costado siempre mucho tiempo y mucho trabajo descubrir las verdades esenciales de la vida, y una de ellas es que la vida siempre te decepciona, porque es imperfecta.

Tal vez la muerte no me decepcione, pero eso me parece un sarcasmo innecesario en esta noche.

Las Nocheviejas vienen cargadas de melancolía.

Llegamos a Iowa City el 2 de enero. Yo estaba nervioso, porque siento la distancia no con España, sino con mis hijos, que viven allí. Hicimos el viaje en autobús, en la Greyhound, en donde viajan los pobres. Pobres estadounidenses, casi todos afroamericanos, torturados por la enfermedad y la obesidad, la angustia y algo que no sabría cómo llamarlo, tal vez la inconsciencia de su propia pobreza. Creen que no merecen otra vida, y eso casi puede resultar envidiable.

Mo había comprado sábanas nuevas para la casa de Iowa, de modo que me deslicé dentro de la cama y me encantó esa suavidad y dulzura. Pensé en la dignidad de las sábanas, de la limpieza, de lo que nos gusta a los seres humanos estrenar cosas. Pensé en las sábanas que había habido en mi vida, en mis distintas vidas.

Cuántas preguntas le haría ahora a mi madre sobre las sábanas que hubo en su vida, para entender así las que está habiendo en la mía. Cuando me fui a estudiar a Zaragoza, ella me compró unas de cuatro puntos de ajuste, y era fácil hacer esas camas, pero eran sábanas de mala calidad y hacían borra, y eso a mí me parecía detestable.

Debieron de ser unas sábanas baratas, imagino.

Estas que ha puesto Mo son excelentes, y son como un cobijo.

Llevo ya unos días metido en la lengua inglesa. Siempre me desazona esa lengua; en realidad, lo que me inquieta es la existencia de las lenguas.

Mis padres hablaban un español sencillo, especialmente mi madre, lleno de expresiones coloquiales y modismos del Alto Aragón. No sé ni cómo soy capaz de hablar una sola lengua, el español. Lo normal sería que un tipo como yo no hubiera llegado a hablar nada.

De hecho, muchas veces, al hablar en público, no me salen las palabras correctas. La gente se me queda mirando con una mezcla de extrañeza, fastidio y compasión.

Intenté estudiar inglés, ya que los viajes a Estados Unidos se han hecho frecuentes. Lo entiendo bien si está escrito. Pensé en mi padre, lo pensé hablando inglés. Me reía por dentro. Tuve una discusión absurda con la recepcionista del hotel en que nos alojamos en Chicago. Llamé a recepción porque se habían olvidado de hacernos la habitación, pero no me salían las palabras en inglés y en un acto de desesperación me puse a hablar con la recepcionista en español. Ella me interrumpió con rapidez diciendo que no hablaba español. Entonces me puse a hablarle en francés, que fue la lengua que estudié en el bachillerato. Me dijo que tampoco hablaba francés, que solo podía atenderme en inglés.

Colgué.

Y me puse a soñar, a fantasear con la idea de que mi padre me mandaba al cumplir yo doce años a un colegio en Londres, un colegio de élite, con traje y corbata. Me puse a fantasear con un bilingüismo que jamás viviré. Ningún recepcionista en España encontraría trabajo en un hotel hablando solo español, en cambio en Estados Unidos sí lo encuentra hablando solo inglés. La injusticia sobrevivirá aún largas décadas, más bien siglos.

Me gusta mucho la lengua inglesa, pero ya no la estudio. La gente se cree que como viajo tanto a Estados Unidos hablo inglés perfectamente, pero es mentira. Lo que he hecho ha sido engañar a todo el mundo, haciéndoles creer que lo hablo. No un engaño malvado, sino más bien inocente, humorístico, intrascendente, casi como broma privada que me gasto a mí mismo.

A mi padre le gustaba el francés, por la proximidad de Barbastro con Francia, pero en esa lengua creo que solo sabía decir «cómo está usted» y «buenos días» o «buenas noches» o «buenas tardes».

Ahora ya no quiero hablar ninguna lengua.

La muerte es eso también: el olvido de la lengua materna.

Los muertos españoles olvidan el español. Los muertos ingleses olvidan el inglés, y los rusos el ruso.

Y entran en la muerte sin palabras.

Lo que me asombra no es que sea tan difícil de aprender la lengua inglesa, lo que me asombra es mi aprendizaje del español, el hecho extraordinario de cómo una inteligencia tan mediocre como la mía haya conseguido aprender una sola lengua.

Es hermoso saber que tengo una inteligencia mediocre y aun así mi capacidad para amar la vida es la de un dios de la inteligencia. Nunca he entendido que me pasase esto: cómo una inteligencia mediocre como la mía puede amar tanto las cosas.

A veces pienso que no he aprendido ninguna lengua, que no he aprendido el español, que es una ficción mía, que en realidad no sé hablar ninguna lengua. Porque hablar una lengua, aunque sea solo una, es vanidad.

Me he ido haciendo adicto a las benzodiazepinas, que son el arma con la que hago callar a Arnold Schönberg. Da igual lo que un hombre o una mujer tomen, a Dios no le importa. Nadie es culpable de intentar mitigar la presencia del horror en el mundo, la presencia de Arnold.

Y el horror en el mundo también forma parte de la belleza de las cosas.

La lengua inglesa, con sus monosílabos indistinguibles, es belleza incomprensible para mí.

No entiendo lo que me dicen, y sufro.

Es un sufrimiento que te convierte en una piedra o en un armario o un árbol. Alguien que está allí reducido a su presencia física. A una presencia física, además, vulgar e insignificante. Te reencuentras con la humildad de las piedras y de los árboles. Por eso, pienso que es un milagro que hable español.

Cuando estoy aquí, en Estados Unidos, me pongo a hablar español por las calles. Hablo solo. La cantidad de gente que habla sola en este país es incalculable. Es un ejercicio de vaciamiento y desesperación. Cuando oigo mis palabras españolas, creo que no son ciertas, que son sonidos inventados.

Todas las lenguas son sonidos inventados. El primero que se dio cuenta de esto fue el lingüista Ferdinand de Saussure, que nació en Ginebra el 26 de noviembre de 1857. Había una broma malvada que se hacía sobre él: se decía no solo que nació en Ginebra, sino que vivió en ginebra, dada su afición a esa bebida.

Saussure murió a los cincuenta y cinco años, el 22 de febrero de 1913, y se llevó a la tumba uno de los descubrimientos más terribles de la condición humana: nuestras lenguas solo son canciones, solo son sonidos fantásticos.

Nuestras palabras son como el piar de los pájaros.

Saussure demostró que el camino que llevaba de la realidad, de la materia, de la vida a las palabras era un camino insustancial, postizo, de cartón-piedra. Argumentó que la vida no vive en las palabras.

Me siento tan culpable que yo mismo dudo de que hable una lengua conocida. Pienso que soy una piedra que emite sonidos rotos.

Cuando consigo entender una conversación en inglés, me redimo socialmente, asciendo de clase social, dejo de ser un pobre español muerto de hambre que se arrastra por estas tierras de promisión estadounidense, y me convierto en ciudadano. Pero a la siguiente conversación, si aparecen mensajes más complejos, regreso a mi condición de muerto de hambre.

Me arrastro por Estados Unidos hablando un inglés que nadie entiende. Para qué usar eufemismos: hablo un inglés de mierda. Cada vez que digo algo en inglés, la gente me mira como si fuese un mendigo. No entiendo lo que me dicen y acabo diciendo que sí a todo.

Todos cuantos no hablamos inglés somos mendigos en este imperio. Es una cura de humildad. También te mete violencia en el corazón. También hace que estés muy solo. Y esa soledad lingüística hace que te entregues a ti mismo, que acabes hablando más contigo mismo.

No son exactamente los estadounidenses quienes te miran con pena o desprecio cuando ven que no sabes hablar inglés, sino los españoles que saben hablarlo. Por eso España es un país cruel, porque produce ese tipo de gente incompasiva y fanática. Cuando un español que habla inglés ve a otro que no lo habla, enseguida lo desprecia, porque el desprecio es nuestra identidad histórica. Enseguida piensa «adónde irá este pueblerino, este desgraciado, este inculto, este aldeano». Los españoles que no hablan inglés acaban teniendo miedo de los españoles que sí lo hablan, no de los americanos.

Recuerdo que la gente se reía y se mofaba del expresidente del Gobierno Mariano Rajoy porque no hablaba inglés. Pero eso lo hacían en España, no en Estados Unidos. Eran los españoles los que se burlaban de Rajoy, no los estadounidenses. Nunca he visto a los españoles mofarse de un presidente de los Estados Unidos porque no hable español.

Mariano Rajoy era y es de derechas, pero en el hecho de que no hablara inglés se expresaba su origen de clase media, y nadie se dio cuenta de eso. A los políticos que no hablan inglés los españoles los desprecian. Creo que Cervantes no hablaba inglés, tampoco Goya, tampoco Federico García Lorca. Quienes lo hablan es porque han podido estudiarlo de pequeños. Pero eso da igual. Lo que importa es tener buenas razones para el odio, y no hablar inglés es una buena razón. Todo el mundo se mofó del acento con que una antigua alcaldesa de Madrid dijo un par de palabras en inglés. Claro que era un mal inglés, como el mío, como el de todos aquellos que no tuvimos un padre rico que nos pagara un colegio bilingüe, pero solo un pueblo de cabreros es capaz de reírse de alguien por ese motivo.

No sé qué hubiera dicho Ferdinand de Saussure del odio llevado a la lengua; le habría interesado conocer España, seguro. Hubiera podido añadir alguna nota pintoresca a su *Curso de lingüística general*, uno de los libros más terribles que yo he leído en mi vida, porque allí se dice que los seres humanos solo somos supersticiones vocálicas y consonánticas. La mayoría de la gente se muere sin saber que se ha pasado la vida hablando desde una convención arbitraria, desde un ordenamiento sonoro que solo es teatro vocálico. Se muere sin saber que en realidad se ha pasado la vida cantando en vez de hablando.

Cuando tartamudeo algunas palabras en inglés, pienso en mi padre y en mi madre. Pienso que me dicen «vuelve a casa, no sigas con esto, no te entienden y tú a ellos tampoco, nunca lo conseguirás, eres muy viejo ya, pronto vendrás con nosotros, y con nosotros bastan tres palabras, dos palabras, una palabra, ninguna palabra». A veces le pido cuentas a mi padre, por qué no me mandaste cuando era un niño a algún colegio inglés, por qué me dejaste inválido, por qué me condenaste a esta tetraplejia, a esta oscuridad, a este sótano. Otros padres mandaron a sus hijos a Inglaterra todos los veranos, diez veranos seguidos. Tú no me mandaste a ningún sitio. Aquellos curas no enseñaban inglés. Ni siquiera francés. No enseñaban ninguna lengua viva.

Enseñaban la muerte. Eran especialistas en lenguas muertas. Enseñaban latín, porque no lo hablaba nadie.

Vamos, entonces, él y yo, por las ciudades de Estados Unidos, mi padre y yo, sin hablar con nadie. «Procura no hablar con nadie, así por lo menos les quedará la duda, porque si abres la boca sabrán que somos dos mendigos», me dice mi padre.

Si no hablas, si no dices nada, puedes camuflarte, puedes esconder tu vergüenza de no hablar inglés, mientras no te pregunten.

46

Regreso a Madrid mañana. He tenido que hacer noche en Chicago. El autobús que tomé en Iowa City me ha dejado en la Ciudad del Viento sobre la una del mediodía. El conductor iba comiendo Doritos y escuchaba música por los auriculares, y conducía solo con una mano. Sonreía, porque la música que escuchaba le ponía de buen humor.

La compañía de autobuses con la que viajaba no tiene estación. Se llama Megabus, la competencia más barata que le ha salido a la Greyhound. Pero el viaje en Megabus es mucho más agradable, aunque te dejan en mitad de una calle perdida, sin casas, sin civilización, en una explanada. He caminado un rato hasta que he encontrado un taxi, que me ha llevado al hotel.

Iba con mucho miedo, tenía miedo de que me dieran una habitación que no me gustase. Les había escrito pidiéndoles una silenciosa. Les he cogido miedo a las habitaciones de los hoteles. Puede que sea el mismo miedo que se le tiene a lo desconocido. Pero esta vez he tenido suerte y la habitación ha resultado ser espléndida.

Era tan grande que me he puesto nervioso. Quería dominar su extensión enseguida.

La habitación tiene (escribo ahora en presente porque estoy en ella en este mismo instante) cuatro grandes ventanales, dos de los cuales dan directamente a la avenida Michigan y otros dos a otro rascacielos que hay enfrente, aunque en realidad yo diría que los cuatro ventanales dan a la avenida Michigan. Estaba todo tan limpio que he pensado que no merecía tanta limpieza. La cama gigantesca me ha parecido un desafío a mi pequeñez. Cómo cubrir con mi cuerpo esa grandeza, esa vasta inmensidad de colchón, sábanas, almohadas, colchas.

He salido a la calle a pasear. He vuelto al puente en donde estuve el fin de año. Esta vez no me ha resultado amenazador. Iba a llamar a Valdi y a Bra para decirles que mañana regreso a Madrid, pero no me habrían cogido el teléfono.

He llamado a mi hermano, y ha sido un acierto. Me he dado cuenta de algo asombroso: a través de mi hermano podía decirles a mis padres muertos que estaba aquí, perdido en esta ciudad.

Necesitaba hacerles llegar ese mensaje.

Tal vez os hayáis convertido en rascacielos, he pensado. Si es así, no tengo nada que temer.

Creo que mi propensión al caos psicológico aumenta. Pienso en el deterioro de mis facultades. No pienso en el deterioro de Mo, porque es más joven. La veo bien, la veo alegre. Está llena de ilusiones. Tiene de su parte a la vida, aunque a veces no se da cuenta. Tiene una profunda energía vital adentro. Mo es como un árbol. Los árboles son la cosa más hermosa del mundo. Siempre me han embrujado los árboles.

Aproveché estos días en Iowa para hablar con mi psicoterapeuta, porque Mo me puso en su seguro médico y tuve acceso a la sanidad estadounidense. Así que gracias a ella tuve un montón de médicos. Me busqué, claro, un psicoterapeuta bilingüe. Le hablé de mis neurosis. Me dijo que no me sintiera culpable de ellas, que viviera mis neurosis sin culpabilidad.

He ido a comprar agua y fruta a un CVS. He paseado por los pasillos llenos de cosas, de cosas cuya finalidad me parecía lo más prescindible de la tierra. Todo era carísimo. Me he comprado un plátano por un dólar, era lo más barato que había.

Otra vez la sensación de profundo desmerecimiento.

Cuando he subido a la habitación me he dado cuenta de las incoherencias que hay en mi vida: no tenía ningún sentido cenar un plátano de un dólar en una habitación de lujo, este pensamiento me ha hecho caer en un abismo, en el abismo de todas las inmensas y sombrías contradicciones que han fundamentado mi vida, que un día se marchará.

El capitalismo es agotador.

También Arnold es el capitalismo.

47

Llevo en el neceser un montón de benzodiazepinas por si Arnold viene esta noche. A lo mejor no viene. No viene siempre.

Al final, Arnold ha venido y me he tomado unas cuantas. Podría tomármelas todas y morir aquí, en esta maravillosa habitación.

Mis padres ya están muertos, por tanto mi muerte no les causaría ningún problema. Para mis hijos mi muerte sería algo irreal y lejano, pues al fin y al cabo mi muerte ocurriría al otro lado del Atlántico. Es Mo quien peor lo pasaría. Sería la encargada de todas las gestiones burocráticas. Todos los formularios recaerían sobre ella. Al principio, le costaría reaccionar y lloraría como una Magdalena, pero luego su sentido del deber se impondría y lograría resolver todas las burocracias y conseguiría enterrarme en alguna parte. Y me organizaría un buen entierro. Lo que no sé es si me mandaría a España o me dejaría aquí. Me gustaría que me dejara aquí, en Estados Unidos, me encantaría que me dejara aquí. Bach y Wagner no tienen tumba, porque fueron incinerados, así que no tengo que ir con mis restos mortales a ningún sitio. Me acuerdo de la tumba de Elvis Presley, cerca de la de su padre y de su madre. Qué bien supo hacer eso Elvis: los tres juntos; bueno, los cuatro, pues también está el hermano gemelo de Elvis, que nació muerto el 8 de enero de 1935 y al que aun así llamaron Jessie Garon Presley. Me estoy dejando a la abuela de Elvis, por tanto son cinco. La abuela de Elvis murió el 8 de mayo de 1980, tras enterrar a su nieto el 16 de agosto de 1977 y a su hijo el 26 de junio de 1979. Pienso en esa abuela, que lo vio morir todo.

Cuando visité Graceland y vi las tumbas de su padre y de su

madre, y la suya, supe que Elvis Presley se fue de este mundo habiendo comprendido lo único que valía la pena comprender. Volvían a estar todos juntos, a eso me refiero.

Creo que yo estaría muy bien enterrado en Estados Unidos, como tantos hombres y mujeres que por unas razones u otras acabaron aquí. No me produce ninguna tristeza. Podemos y debemos hablar de todo, sin dramas.

En el capítulo de últimas voluntades, cuando alguien expresa su deseo de ser enterrado en algún lugar concreto no veo sino egoísmo o vanidad. Lo normal es que te entierren donde se pueda. Así que no cabe expresar deseo alguno. Donde sea más fácil. Donde ni se note. Donde le venga bien a quien sea. Donde no moleste. Donde resulte más económico, por no decir más barato. Donde no haya que preparar nada. «Donde habite el olvido», allí.

¿Adónde va mi cuerpo mientras duermo en las camas de los hoteles? ¿Desciende al mundo de los que ya no están y se sienta a su lado, y charla con ellos, y recibe la invitación a perdurar allí, a quedarse allí, en un lugar sin luz y sin materia?

Parece mentira que Wagner no regrese a mi lado.

Porque yo la recibía como si fuese el don más elevado de mi vida, yo la veía descender de los cielos, y ella me cuidaba. Cuando me quedo dormido con esa sonrisa que producen las drogas que me da Arnold, la veo a ella.

Veo a mi madre, una tierra que colonizó mi tierra, y nunca me dio la independencia ni yo la pedí.

Cuando me quedo dormido en las grandes camas de los hoteles americanos, comienzo a descender por pasadizos y túneles, por cuevas submarinas, por glaciares llenos de humo y rocas amarillas de las que sale música de ópera, y allí veo elefantes que hablan, veo el rostro del pasado, veo al pasado convertido en un comandante en jefe de la vida, y me arrodillo ante él.

Y él se ríe de mí, como se ríen los padres de los hijos testarudos e inocentes.

Y me dice «regresa a tu cama, vuelve a tu hotel».

Y entonces me despierto cuando se acercan las seis de la mañana, cuando ya se intuye que va a venir el día.

La llegada de esa hora, la llegada de las seis de la mañana, me palpa el corazón, porque tú, papá, te levantabas muchas veces a esa hora cuando te ibas de viaje. Y yo recuerdo esa hora lleno de vértigo. Y me pregunto cómo es posible que tu recuerdo quedara prendido de una hora: las feroces seis de la mañana. Porque esa era la hora que libremente elegías para salir de viaje.

Los viajantes tenían esa prerrogativa: elegían la hora de la partida. Y tú siempre elegiste la misma: las seis de la mañana. Y esa hora se grabó en la negra pizarra de mi alma, a fuego amarillo.

Era tu hora: las seis de la mañana.

Y para mí fue la gran hora del mundo.

La hora de la gente que con su trabajo ha dado consistencia y materialidad a este mundo.

La hora de los trabajadores.

Tus grandes viajes jamás serán como los míos. Los tuyos eran de trescientos kilómetros los más largos; los míos son de siete mil; y sin embargo, tus viajes son legendarios y maravillosos; y los míos, no.

Tú visitabas pueblos olvidados y capitales de provincia de los años sesenta del pasado siglo XX.

Yo visito las grandes ciudades del planeta.

Y tus viajes eran cósmicos, y los míos diminutos.

¿Cómo se hace esa magia?

48

Son las seis de la mañana, la habitación del hotel es inmensa, me levanto de la cama. Hace frío. Miro desde los ventanales la avenida Michigan.

Hay siete grados bajo cero.

Me visto deprisa y corriendo, y bajo desde la planta 21 a la calle.

No hay luz.

Solo está el frío.

Camino un rato, y veo que en realidad hay once grados bajo cero.

Sigo paseando.

Pasan algunos coches.

En el mostrador de recepción, el encargado de noche me mira sorprendido, me pregunta si necesito algo. No sé qué decir. Tenía necesidad de tocar la noche helada, no puedo decirle eso. Le enseño la tarjeta de mi habitación, no vaya a ser que le dé por llamar a la policía. No existen los huéspedes raros como yo.

Me desvisto en mi cuarto.

Me vuelvo a meter en la cama.

Ya comienzan a colarse las luces del día por las cortinas. Es la llegada de la luz.

Hago tímidos esfuerzos por invadir la parte de la cama en donde no he dormido, es decir, un territorio inmenso que va a quedar virgen. No me atrevo a invadir esa zona de la cama. Me parece que es un lujo que no merezco.

La falta de merecimiento es el único tema de mi vida. Cuando eres consciente de las grandes faltas de merecimiento de todo bien y de toda fortuna, entiendes la generosidad de la vida.

Y tengo una revelación; consigo, al fin, saber qué me pasa en las habitaciones de los hoteles. En ellas regreso al útero materno, vuelvo al cuerpo y a la materia de mi madre. Vuelvo a su sangre, de la que nunca debería haber salido.

Por eso no puede haber ruidos.

Por eso soy tan feliz en las habitaciones de los hoteles americanos, porque son grandes y lujosas, porque están en pisos altos, porque esa altitud es simbólica, porque el lujo de esas habitaciones me devuelve el lujo de la sangre de mi madre.

Por eso hallo alegría en esas habitaciones.

La sangre de mi madre era lujosa arquitectura hecha de carne.

Y entonces entro en casa, entro en el cuerpo de mi madre.

La relación entre una madre y un hijo tiene una fuerza energética capaz de hacer frente a todos los desarrollos tecnológicos del futuro y a todas las conquistas de nuevos e inimaginables espacios de libertad que el porvenir regalará a los seres humanos.

En la relación entre una madre y un hijo se posa la energía de Dios. Él está allí —da igual lo que uno entienda por Dios, no tiene que ver con las religiones, sino con el misterio—, en esa relación, se sienta allí, descansa allí. Por muchas cosas que el futuro de la humanidad traiga (y serán cosas fascinantes, liberadoras, jubilares), nada te perderás si mantienes viva a tu madre a través de los tiempos.

Todo cuanto viviste al lado de tu madre tiene más interés que todo cuanto ha de venir, eso quería decir.

Es más: si sabes ver y retener en tu alma todo cuanto tu madre te dio, no morirás nunca.

En todo esto pienso en esta noche y en esta madrugada, en este hotel de Chicago, en donde siento que toda la ciudad ha decidido protegerme, ha decidido amarme.

Intento dormir, pero duermo de veinte en veinte minutos. Me despierto y enciendo la luz. Me pongo la bata (gentileza del hotel) y paseo por la habitación.

Y esa bata es tan perfecta que intento quitarle su indefinición humana, su ausencia de arraigo en una familia. Es una bata anónima, que irá de cuerpo en cuerpo.

Como yo voy de ciudad en ciudad.

Miro por los ventanales.

Me doy cuenta de que ya no me tengo miedo, aunque sigo apartando mi mirada de los espejos.

He tardado cincuenta y seis años en perderme el miedo a mí mismo. No sé quién soy, ni lo sabré nunca, pero ya no me doy miedo. Si me miro en el espejo, no sé quién es ese ser que hay allí. Nadie lo supo nunca. Nadie lo sabrá.

Mi madre tampoco supo quién era.

¿Lo sabrán algún día Valdi y Bra?

¿Lo sabrán los hijos de sus hijos?

49

Lo peor que le puedes preguntar a un padre o a una madre que ve poco a sus hijos es cómo están sus hijos. Verás que automáticamente se queda mudo. Se le van los ojos. Se pierde. No sabe qué contestar. Deja de escuchar y comienza a repasar todo su pasado para hallar en algún sitio la culpa que explique por qué ve poco a sus hijos.

Retrocede en el tiempo, los ve nacer, los ve crecer, los vuelve a ver nacer. Ve cumpleaños y fiestas familiares y vacaciones de Navidad a la velocidad de la luz. Lo ve todo, y todo lo que ve se convierte en un cadalso.

Ayúdale a encontrar la culpa, por compasión.

Mucha gente te ayuda a encontrar la culpa, porque lo peor es no encontrarla. Si no la encuentras, es que entonces simplemente tus hijos no te quieren o no te quisieron nunca o no te querrán nunca.

Si la encuentras, tal vez te entren ganas de suicidarte.

Yo he tenido muchas veces esas ganas, que proceden de allí, lo sé con precisión, proceden del hecho de ver poco a mis hijos, pero también de la obsesión por verlos todo el rato. Esa obsesión es mía personal.

Haces cálculos sobre tu muerte. Piensas en cuánto dinero tienes en el banco. Eso he pensado mientras cruzaba un puente sobre una autopista. Cuánto le daría a Bra y cuánto a Valdi. La misma cantidad, he pensado en esa cantidad. He pensado también en dejarle un dinero a Mo, para que vuelva a España, y también he pensado en que, al final, ella tendría que hacerse cargo del entierro. Y saldar préstamos.

Con estas cuentas me podría ir de este mundo.

No son fabulaciones; suelo tener estos pensamientos, pero

no me parecen pensamientos terribles, porque encierran una rara ternura dentro, una carta de amor.

La gente ha expulsado a la poesía de sus vidas, por eso hay tanta insatisfacción y amargura y odio. Los actos de vida en donde vive la poesía ya no son frecuentes.

Ese dinero les sería de gran ayuda en el futuro; no es mucho, pero algo es. Yo nunca he sabido a qué sabe el dinero heredado. Todo el que ha habido en mi vida ha venido siempre de mi trabajo.

Cuánta hermosura habrá en ese dinero que he sido capaz de ganar, si sé regalárselo a ellos.

Pensaba en qué harían Bra y Valdi con ese dinero, y en cómo recordarían esa herencia cuando hubiesen pasado cuarenta años. Entonces, después de cuarenta años, ellos se predispondrían a dejar su herencia a sus hijos. Así que me he dado de bruces con el túnel del tiempo.

El puente se eleva unos veinticinco metros sobre la autopista, tal vez treinta. Me ha parecido una altura suficiente. También se me ha ocurrido dejarme caer al paso de los coches, con lo cual al golpe de la caída habría que añadir los impactos mortales de un atropellamiento, pero eso significaba que uno de esos conductores podría salir herido o incluso muerto. Y qué me podría importar a mí el caos que organizara mi suicidio, si ya no tendría conciencia de nada.

Justo en ese momento he sentido una punzada sobrenatural en el corazón, algo así como la certeza de que seguiría manteniendo la conciencia.

Me es imposible imaginar un mundo sin mí, como les ocurre a todos los seres humanos. No es exactamente eso, más bien es que sí sé imaginar un mundo sin mí porque yo estaría —bajo una especie de existencia que desconozco— ligado a la vida de los seres que he amado.

Siempre ligado a ellos.

Yo no heredé dinero a la muerte de Bach y Wagner, y ahora pienso qué hubiera pasado de haber heredado dinero. Y creo que estoy bordeando otro de los más grandes enigmas de mi vida. Si hubiera heredado de ellos un piso o cien mil euros en una cuenta corriente, o un apartamento en la playa, o unas tierras, o lo que sea, no los querría tanto. Porque mi amor es mucho más profundo por eso, porque no me dejaron ningún bien material, antes al contrario, mi hermano y yo tuvimos que pagar los dos entierros. Pero veo allí algo que tiene dimensiones sobrenaturales.

El hecho de que mis padres no poseyeran nada confirma mi sospecha de que fueron ángeles de paisano.

Si me hubieran dejado dinero, yo creo que habría transformado ese dinero en amor.

Si mi madre me hubiera dejado, no sé, pongamos que cincuenta mil euros en una cuenta corriente, creo que iría todos los días a ese banco para ver esos cincuenta mil euros, para verla a ella allí, allí derramada, allí amándome a través del dinero. Porque se puede amar a través de todas las cosas.

50

Cómo necesitamos los seres humanos sentirnos especiales.

Una noche de Semana Santa de 1981 dos jóvenes recorren un pueblo del Alto Aragón, de una punta a otra, una y otra vez, una y otra vez, las mismas calles.

Están hablando todo el rato.

Es mi primer enamoramiento.

No entiendo lo que está pasando, pero me enloquece de alegría, me tiembla el corazón, me siento el joven más afortunado. No entiendo por qué me ha tocado a mí, a alguien tan insignificante, tan poca cosa como yo.

Me acabo de enamorar y ella me corresponde.

No puedo entenderlo.

¿Por qué ese merecimiento?

Alguien mira por mí, pero ¿quién es? No es suerte. No es azar. Noto ese aliento de la voluntad de algo o alguien.

A las seis y media de la mañana nos vamos cada uno a su casa.

Entro en la mía como si entrase en otro sitio. No recuerdo más, imagino que Bach y Wagner duermen, no creo que sepan nada de lo que ha pasado.

No saben nada de lo que ha pasado, es magnífico que no sepan nada.

Las sábanas están frías, pero me acarician, porque me siento invencible, así se sienten los enamorados.

Ha llegado el primer regalo a mi vida, desproporcionado, inmerecido, de una generosidad perturbadora.

Todavía no entiendo ese regalo.

¿Nos mira alguien desde el cielo? ¿Les importamos a las estrellas? Todo el mundo tiene algo, pero yo no tenía nada.

Nunca merecí ser mirado por nadie.

Y eso es lo mejor que hay en mí, un profundo sentido del agradecimiento. La luz de la vida es el agradecimiento. Cuando eres agradecido, puedes ver a los seres humanos en su esencia. Puedes verlos en su desnudez. Eso me ha pasado.

La edad madura es la edad del agradecimiento.

51

El poeta Federico García Lorca amaba España como nadie la amó nunca. La amó con alegría. Le perdonó todo a España y sigue aquí con nosotros. Yo lo leía con quince años y mi padre me miraba.

«¿Qué estás leyendo?», me preguntaba.

Miraba la cubierta del libro.

«Estás leyendo a Lorca», confirmaba.

Y sonreía.

Se transformó en nuestro dorado fantasma. Lorca nos amó a todos, porque en su poesía estábamos todos los españoles, incluso aquellos que lo mataron. Todavía más aquellos que lo mataron.

Me he despertado en mi casa de Madrid, y había soñado con esa escena, con el recuerdo del día en que mi padre me vio leer a Federico García Lorca. Fue un gran día aquel en que mi padre me descubrió amando España, porque España fue Federico García Lorca.

Pero el sueño era más complejo y más dilatado y todo el sueño estaba presidido por la presencia de Federico García Lorca.

Mi sueño es así:

Estamos juntos toda mi familia. Nadie ha muerto ni va a morir nunca. Estamos en un chiringuito de la playa, lleno de gente feliz, lleno de familias de todas las regiones de España. Se oyen acentos de todas partes, del norte, del sur, de Aragón, de Cataluña, de Extremadura, de Galicia, de La Mancha. Estamos todos juntos. Unos beben sangría; otros, cerveza helada. Mi padre es un hombre de cuarenta años. Mi madre, una mujer de treinta y cinco. Mis hijos tienen, inexplicablemente, la misma edad que mis padres. Mis nietos son niños de siete u ocho años, y juegan conmigo. Yo no sé qué edad tengo, pero da igual. Es una gran fiesta familiar. Tenemos delante el mar Mediterráneo. Suena música. Canta la Argentinita, y canta esto: «*¡Viva Sevilla, viva Triana, vivan los trianeros, vivan los sevillanos y sevillanas!*».

Toca el piano Federico García Lorca.

Y parece que Federico García Lorca estuviera con nosotros, que fuese uno más de nuestra familia, o de todas las familias que están aquí, en este chiringuito de la playa. Como si fuese el hermano amado de todos los que allí estamos.

Cuánta belleza.

Entonces avisan de que la paella aún tardará veinte minutos, y como hace calor, nos damos todos un baño en el mar profundo. El agua está transparente, y las olas son amables. Mi padre lleva un bañador de los años sesenta del siglo pasado y sonríe como si fuese un dios de mármol.

Nos reímos y jugamos en el agua.

Y después, nos traen la paella, llena de calamares, puntillas, langostinos, gambas, almejas, cigalas, mejillones y maravilloso pimiento.

Mi madre dice que el arroz está en su punto y lo celebra con alegría.

Está morena, y guapa.

Ahora vuelve a cantar la Argentinita, y canta el romance *Los mozos de Monleón*, y Federico García Lorca toca el piano.

Y yo viendo a mi familia pienso que se puede ser muy feliz y estar siempre alegre en este país que se llama España.

El sol cae sobre la arena, la luz azul es de agua.

«*Muchachos que vais al toro, mirad que el toro es muy malo...*», canta la Argentinita, en una eternidad intensamente española.

Veo a Federico García Lorca fundirse con España. Veo la belleza absoluta, porque Federico García Lorca fue la belleza absoluta.

También fue la alegría más revolucionaria que vio España.

España y Federico García Lorca son lo mismo. Exactamente lo mismo. Millones de españoles a lo largo del tiempo, millones y millones de hombres y mujeres pobres y humildes, pobres y alegres, pobres y pobres, pobres y hambrientos, pobres y hermosos, eso fue Lorca, todos esos millones de hombres y mujeres que nacimos y vivimos aquí. Todos pobres, todos con el corazón abierto a la esperanza.

Eso fue Federico García Lorca.

Me alegra saber que mi padre me vio una vez leyendo al gobernador de la alegría.

Fue al primer poeta que leí y me enamoró para siempre. Creo que era y es el mayor poeta del universo.

«Amigos, que yo me muero; amigos, yo estoy muy malo...»

Llevan mucho tiempo buscando los restos óseos de Federico García Lorca. Han buscado su enterramiento por todas partes. Hay muchas teorías sobre dónde se encuentra su cuerpo, pero no aparece.

No quiere volver a ver la luz.

Está debajo de nuestros pies.

Viaja por el subterráneo de la península Ibérica, de Granada a Santander, de Santander a Valencia, de Valencia a Sevilla, de Sevilla a Madrid, se mueve bajo nuestros pasos terrenales y desde el subterráneo nos sigue amando.

Nos sigue queriendo.

El 18 de agosto de 1936 Federico García Lorca fue asesinado en Granada.

Bajo la tierra está quien la tierra de arriba, llamada España, amó hasta caer muerto. Bajo la tierra, en la tierra que tanto quiso. Parece como si hubiera un orden y un misterio. Ojalá sigas mirando por nosotros, ojalá sigas convirtiéndonos en belleza. Necesitamos la belleza.

No aparezcas nunca.

Bajo nuestro suelo, hay una salvaje peregrinación de cadáveres aterrados ante la posibilidad de que los vivos los vuelvan a encontrar.

Cómo saber que los que vienen ahora son amigos y no son los carniceros de siempre.

Cómo va a saber eso un cadáver de 1936.

El crimen es irredimible.

No te dejes encontrar nunca.

Bra fue a estudiar a Francia, a un pueblo en las montañas del Pirineo. Él no quería ir. Iba a hacer la enseñanza secundaria allí.

El liceo en donde iba a estudiar estaba en medio de un lugar asombrosamente bello, en mitad de las montañas y de los árboles infinitos. Era verano. Bra estaba todo el rato diciendo que no quería pasar un año allí. Se trataba de que estudiara tercero de la ESO en ese liceo francés, dentro de un acuerdo que existía entre Francia y España.

Esto ocurría hace una década, en el año 2009. Las fechas lo son todo para mí, y necesito repetirlas porque me parece que es necesario nombrarlas dos veces, insistir en ellas.

Pero del año 2009, mientras miraba el liceo donde iba a estudiar mi hijo, pasé a principios de los años setenta. Mi padre siempre me decía que me quería mandar a un intercambio con un niño francés. Yo iría a Francia y el niño francés vendría a España, esa era la idea que me formaba en mi cerebro.

Yo fantaseaba con esa idea.

No la entendía muy bien.

«Te mandaremos a Francia —decía mi padre mientras me llevaba de la mano por medio Barbastro—. Y un niño francés vendrá a España —concluía.»

Eso nunca pasó.

No quiero perder lo que sentí, las cosas más hermosas que he sentido en mi vida no quiero perderlas.

Estoy llegando al asunto central de estas páginas que escribo como buenamente puedo.

No quiero perder ningún día de los que he vivido en este

mundo, cuya esencia es la santidad. ¿Quién nos hurtó la santidad del mundo? Alguien nos la ha robado y ese hurto es reciente.

¿La santidad? Menuda palabra. Es otra: la belleza. Siempre confundo las palabras. Pero si estás intentando por todos los medios ir más allá de la belleza, qué nombre le das a eso, y por otra parte todo ser humano tiene derecho a anhelar un bien de naturaleza sobrenatural.

Cualquier ser humano que haya tenido una familia, si lo anhela con imaginación y arte, puede vivir bajo el orden de la hermosura, eso quería decir.

Bra no quería quedarse allí. Tenía solo trece años. Todo ese verano estuvo pidiendo que anuláramos la matrícula. Él ya ni lo recordará.

Volvimos a primeros de septiembre, ahora ya para dejarlo en el internado. Llevaba su maleta, una maleta grande. Era el 1 o 2 de septiembre, uno de esos días. Allí, en el Pirineo Central, a treinta kilómetros de Lourdes, muy cerca de Pau, entre ríos y bosques profundos. Y allí estaba aquel viejo liceo, con sus barracones antiguos. El director del liceo invocó los principios culturales de la República Francesa. Hubo un acto público.

Me conmocionó Francia. Me conmocionó el orden colectivo, el amor a ese orden, algo imposible para un español.

Los profesores, muchos de ellos, llevaban corbata.

Me quedé mirando las corbatas con asombro.

El internacionalismo de la cultura y de la educación francesas, de eso nos habló el director. Un hombre elegante, sereno, de unos sesenta años. Mostraba un bigote trabajado, en donde yo quise ver un símbolo estetizante de Francia.

Pensé en Francia.

Me acordé de una obviedad geográfica, que me pareció en ese instante reveladora. Francia y España son los dos únicos países de Europa que tienen cientos de kilómetros de costa en dos mares estratégicos: el Mediterráneo y el Atlántico. El Reino Unido y Alemania desconocen la cultura mediterránea. Italia y Grecia desconocen la cultura atlántica. Francia esconde su lado mediterráneo y ha desarrollado más su identidad atlántica. En España, al contrario, es más relevante la identidad mediterránea que la atlántica. Pero poseer esos dos mares es un don de los espacios y de los laberintos políticos de la historia.

A mi madre no le gustaba el Atlántico porque el agua de las playas estaba fría, y prefería el Mediterráneo. En cambio, a mi padre le gustaba Galicia y le gustaba su mar porque en verano no hacía calor y porque su hermano Rachma se fue a vivir a Galicia, y eso siempre le resultó inquietante y atractivo.

Mi padre amó Galicia porque allí se fue a vivir su hermano. No supo decirle a su hermano que le quería y se lo dijo a Galicia entera, eso es hermoso. Cuando hablaba de Galicia, a mi padre se le iluminaban los ojos, y era por Rachma, porque recordaba a su hermano, recordaba la infancia y la primera juventud, y ese amor a Galicia lo he heredado yo, y cada vez que voy a Galicia, van conmigo mi padre y mi tío Rachmaninov, los dos grandes hermanos, que tanto se quisieron y tan pocas veces se lo dijeron. La devoción de Bach por Galicia se basaba en los viajes que hicimos a finales de los años sesenta y principios de los setenta. El último fue en 1974.

Cruzamos España en el Seat 600 y luego en el Seat 850 y luego en el Seat 124, y el destino era Galicia. Era Lugo, donde vivía Rachmaninov con su familia recién fundada. Y a mi padre le gustaban los veranos en Galicia porque por las noches no pasaba calor y podía dormir incluso con una ligera manta y le volvía loco la comida gallega, le encantaba lo bien que comía allí. Le gustaban los centollos. Sus mejores recuerdos ocurren en la playa de La Lanzada, allí, junto a su hermano, en el año 1970, en 1971, en 1972, entonces. Una vez nos trajimos de vuelta a Barbastro una caja de centollos, pero llegaron en mal estado, porque el viaje en Seat 850 duraba dos días. Y los centollos no aguantaron. La cara de pena de Bach era oceánica.

No aguantaron sus centollos, Dios mío, podrías haberle echado una mano. Bach quería llevarse el océano Atlántico a su Barbastro. Pero no pudo.

Los españoles tenemos dos mares, o casi tres, mares con playas kilométricas como la de La Lanzada. Y el Atlántico se convierte en el mar Cantábrico cuando llega a Santander y a San Sebastián. Cambia de nombre. ¿Por qué cambia de nombre?

¿Qué mar prefiero yo?

No lo sé.

Mi madre lo tenía tan claro, quería tanto el sol de los veranos en el Mediterráneo, amaba tanto esa forma de estar en el mundo. Todo eso latía en mi cerebro, allí, en el internado en donde se iba a quedar Bra. Estaba metido en un vendaval geográfico. Pensé que el Atlántico en Francia a lo mejor era diferente del Atlántico en España. Pensé que el Mediterráneo español era diferente al italiano.

Me despeñaba por un caos sentimental que mezclaba mares, países y familia. Como Francia se iba a quedar a mi hijo, necesitaba meditar sobre la naturaleza de los países, sobre la belleza de los mares, sobre el azar de tener un solo mar, de tener dos o de tener tres.

El azar da a unos países montañas; a otros, desiertos. A unos monarquías; a otros, repúblicas. A unos, riqueza; a otros, pobreza.

Al final, pensé en amar a Francia, pues le dejaba a mi hijo en custodia.

Francia, te amo porque sé que tú vas a amar a Bra, eso pensaba, en esos acertijos me detenía, en esa confusión mental, en esa vulnerabilidad, en ese frenesí, en ese tipo de pensamiento mágico, en ese Arnold que estaba allí diciéndome «estás abandonando a tu hijo», en esos confines a los que Arnold me lleva.

Luego nos condujeron hasta los dormitorios y nos presentaron a los compañeros de habitación de Bra. Yo me asusté. Eran muy altos. Bra todavía no había dado el estirón definitivo.

El dormitorio era grande, y estaba acondicionado para seis personas, en tres literas. Me dediqué a comprobar que las literas eran resistentes. Bra me preguntó que por qué estaba haciendo fuerza sobre los barrotes de las literas, fue el único que se dio cuenta.

Hicieron el sorteo y a Bra le tocó la litera de abajo, pero el compañero que iba a dormir encima me pareció muy corpulento, muy grande. Así que me obsesioné con la resistencia de las literas. Disimulaba como podía, pero estaba todo el rato comprobando la firmeza del acero de esas camas. Cuando todos miraban a otro sitio, yo comprobaba con mis manos la dureza de los barrotes.

Así que hasta que no me subí, pretextando cualquier tontería, a la cama de arriba no me quedé tranquilo.

De repente, todo el mundo se me quedó mirando. Los padres de los otros chicos, la persona encargada de enseñarnos las habitaciones, el dueño de la cama que veía a un adulto acostarse en su colchón.

Si me aguantaba a mí, aguantaría al compañero corpulento y grande que iba a dormir encima de la litera de mi hijo, ese era mi razonamiento, que era igualito a los razonamientos de mi madre.

Mi madre siempre tuvo las mismas obsesiones cuando se trataba de sus hijos. No son obsesiones, son cautelas primitivas, inteligencias rudimentarias, que insisten en la búsqueda de la seguridad de tus hijos.

Nos quedamos a dormir en un bungaló, y al día siguiente vendría la despedida. No le volvería a ver hasta dentro de un mes. La naturaleza estaba radiante.

¿Por qué había tanta luz?

El bungaló era pequeño, pero estaba lleno de encanto, rodeado de árboles frondosos, que se movían y hacían música con sus ramas; y al lado había un camino de abetos que llevaba hasta el pueblo. Había muchas familias españolas alojadas en los bungalós cercanos. Todas esas familias habían venido a lo mismo, a dejar a sus hijos allí, al cuidado de la educación francesa. Todos compartíamos la idea de que nuestros hijos aprendieran francés y mejorasen en la vida. Ese era nuestro anhelo, que a nuestros hijos les fuera mejor, que hablaran francés, que fueran más listos que nosotros, porque todos pensábamos que a los franceses siempre les ha ido mejor que a nosotros. No lo hubiéramos verbalizado nunca, pero estábamos allí por eso, porque en el fondo todos desconfiábamos de España.

Esa era la razón.

Creo que la única persona que he conocido en mi vida que no ha desconfiado de España ha sido mi padre.

Él creía en España.

Creía en España por bondad natural, porque amaba Barbastro, su pueblo, porque amaba a su hermano aunque no se lo dijera nunca.

Me enamoré de aquel bungaló, parecía un pequeño paraíso, y se hablaba español por todas partes.

Le expliqué a Bra que estaba allí para conocer otra cultura y aprender a convivir con chicos de su edad. En realidad, lo que más quería es que aprendiese a hablar francés.

Si aprendes otra lengua, y la aprendes bien, puedes llegar a ser dos personas, eso pensaba. Creo que era un pensamiento de alguien asustado.

Al día siguiente me despedí de Bra en el internado. Le di dos besos, mientras Arnold movía otra vez la litera de arriba.

Pensé en sus cosas, en sus calcetines, en sus camisas, en sus jerséis. Todo el viaje de vuelta estuve pensando en eso: en su ropa, en el neceser nuevo, en sus zapatillas, en su cepillo de dientes. Era Arnold el que hacía ese recuento en mi cerebro.

Me acordé del neceser de mi padre.

Los neceseres son importantes, están llenos de vulnerabilidad y de ternura. Los neceseres de mis hijos me rompen el corazón. El de mi madre, lleno de pintalabios y de cremas, también me lo rompía.

Cuando veía el de mi padre, en sus últimos años de vida, se me caía el alma a pedazos, porque había conservado el mismo cuarenta años.

Arnold estuvo recordándome todo el viaje de vuelta que había abandonado a mi hijo. Ahora veo la insustancialidad de la angustia de aquel tiempo.

Pero Arnold sigue aquí.

Cada vez tengo más miedo, y contemplo mi miedo como si fuese un bosque hostil.

«¿Por qué tienes que tener miedo si solo hay hermosura en la vida?»

¿Quién me ha dicho esa frase? ¿Quién me acaba de decir eso?

Es él, mi padre, que sigue viniendo. No dejes de venir, y dime si tú tienes miedo allí, allí, en donde estés.

Un padre nunca comunica su miedo a su hijo.

No hay cosa más indefensa en la vida que un escritor. Los mejores son los más indefensos, los más niños. Escriben porque tienen miedo.

Eso he pensado esta mañana, en mi vulnerabilidad. Me he despertado en Cartagena de Indias, en Colombia. He venido a esta maravillosa ciudad a hablar de mis padres muertos, a hablar de la novela que escribí sobre ellos.

Y me ha pasado algo casi sobrenatural: mientras caminaba por mitad de una calle populosa de Cartagena de Indias, me ha parecido que el tiempo entraba en un agujero negro, y como hacía calor, un calor parecido al del Mediterráneo en los meses de verano en España, he tenido la sensación de que regresaban ellos, mis padres, y de que estábamos caminando por Cambrils en el verano de 1975, y la sensación ha sido tan real que me he echado a llorar.

¿Por qué estáis en todas partes?

«Nos invocaste en un libro, hiciste eso, vas por medio mundo contando nuestras vidas, ¿quién eres tú para contar la vida de tus padres a miles y miles de extraños?»

No son extraños, son buenas personas.

«Eso es cierto, son buenas personas.»

Toda la humanidad alcanzará un día la excelencia, la bondad plena, y entonces aparecerá un tiempo nuevo sobre la Tierra.

Vivo en un mundo poblado de espectros.

Sigo caminando por las calles de Cartagena de Indias, parece que retumba la vida, la gente canta, hombres y mujeres resplandecen bajo el calor, la noche es feliz, alegre, es noche de viernes, hay restaurantes, bares, plazas, suenan guitarras y canciones.

Déjame ver el corazón de la vida, le digo a mi padre.

«¿Te acuerdas de la tauromaquia?», responde.

La vilipendiada, la desprestigiada tauromaquia española, sí, me acuerdo.

«Todo se basa en el picador, su objetivo es ir frenando la fuerza del toro, porque su fuerza es excesiva, es huracanada. Fíjate en la tauromaquia, allí está todo.»

La gente odia la tauromaquia en España ahora, papá. Todo el mundo la detesta, y yo también. No soporto ver sufrir a un pobre animal.

«No se trata de eso, solo cambia los protagonistas, contempla en el picador la fuerza del tiempo. El toro sale con una energía insoportable. La vida es insoportable. La juventud es esa energía: nos supera, nos eleva, nos enfurece, nos anula. Por eso interviene esa figura siniestra y criminal del picador, cuya misión es, a través de dolor, robarle la fuerza al toro, quitarle esa energía cósmica, para que vaya quedando en paz. Llegamos a la muerte de esa forma, como una conclusión natural, habiendo perdido la fuerza, que se quedó en la pica ensangrentada. La pica ensangrentada, ¿no la ves?, ya está en ti.»

55

Veo una palmera luchando contra el viento, aguantando la embestida feroz del poder del Atlántico. Es la única palmera que hay en esa playa.

En realidad, no hay playa, es simplemente costa, lugar anónimo en donde el mar llega y nadie le espera. Las playas son lugares en donde los seres humanos esperan al mar. Debería sentirse agraciado o ilusionado el mar en las playas.

El mar que yo miro desde mi habitación de hotel llega a la tierra y no hay nadie. También es como yo el mar, una vida que llega a un lugar en donde no hay nadie.

Esa conciencia, ese lugar, ahora sé que los estaba buscando desde siempre. Quería llegar a verme a mí mismo sin nada y sin nadie.

He sido el hijo de un padre y una madre y luego un hombre que tuvo dos matrimonios, eso he sido. No puede haber otras consideraciones. Somos los lugares en donde había alguien esperándonos.

Vuelvo a mirar la palmera.

Siento que mi corazón se quema en esta ciudad, en Cartagena de Indias, en la que estoy solo, a la que nunca vendré con mi padre ni mi madre.

Me quedé prendado del ambiente callejero, y de los sombreros que se vendían en todas partes. Sombreros bellísimos, y sin embargo me daban miedo. Miedo a los sombreros.

El cineasta Luis Buñuel confesó que le tenía miedo a los sombreros mexicanos, a mí también me dan miedo.

Porque los sombreros son un adorno que no merezco.

Mi padre jamás usó sombrero, porque pensó que un sombrero podría despeinarle, y a él le obsesionaba ir siempre bien peinado. Yo no he sabido nunca cómo peinarme. Cuando entro en una peluquería y me preguntan que cómo me peino, nunca sé qué contestar. Lo mismo que cuando entro en una zapatería y me preguntan por el número que calzo. Todo eso lo decidía mi madre. Luego lo he ido decidiendo yo, pero a base de mentiras.

Aun así, quise comprarme un sombrero, pero no hubiera sabido dónde guardarlo en la maleta. Luego me dijeron que se podían plegar, pero ya era tarde.

En Cartagena descubrí una fruta, la pitahaya, con el sobrenombre de «fruta del dragón». La pitahaya es una fusión entre el kiwi oro, los higos y el melón español. Me deslumbró porque me pareció muy humilde, tan humilde como la mandarina. Mi madre no conoció la pitahaya. No sé qué hubiera pensado de esa fruta. Yo creo que le habría gustado. Me acuerdo de que le volvían loca las peras de San Juan.

Me comunico con mi madre a través de la fruta.

Cada vez es más importante la fruta en mi vida porque vi que para mi madre la fruta simbolizaba el agua, el sol y la tierra.

En Cartagena me di cuenta de que me había hecho adicto a la pitahaya. Puedes comer cuanta quieras, es como beber agua. Pero me molestaba que mi madre no hubiera conocido esa fruta, eso me hacía dudar de mi descubrimiento. Cuántas cosas ocurren en mi vida que no puedo compartir con nadie, y eso me está matando. Me está matando esta soledad, esta enfermedad.

Me hice adicto a Cartagena de Indias, donde el sol, la brisa del mar Caribe, la humedad ferviente, los árboles, la vegetación en estado de gracia, las casas, los palacios, los conventos, las iglesias, las calles estrechas, los patios, las fuentes, las piscinas de los hoteles, los puestos ambulantes, la música, llegan a tu cuerpo como un huracán de voluptuosidad y de afirmación de la vida.

Uno se siente como coronado de viento y humedad. Solo estar allí, en esa ciudad, y no hacer otra cosa que estar en ella, se percibe como un éxito de la existencia, un éxito de la vida.

Da igual dónde yo esté, siempre están conmigo todos mis fantasmas. Si viajo, viajan ellos.

Si miro el mar, lo miran ellos.

Mis fantasmas del pasado son todo cuanto hoy soy.

He sido amado y he sido odiado, eso lo sé ver.

He causado amor y odio.

Hay que saber encontrar amor también en el hecho de haber sido detestado. Si alguien me odió, fue porque antes me quiso.

No puedes esconder ese hecho, el hecho de que causaste daño a otras personas, porque es inherente a la vida.

Haber hecho sufrir a miembros de tu propia familia es siempre tan imperdonable como inevitable.

La afirmación de tu personalidad y la búsqueda de tu felicidad dañan a quienes más quieres o quisiste.

No existe la tranquilidad en el hecho de vivir.

No puedes pretender llevar una vida tranquila. La vida es cualquier cosa menos algo tranquilo.

La vida son pasiones. La vida es Arnold.

Creo que solo he hecho daño de verdad a dos o tres personas, y son todas de mi familia. Porque todo lo importante ocurre en la familia.

El dolor causado a personas ajenas a tu familia es un dolor ilusorio, no existe. Por la sencilla razón de que el dolor procede del amor, y el amor se da dentro de la familia.

La gente normal solo hiere a su familia, a miembros de su familia, porque ahí está el amor.

56

Creo que lo vi una vez hace cuarenta años y lo acabo de volver a ver esta tarde. Ha acudido a la presentación de mi novela, en una ciudad del sur de España. Al finalizar el acto, han venido bastantes lectores a hablar conmigo y a que les firmase el libro. Me he fijado en un hombre que me resultaba familiar. La forma de su rostro, la melena que llevaba, la mirada.

He pensado que lo conocía de algo.

Cuarenta años, tal vez cuarenta y dos años hacía que no lo veía.

Al acercarme el ejemplar de mi novela para que se lo firmara, me ha dado la mano, yo le he correspondido. Entonces me ha dicho: «Soy tu primo Benito, el hijo de José y de Adoración».

Me he quedado de piedra. Me he puesto muy nervioso. No sabía qué decirle. Le he preguntado por sus dos hermanos, mis otros dos primos.

Me ha dicho que estaban vivos.

«Vivos», eso ha dicho, como si supiera que después de cuarenta años esa es la única noticia que importa. No importa si trabajan o no trabajan, si viven en Madrid o en París, o en un pueblo, o en una isla, si son ricos o pobres, si solteros o casados o viudos o sacerdotes.

Importa esto: «están vivos».

He abierto el libro para firmárselo, y entonces me ha dicho: «Salgo en el libro, ¿verdad?». Y yo no he sabido qué decirle, pero es cierto, sale en el libro. Está en el libro, aparece en mi novela.

Era mi primo hermano.

Su madre, Adoración, era la hermana mayor.

Las dos hermanas —su madre y la mía— se dibujan en mi memoria juntas de nuevo, como estaban siempre hace unos cuarenta y cinco años, porque eran amigas, además de hermanas. Al ser la mayor, Adoración era la que más mandaba, en la que recaía el peso de las decisiones. Era inteligente, simpática, afable, bien dispuesta. Tenía magnetismo, era una mujer arrolladora y vital. Sé que mi madre la quería mucho, pero fue hace tanto que parece que nunca fue.

Benito y yo seguíamos allí, mirándonos, sin saber qué decir. No podíamos querernos ni darnos un beso, pero yo estaba encendido por dentro.

De repente todo era silencio.

«¿Tienes hijos?», le he preguntado al fin.

Y entonces ha sonreído, y me ha mostrado con el índice a dos jóvenes que estaban al otro lado de la sala.

«Son esos dos de allí.»

Los he mirado y me han parecido dos ángeles.

Eran dos ángeles.

La venida de lo sagrado, al fin.

El mayor era un chico, alto, mucho más alto que Bra y Valdi, más alto que todos los miembros de la familia que conozco; un chico guapo, sonriente, con barba, apuesto. A la hija ya no he podido mirarla, no he tenido valor de verla.

No sé si ha sido un acto de cobardía.

He sentido un profundo amor hacia los hijos de mi primo hermano, me ha parecido que también eran hijos míos.

«Son también mis hijos, mamá», le he dicho a mi madre, a su fantasma.

Tendría que haberle dado un abrazo a Benito. Pero siempre confundí su nombre con el de sus hermanos, no recuerdo bien las cosas; tenía dos hermanos: uno se llamaba Luis Alfonso, otro Armando, o tal vez Luis Armando y el otro Alfonso.

Primos hermanos cuyos nombres se desvanecieron.

Me ha pedido que pusiera en la dedicatoria: «A Benito, hijo de José y Adoración». Y he puesto eso, y he añadido «con un fuerte abrazo de tu primo hermano».

Y se ha marchado con el libro firmado, sus dos hijos le estaban esperando, sonriendo. Se les veía felices de tener un padre que salía en el libro. ¿Qué hemos hecho, Dios santo, para haber acabado como dos extraños? Parece ese el destino de mi vida.

Los organizadores del evento han notado que la presencia de Benito no era la de un lector cualquiera, no. Han notado que a mí me pasaba algo. Cuando la zozobra me acorrala, dejo de oír a las personas que me hablan y entro en un túnel.

El resto de la noche he estado en el túnel, pensando en Benito. Tal vez lo más extraordinario fue que su rostro y su persona me resultaran completamente familiares. He estado pensando en estas dos palabras: «primo hermano», allí hay un abismo. Allí está la palabra «hermano», que significa hijo de tu misma madre y de tu mismo padre.

¿Cuántos años tendrá? ¿Cuántas veces se habrá casado? ¿Cuándo se casó? ¿En qué trabaja? ¿Le va bien?

La publicación de mi novela ha sido como un imán que ha atraído hacia el libro a todos los restos de mi familia, esparcidos por España, sobre todo primos. Primos hermanos. A unos el libro les gusta, a otros imagino que no.

¿Y a mí me gusta?

Yo creo que me estoy despidiendo de este mundo, y lo hago a mi manera.

¿Qué habría sentido yo si un primo hermano mío hubiera escrito un libro contando la historia de la familia?

Lo habría leído con el corazón en un puño. Creo que hubiera llorado, porque solo el hecho de escribir la historia de nuestros muertos es belleza en sí misma. Traer a los muertos al presente nunca puede ser malo.

Si no los traes, mueren más.

No puede ser que mueran tanto, sobre todo si está en tu mano poder evitarlo.

Seguro que Benito tiene un altar en el corazón en donde están sus padres, mis tíos, y él los contempla todos los días. Benito no ha necesitado escribir un libro, le basta con llevar a José y Adoración en su corazón. Yo envidio esa austeridad, esa solvencia intransitiva de su corazón.

A mí no me bastaba con llevar a mis padres en el corazón; yo tuve que airear sus vidas, y tal vez por eso la forma que ha tenido Benito de mirarme incluyera, más que un reproche, una dolida intuición de mi flaqueza humana. Pero sin esa flaqueza mía, no nos hubiéramos vuelto a ver jamás.

Jamás hubiera visto la sonrisa candorosa y buena de su hijo mayor, aunque esa visión durase un segundo.

No, no ha sido tan censurable, o tan necio, o tan inadecuado lo que he hecho.

Ha tenido sentido.

Lo increíble es que no creo haber tomado yo esa decisión.

¿Quién la tomó?

Acaso no vino desde las más inexplicables tinieblas esa decisión, acaso los muertos no acaban interfiriendo en el futuro desde su pasado doliente. Si yo no hubiera escrito un libro sobre mi familia, no habría vuelto a verlos, a mis primos.

No habría vuelto a saber de ellos.

Saber de ellos era importante.

Saber que estaban vivos y que existían y que celebraban la vida y que la oscuridad de la que procedemos todos nosotros al final se iluminó un poco. Sus padres eran hermanos. Nosotros ya no somos nada. Se disolvió el vínculo, y sus hijos con respecto a los míos, ya menos que nada. Y de repente, aparece una novela en donde salimos todos, y el vínculo regresa.

Parecía esa novela una eucaristía.

Una esperanza en medio del silencio universal.

El caso es que muchos de mis primos, de lo que queda de la familia de mis padres, leyeron mi libro.

Y una familia que nunca había sido nada, que nunca fue ejemplar, que había olvidado la fraternidad, que había destruido la memoria común, que no existíamos los unos para los otros, ahora somos de conocimiento público.

Es raro, sin duda.

Es una rareza que me tiene fascinado.

No nos podíamos mirar a los ojos Benito y yo, tampoco nos abrazamos, solo nos dimos la mano.

Sin embargo, dentro de él iba la carne de mi madre como en la mía iba la carne de la suya, porque nuestras madres eran hermanas. Y sus rasgos anatómicos eran parecidos a los míos. Y esa similitud anatómica era algo real y biológico. No conservábamos ya una relación familiar, sino biológica, que es la única segura y contundente e inapelable.

Benito se parecía mucho a Monteverdi, su tío, el hermano menor de su madre. El gran Monteverdi, que quedó soltero, que murió solo, que murió borracho de secretos familiares. Pobre Monteverdi. Suerte y dolor al mismo tiempo, suerte porque la heroicidad de morir sin saber por qué viviste me alumbra en este instante.

La familia de mi madre fueron seis hermanos, y solo yo lo recuerdo.

Solo queda vivo uno, que se llama Cristóbal. Sus hijos, es decir, mis primos, quieren que vaya a verlo, pero yo no quiero. Los hijos de Cristóbal leyeron mi novela y enseguida quisieron que fuera a hablar con él, pero no puedo, no tengo valor, no tengo fuerza para desafiar a los hechos, porque en el fondo todo me lo inventé.

Solo queda él.

Solo queda Cristóbal, perdido en un piso de protección oficial, de una barriada de Madrid, esperando el último día.

Y con él ya se perderán todos los hermanos.

Nadie los recuerda a todos con la pasión con que yo los recuerdo. Si esa pasión no es amor, que alguien me diga qué es.

57

La familia que heredé de mi madre era diferente a la que heredé de mi padre, muy diferente. Siempre me gustó más la de mi padre, pero qué puede importar eso, a quién puede importar esa preferencia en la ceniza final, casi es una vanidad ridícula.

Pero en la familia de mi madre hubo dos ángeles: mi tía Reme y su marido. Hasta en el pasado se libra una guerra. Muertos de un lado de tu familia luchando contra los otros, por ver quién obtiene el botín de estar mejor colocado en el podio de mi memoria.

Y en el instante en que estoy escribiendo esto, me llegan guasaps de mi prima hermana Lucía, hija de Rachma, y en ellos me manda fotos de mi abuela.

Y fotos de mi padre y su hermano, porque trabajaron en la misma empresa. Y luego yo reenvío esas fotos a mi hermano. Y mi hermano me contesta preguntándome de dónde he sacado esas fotos. Pero mi hermano dice «qué elegante está tu padre en la foto».

No dice «qué elegante está papá».

Y eso es muy importante.

Porque en esa elección de «tu padre» en vez de «papá» está resumido el misterio de mi familia.

No quisimos compartir o exteriorizar el vínculo.

Nos quedamos a solas cada uno de nosotros con el vínculo. Y creo que esa elección fue especial, distinta, original. Fue una elección determinante, nos determina hacia el infinito.

Si mi madre nombraba delante de mí a mi padre, nunca decía «papá», y si mi padre hacía lo propio con mi madre, tampoco decía «mamá». Siempre decía «tu madre».

Nunca dijo «pregúntaselo a mamá».

Siempre dijo «pregúntaselo a tu madre».

Por eso ahora mi hermano me dice «qué elegante está tu padre en la foto». Pero yo le he contestado «sí, qué elegante está papá». Y cuando haya recibido el guasap se habrá quedado extrañado. Y habrá sabido perfectamente lo que le estaba diciendo.

¿Qué tuvo que pasar en la vida para que los tres hermanos evadieran el vínculo de que habían venido a este mundo en la misma familia?

Aquí están los tres:

Es una foto de los años cincuenta. Nadie sabe si de 1951 o de 1958, en ese intervalo fue hecha, pero no tiene datación exacta. Buscar exactitud en el pasado es un delirio de vivos. Yo creo, porque soy adivino, que es de 1954, por ahí.

Las conversaciones que mantuvieron los tres hermanos el día en que fue hecha la foto han sido olvidadas, han desaparecido. Sin embargo, esas conversaciones existieron.

Continúan en el pasado esas conversaciones, porque el pasado es un acto de belleza. He dado un paso hacia delante, un gran paso, y me he encontrado con la belleza como la única explicación del enigma de la vida.

Los tres tenían tres vidas que cumplir, pero ahí están juntos.

Están juntos, los tres hermanos.

Bach a la izquierda, a la derecha Rachmaninov. Y en el medio mi tía Esmeralda, a quien no he bautizado en este libro con el nombre de ningún músico porque no me atrevo, porque está viva, y porque no la conocí ni la conoceré ya jamás.

Cada vez que mi abuela los viera a los tres juntos, como yo los estoy viendo ahora en esta foto, se sentiría dichosa y feliz.

Pero mi abuelo, ¿vivía aún?

Sí, en efecto, vivía aún cuando esta foto fue hecha. Es un exorcismo lo que estoy haciendo, es el viaje cósmico más grande que haya hecho el ser humano.

Me río de los viajes espaciales.

Me río de los viajes a planetas o estrellas que están a millones de años luz de la Tierra.

Esos viajes son mínimos.

El viaje más grande es al reino donde están ellos, los seres a quienes amamos y se fueron y nos dejaron siempre en vilo.

Ese día que refleja la foto pudo ser de primavera o de otoño, pudo ser de mediados de mayo o de primeros de octubre. Lo deduzco por la ropa que llevan. O pudo ser de junio, porque ella, mi tía, va de manga corta, o pudo ser de mediados de septiembre.

De los tres, solo está viva ella.

Los dos hermanos murieron.

Esmeralda vive en alguna ciudad española, cuyo nombre desconozco.

Murieron Bach y Rachma, sí, así es, y murieron lejos el uno del otro. Primero murió Bach, luego Rachma.

Los tres hermanos de esa foto para mí fueron los tres últimos románticos: el de la derecha se llama Lord Byron, la mujer del medio se llama Mary, y el hombre de la izquierda es Percy B. Shelley.

58

Cada vez procuro dormir más tiempo, y me da tranquilidad
ver mi cama, porque la siento como el lugar en el que desapa-
rezco. Me drogo para dormir más, para que Arnold se calle,
no me importa reconocerlo porque es lo que ocurre. Para que
Arnold desaparezca. Hacer desaparecer a Arnold es el único
objetivo de mi vida. Imagino que le pasa a bastante gente de
mi edad. El otro día le oí decir a un amigo que su mujer, que
es escritora, se había convertido en una drogadicta, porque abu-
saba de las pastillas para dormir.

Porque cuando duermes no eres culpable ni puedes come-
ter errores, y sigues vivo. No estás muerto mientras duermes.
No te enfrentas a la insatisfacción ni a la frustración ni al fracaso, porque estás dormido, pero estás presente.

Dormir muchas horas se está convirtiendo, a estas alturas
de mi vida, en un objetivo militar de mi salud física y emocional.

Le ha pasado a mucha gente, gente que busca en el sueño la desaparición de los fracasos, como les ocurrió a Mari-
lyn Monroe y Amy Winehouse. No usaban esas pastillas para
despertar descansadas y seguir; buscaban que desaparecie-
ran las voces y los hechos y las decepciones y las catástrofes
personales.

Seguro que esas pastillas se están comiendo nuestras neu-
ronas, pero me han permitido ver mi cama como si fuese un
camino hacia lugares extraordinarios.

Allí quería ir a parar, a esos lugares.

Ya no a los sueños extraños que tengo, pues todo el mundo tiene sueños extraños, sino a la profundidad con la que
caigo en la cama, y esa profundidad se acrecienta en las habi-

taciones de los hoteles, en donde estar solo es estar cerca de la serenidad. Las sábanas me son queridas. Lanzar mis pies desnudos hacia el fondo del colchón, sentir ese espacio virgen, y luego comenzar a recordar todas las camas en donde he dormido.

Qué solo me he quedado en la vida, casi es un altar este sitio.

Menos podía imaginar que lograría convivir con este sentimiento, que para muchos es natural. Qué sola debió de sentirse mi madre cuando enviudó. La imagino en el altar en el que yo me encuentro.

Todos cargamos con nuestro Arnold. Arnold, dador de altares. No hay hombre ni mujer que no tenga un Arnold.

Dormir te acerca a tus muertos, que te tocan cuando estás dormido.

No se atreven a tocarte cuando estás despierto, te tocan cuando caes en ese pozo.

Dormir muchas horas seguidas, como cuando eras niño, y despertarte para seguir ilusionado, despertarte lleno de alegría, porque tu cuerpo estaba nuevo y tu alma también.

A veces pienso que no he sabido entender nada. Y ahora que tengo cincuenta y seis años, y dentro de cinco meses tendré cincuenta y siete, veo que desde las cenizas de mi pasado se levanta un ansia que no sé qué es.

Pensé que ya había visto muchas cosas en la vida, y era mentira. No había visto nada, hasta que no me topé con esto, que es nuevo, y que acaba de aparecer ante mí.

Es la belleza.

La belleza que ha resultado ser la última invitada en mi vida. La busco en todas partes, es nueva en mi corazón.

Cualquier vida de un ser humano está llamada al descubrimiento de la belleza, y la belleza está en todos los sitios, en todos los lugares visibles y no visibles.

Hoy estoy en la ciudad de Zúrich, he venido aquí porque Mo está enseñando durante un semestre en la universidad. Tengo la sensación de que me arrastro por el mundo. No de que viajo por el mundo. No quiero viajar. El que viaja no hace suyo lo que ve. Me gusta la expresión «arrastrarme por el mundo», porque es viajar con el corazón en el suelo.

Esta tarde regreso a Madrid.

Estos días en Zúrich he estado obsesionado con el lago. Mucha gente vino a refugiarse a esta ciudad, gente que huía, o gente que no tenía adonde ir, desertores, revolucionarios, escritores, pintores, artistas, filósofos, aristócratas arruinados, exiliados de toda condición. El escritor irlandés James Joyce está enterrado aquí; también Elias Canetti. Están uno al lado del otro. He visto sus tumbas esta mañana. En Zúrich también nació el dadaísmo, que odiaba las convenciones, se reía del arte burgués y buscaba una libertad que no existe, pero al menos la buscaba. Dicen que el poeta dadaísta Tristan Tzara y el revolucionario Lenin —que vivió aquí en 1916— jugaron una vez al ajedrez sin saber nada uno del otro, como quien juega con un desconocido, por azar. El dadaísmo es como la juventud del siglo xx. Luego nos tocó vivir la madurez y la vejez del siglo.

Pero si tanta gente célebre estuvo en Zúrich, me gustaría que mi padre y mi madre también hubieran estado en Zúrich. Y como siempre, me vino a la cabeza la hipótesis de cómo habría sido mi vida si mi padre y mi madre hubieran nacido y vivido en Zúrich.

Los llevo conmigo de esta forma, inventándoles vidas nuevas, y yo con ellos. Pensé en Bach como relojero y en Wagner como dependienta de la relojería, o al revés, da igual. El caso es que estén juntos. Todo son relojes en Zúrich. La ciudad entera es un expositor de relojes de marcas de lujo.

Dar al tiempo el lujo del tiempo, eso son los relojes de oro.

Tal vez la inmortalidad sea un lago con un pequeño balandro en el centro de las aguas, en un día de sol no demasiado severo, un sol neblinoso, con luz fuerte pero no caliente, luz más bien enfriada por la brisa, y un sol mezclado con el aviso de la llegada de la luna, como si el atardecer también estuviera presente, y en el balandro hubiera un olor sagrado a madera, a la madera con que se hizo ese barco, y en la cubierta estuviera sentada una familia, un hombre y una mujer y sus hijos, y los hijos mirasen a sus padres con un brillo inhóspito en sus ojos, un brillo que habla de la muerte y de la pérdida, y el balandro se moviera despacio, y algunas gaviotas descendiesen desde los cielos, y se posaran en las aguas, y de vez en cuando la madre levantaría la mano hacia el cielo e indicaría con el dedo un lugar y luego bajaría lentamente esa mano hasta hundirla en el agua, y sentiría la frialdad de las aguas del lago, procedentes de la antigua nieve del invierno.

Todo eso he visto en el lago de Zúrich.

He visto a mi familia en un punto de la eternidad.

Me asusta la perseverancia de la idea del suicidio, que viene todo el rato a mí. El suicidio también se hereda. Tenemos palabras nuevas: «biología», «genética», «ADN», son metáforas futuristas, son palabras de vanguardia para nombrar lo que siempre estuvo allí: la oscura fuerza de la vida que pasa de padres a hijos, desde el origen mismo de la inteligencia humana.

Porque al final de los tiempos descubriremos que Adán y Eva eran verdad, y que vivían en tu casa, porque eran tu padre y tu madre.

Y ahora tengo que marcharme de Zúrich.

Ya he hecho la maleta, una escasa maleta, y hay un día de sol pleno en la calle. Y Mo está esperando sentada en el sofá, mientras lee, está esperando la hora en que nos digamos adiós.

Ella se quedará en Zúrich, y yo me iré en un avión, ascenderé hasta las nubes, sobrevolaré los Alpes, y ella seguirá en casa, estaremos a miles de kilómetros de distancia, pero la belleza seguirá en nuestros corazones.

Una vez descubierta, no se marcha.

Yo la miraré a ella en sus fotos de Facebook, porque me gusta mirar sus fotos, porque en esas fotos Mo se convierte en otra mujer; tal vez eso sea uno de sus grandes misterios.

Siempre le dije a Mo que la cámara la quería.

Cuando decimos eso de que una persona es fotogénica o de que la cámara te quiere no somos conscientes de que en realidad quien te quiere es la luz del sol, porque eso es una fotografía: el amor de la luz hacia tu cuerpo, la caída de la luz sobre tu carne mortal.

Entonces, me quedo mirando las fotos de Mo, y veo en esas fotos a otra persona.

Cuando la tengo delante es como si no la acabara de ver, por eso voy a sus fotos.

Y me enamoro de esas fotos.

Y Arnold se enamora también.

60
—

Estoy en este momento en una ciudad llamada Póvoa de Varzim, en Portugal. Desde la habitación de mi hotel contemplo
el mar. Es un mar terrible, lleno de olas violentas. Cualquiera
de esas olas podría matarme.

Es el Atlántico.

El mar es un alrededor, un aviso, una trampa, un ejército
que cerca a la tierra, una presencia del vacío del cosmos.

Me acuerdo de la poesía de Eliot.

Me llaman los muertos, otra vez. A Eliot también le llamaban los muertos, los veía por todas partes. Cómo no ver a los
muertos si quieres ver la vida.

La muerte es adictiva.

Ese mar embravecido me está desafiando.

Llamo a Bra por teléfono. Lo coge. Hablamos siete minutos, que me dan mucha paz.

Cuelgo el teléfono, estoy tumbado en la cama. Dejo el teléfono sobre mi pecho, como si fuese una pistola, un crucifijo,
un puñal, un sacramento.

Y oigo un ruido, es muy escaso, muy débil, pero existe. Me
levanto de la cama e intento buscarlo. Pongo el oído en las
paredes. Parece que no procede de la habitación de al lado.
La otra pared comunica con el viento, porque solo da a la escalera de incendios. Abro la puerta de mi habitación, y me
quedo mirando la escalera.

Es una escalera anónima, tumbada sobre el edificio, inerte, oxidada, comida por la humedad y el salitre marino.

Vuelvo a mi habitación, con un sentimiento de indefen-
sión que se mezcla con otro sentimiento de extravagancia.

No sé localizar ese ruido.

Recuerdo las palabras de mi psiquiatra americana: a menudo esas obsesiones están al servicio de algo más secreto que ocurre en el inconsciente. Y yo sé que eso es verdad, esos ruidos avisan de que hay algo allá abajo que me recuerda que aún pervive.

¿Qué es?

Otros seres humanos no viven en esta continua perturbación, porque mi vida es eso, una continua perturbación, un descenso a habitaciones que están debajo de mi cuerpo.

Arnold por todas partes.

Esos ruidos son el recuerdo del Mal, el recuerdo de la presencia del hombre, de la presencia de la injusticia, de la presencia de la desgracia. Esa es otra palabra que de continuo aparece en la vida de los seres humanos: la desgracia.

No sabemos qué hace allí la desgracia.

¿Qué es la desgracia?

Es Arnold.

Vuelvo a oír el ruido. Salgo al pasillo. Es una décima planta. Se encienden las luces del pasillo conforme lo atravieso, siempre me sorprende ese automatismo, muy frecuente en los hoteles, que tiene algo de sobrenatural. De repente al pasar al lado de una habitación, oigo gemidos.

Son dos seres humanos que están haciendo el amor. Los oigo, a él y a ella, una voz de hombre y una voz de mujer. Hablan en portugués. No hablan, son susurros. Me siento como escandalizado. Los oigo y no puedo evitar pensar en quiénes serán.

¿Es placer lo que están sintiendo?

¿Qué es el placer?

Ella grita, él dice monosílabos.

Se oye en todo el pasillo.

Pienso en la camarera, que tendrá que limpiar los restos de ese amor. Sudor, semen, olor, fluidos, toallas, sábanas humedecidas.

Más allá de todo esto, ¿qué hay? ¿Hay algo en alguna parte?

La voluntad de estar en otro cuerpo es la voluntad de muerte, lo fue siempre en mí. Salvo que el otro cuerpo esté ungido por el matrimonio. Nunca he creído en Dios, pero sí creo en la institución del matrimonio. Parece como si fuese una fe sobrevenida, porque recuerdo haber escrito contra el matrimonio, haber cuestionado mil veces el matrimonio, y sin embargo ahora me parece un lugar de la verdad. Será que estoy pensando en el matrimonio de mis padres, que fue perfecto. Vino el matrimonio al mundo para protegernos de la noche salvaje de todos los muertos, o de la necedad de ser uno solo. La necedad de ser uno solo y convertirse en la iluminación de ser dos se cumple a través del matrimonio.

No hablo del matrimonio eclesiástico, obviamente.

Hablo de la relación ancestral entre dos seres humanos, cuyo sexo no importa, sino que lo que importa es la alianza.

La alianza es la belleza.

Vino el matrimonio al mundo, para que dejáramos de ser uno y mudáramos en dos.

Como hicieron mi padre y mi madre.

Y ya no quiero seguir oyendo esos gemidos. Me entran ganas de llamar a la puerta y decirles a los dos amantes: «Hola, soy el sacerdote, vengo a casaros. Porque sé que no estáis casados. Si estuvierais casados, no fornicaríais con esta furia. Pero hacer el amor así, con esa pasión, sin que medie matrimonio, os matará».

Os matará.

Por eso estoy aquí, para casaros.

Necesitáis la paz.

Porque ningún ser humano puede perdurar en la pasión, tal vez eso lo supo Bach en varios momentos de su existencia, tal vez me lo está diciendo a través del ruido de mi habitación, porque el ruido de mi habitación me ha obligado a salir al pasillo y descubrir los gemidos de los amantes.

Son ridículos los gemidos de los amantes. La invención de la voluptuosidad fue eso, una invención. Es solo biología.

«Entra y cásalos», me dice Bach, con una sonrisa.

«Cásalos, para que descansen, pues el matrimonio nos da serenidad.»

De niño, pensaba que Dios se había casado con la Virgen María. Recuerdo que cuando hice la primera comunión no había en mí ningún principio religioso más allá de la vanidad. La vanidad, siempre a cuestas con la vanidad. Quería que Jesucristo descendiera de la cruz y me dijera algo, me dijera «tú eres el elegido».

Y ahora tengo cincuenta y seis años y tengo delante el Atlántico, y el único absoluto que me queda por conocer es la muerte, que podría conocer ahora mismo, pues las olas son gigantescas. En diez minutos estaría ahogado. No lo creo. Sé nadar, lucharía por mi vida. Serían más de diez minutos.

Serían dos horas.

Dos horas de suplicio, tal vez menos, puede que cuarenta minutos; existe ese portento de la medición de las cosas.

El tiempo puede medirse, el dolor no.

Me afligen esas olas que vienen en muchedumbre a la playa, una iracunda muchedumbre, millones de olas de todos los océanos de la Tierra, que mueren en playas que no tienen conciencia de nada, y mejor que no la tengan. Pero son de una belleza espantosa todas esas olas altísimas que hay delante de mí, aquí, en Póvoa de Varzim, y me llaman.

Todo me llama.

Fue mi padre quien me descubrió el mar, y no puedo regresar a ese instante, a esa presentación, al día en que mi padre me llevó a conocer el mar.

La única manera de poseer esas olas es haciéndolas romper en mi cuerpo, en mi rostro, en mis brazos.

Todos los seres humanos que están contrayendo matrimonio en este instante son la alegría. El matrimonio de mis padres fue honestidad, arraigo, firmeza, edificación. Fue un castillo. Construyeron un castillo. De modo que tengo que invocarlos también desde el matrimonio, porque ellos fueron un matrimonio.

Me había olvidado de esa perfección que ayudó a cumplir sus vidas: estaban casados. Gracias a su matrimonio, su paso por el mundo tuvo delicadeza y tuvo arraigo.

«Arraigo» es una palabra fundamental en la vida humana. El arraigo es belleza y alegría.

Junto a la palabra «arraigo», hay otra muy hermosa, y esa es «raigambre».

Se casaron el 1 de enero de 1960, pero ocultaron la fecha, tiraron esa fecha al mar, a las olas, a olas como las que tengo delante en este momento. Las olas de 1960 son las mismas olas de este 2019.

Su vínculo matrimonial fue lo más fuerte que hubo en sus vidas, y de esa fuerza brotamos mi hermano y yo. Ese vínculo matrimonial no se verbalizaba, pero allí estaba. ¿Cómo puede ser que algo no verbalizado sea la esencia y el motor de dos vidas?

Así fue.

La gente habla poco de sus matrimonios, muchas veces los esconden, y son lo más importante que ha pasado en sus vidas. Conoces a una persona y en vez de ponerse a hablar de su matrimonio te habla de su trabajo, o de sus viajes, o de política, o de fútbol, o de cine, o de economía.

Tenemos miedo a hablar de lo que nos da miedo. El matrimonio nos da miedo, pues él mismo es el miedo.

Debería bastarnos con estar casados, pero alguien decretó que eso no bastaba.

61

Desde donde me encuentro, en Póvoa de Varzim, hay menos de media hora en coche a Oporto.

Tengo el día libre, es sábado. Y me he subido a un coche, que me ha llevado a Oporto.

Hace casi dieciséis años que estuve en Oporto, en la Semana Santa de 2003. Ahora es febrero de 2019, entonces era abril de 2003. Acabábamos de comprar un coche, era un Renault, e hicimos un viaje familiar a Portugal.

Me acuerdo perfectamente de ese viaje. Bra y Valdi eran unos críos, claro. Ellos seguro que no se acuerdan. Yo tenía unas ganas locas de probar aquel coche y de viajar, de ir adonde fuese.

Fuimos a Portugal los cuatro.

Ahora estoy solo yo.

Hago un juicio sumarísimo, intento averiguar quién fui en 2003 y quién soy ahora, en este 2019.

No encuentro la conexión, no encuentro la puerta que va de un hombre a otro hombre, y esa puerta tendría que ser un cuerpo.

Tendría que ser mi cuerpo.

Miro el río Duero y recuerdo que en 2003 me fascinó su desembocadura. El verbo «fascinar» no se ajusta a mi clase social. Los de mi clase decimos «gustar». A mí no me ha fascinado nada en esta vida porque no he podido permitírmelo, a mí las cosas me han gustado, pero no fascinado. Mi padre jamás dijo «fascinar», y mi madre no sabía ni lo que significaba ese verbo. Sin embargo, yo he acabado utilizando esa palabra, y cuando la uso me alejo de Bach y de Wagner, y eso me horroriza. Jamás usé en su presencia palabras que ellos no conocieran.

Somos una forma de hablar, y debemos ser fieles a esa forma de hablar, porque es nuestro patrimonio moral. No tenemos otro. La gente como yo no puede usar la palabra «fascinar», y con esa un montón de palabras más que nos fueron hurtadas en la noche de la historia.

He venido a Oporto con un amigo. Tenemos los dos la misma edad.

Me cuenta anécdotas de su vida y yo le cuento anécdotas de la mía, en un trato no escrito, pero que se basa en la generosidad y en la cortesía. Si te hacen confidencias, tú haces confidencias, y así el tiempo pasa más rápido; se le burla, porque las confidencias tienen algo de tauromaquia. La tarde avanza sobre la ciudad de Oporto. Como nos sabemos extraños, cada vez nos hacemos más confidencias. Mi amigo me abre su corazón, yo le abro el mío.

Nos sentamos en una terraza. Yo me tomo una Coca-Cola Zero; él, una cerveza.

La ciudad está allí, y la tarde va cediendo a la oscuridad, y vuelven a presentarse ante mí los recuerdos de aquel viaje del año 2003. Bra y Valdi eran muy pequeños. Dieciséis años han pasado desde entonces, y esos niños ya son dos hombres, y esa incógnita de la transformación de un niño en un hombre me abruma, me exalta y me enloquece.

Porque un niño no puede recordarse siendo niño. Necesita que sus padres le digan cómo fue. Yo nunca pude verme como niño. Mi padre y mi madre me fueron contando cosas, cuando crecí.

Ni Bra ni Valdi pueden saber cómo fue ese viaje a Oporto del año 2003. Solo yo lo sé. Estoy esperando a que me pregunten cómo fue. A mi padre le gustaba mucho contarme, siendo yo ya adulto, alguno de los viajes que hicimos cuando yo era niño. No es que contara muchas cosas, tal vez solo unas pocas frases, pero eran frases de oro, que se me grababan en el corazón: «Cuando fuimos a ver a mi hermano a Lugo, en la Semana Santa del setenta, solo comías calamares a la romana, no había manera de que comieras otra cosa, solo comías calamares».

Entonces, en 1970, me miraba con una ternura que ya no he vuelto a ver jamás. Por eso estoy obsesionado con todos estos recuerdos que me acabarán matando, recuerdos que tal vez se cimenten en una sola pregunta: ¿por qué mi padre me quiso tanto?

No lo merecí.

Hicimos ese viaje en el recién comprado Seat 124 de mi padre. Fue un viaje de mil kilómetros.

Miro a mi amigo, bebiendo su cerveza. Miro mi Coca-Cola, y ahora ya veo claro una razón por la que debo seguir vivo: esperar, esperar a que mis hijos, un día de estos, quieran saber cómo fue aquel viaje.

Me acordaré entonces de esa sagrada frase en los labios de oro de mi padre, en su mirada maravillosa, en su infinito amor hacia mí, porque de su infinito amor brotaron esas palabras, «solo comías calamares a la romana».

Los comí para ti, papá, para que un día esa frase y ese hecho de que solo comiera calamares a la romana fuese este pasadizo por el que vienes a mí.

62

Luego en el hotel, sentado en un sillón y oyendo el mar a lo lejos, con el balcón abierto y entrando la brisa, me puse a pensar en la muerte, pensándola de verdad.

No en la muerte, sino en la mía propia.

¿Cómo será?

Los seres humanos no saben pensar la propia muerte: siempre que piensan en la muerte, piensan en la de los demás, en la de los otros seres, seres a quienes quisieron o a quienes detestaron, pero no en la propia.

Ese ejercicio de la inteligencia no lo sabemos hacer. No es agradable hacerlo.

Fantaseo con la idea de que hay una pistola encima de la mesa. Las armas deben de oler a algo, a metal, a hierro, a grasa. Imagino ese olor, porque soy muy sensible a los olores. Porque la vida fue antes que otra cosa un olor. Es inolvidable el olor de un arma de fuego. Y ese olor se queda en los dedos de las manos.

Cuando hice el servicio militar me di cuenta de lo mortífera que es una bala. No puedes imaginar lo que hace una bala hasta que lo ves. Un tiro es una abstracción hasta que ves lo que hace. En los campos de tiro había una gruesa viga de hierro, olvidada por alguna constructora. Estaba al lado de las dianas en donde hacíamos puntería. Un día, al ir a comprobar los aciertos en la diana, me fijé en la viga. Tenía varios impactos de balas desviadas de su objetivo. Esas balas habían hecho agujeros perfectos en la viga de hierro. Imaginé esos orificios, esas perforaciones en un cuerpo humano. Fue como una revelación. Entendí mejor la muerte por arma de fuego.

Las armas de fuego tienen la ventaja de que te acercan a la

muerte de la manera más inmediata que cabe imaginar. Crean la simultaneidad entre vida y desaparición de la vida. Por eso las prohíben en todas partes, menos en Estados Unidos, en donde esa pasión por la inmediatez de la muerte no ha prescrito.

Me vinieron a la cabeza Ernest Hemingway y Mariano José de Larra. Los dos se mataron así, con arma de fuego. Me vino también el recuerdo del presidente chileno Salvador Allende, que se suicidó el 11 de septiembre de 1973 ante el golpe de Estado de que fue víctima su gobierno, y ante el asalto armado y cruento del palacio de La Moneda. La izquierda no admitía su suicidio y sostuvo durante mucho tiempo que había sido asesinado por los militares golpistas. Ahora ya se acepta que Allende decidiera pegarse un tiro, en cuyo acto aún hay más honestidad que en su supuesto asesinato a manos de los militares, pues no les dio opción a que le ejecutaran, y eso cuenta. Cuenta mucho, pues supone un acto de conciencia, en donde la rendición ni siquiera es una hipótesis. Quien no se mata es porque en el fondo espera que los demás no le maten, y abre así la puerta de la petición de clemencia. Allende no quiso ni siquiera sugerir una hipotética clemencia, ni siquiera quiso convertirse en una decisión que hay que tomar, no quiso ni siquiera mirar a los ojos a los miserables que venían a destruir la democracia. Ni insultarlos ni hablarles ni decirles su nombre ni condenarlos, no quiso nada. Y esa bala que destruyó su cerebro era, por consiguiente, una bala moralmente buena, valiosa y llena de necesidad. En realidad, fueron dos balas, porque Allende usó su propia metralleta para dispararse a la cabeza y a la cara. Las dos balas destruyeron los huesos de la cara. Los forenses constataron que su rostro quedó irreconocible. La autopsia de Allende reveló algo sorprendente: el presidente de Chile tenía el hígado, el corazón, los riñones y los pulmones en un gran estado de salud, como si fuesen los órganos de una persona joven, algo infrecuente en un hombre de sesenta y cinco años.

Que tuviera los órganos saludables nos dice simbólicamente que la democracia tiene que ver con la alegría, así deseo verlo yo. Podría haber vivido muchos más años. Dada la robustez de sus órganos internos Allende se habría hecho nonagenario.

Me emociona la lucidez de Allende, me emociona que en ningún momento cupiera la duda. Sabía perfectamente lo que tenía que hacer, y esa determinación de Allende nos sigue iluminando. A mí me ilumina, porque me dice que hay seres humanos que valen la pena, que están allí conduciendo a toda la especie humana a un lugar de dignidad.

Sin dignidad no se puede vivir.

Sigo pensando en mi fantasía, con la pistola encima de la mesa, en su pesada arquitectura de hierro, en su contundente presencia. La bala y el fuego representan la décima de segundo en donde el cuerpo pasa de la consciencia a la inconsciencia.

Pero qué pensaría mi padre si me viera aparecer a su lado con un agujero en la sien.

Bach dejaría de quererme.

No puedo hacerlo por ti.

Hasta ahí llega tu poder, hasta ese desconocido lugar de mi conciencia. Un muerto me prohíbe que me mate.

No te haría ninguna gracia que llegara adonde tú estás en esas condiciones, con un «no» a la vida ejecutado en el cuerpo que tú y mamá me disteis. No puedo hacerlo por vosotros.

Por vosotros dos, que estáis muertos.

Pero sí podría hacerlo por los que están vivos. Porque los vivos no me dieron nada.

Solo vosotros dos, que ni me esperáis, ni os acordáis, porque todo me lo estoy inventando; me invento que aún me oís porque eso me ayuda a seguir vivo, me ayuda a alcanzarla a ella, a la alegría.

Ya sé que me lo estoy inventando todo, que sé que no me oís, ya sé que nada ocurrió como yo lo cuento, ya sé que no hubo tanto amor, ya sé que todo fue banal, ya sé que estoy loco por inventarme esta historia de amor, por inventarme mi vida, que no es como yo la cuento, porque quien la cuenta es Arnold, ese ser esquinado, pero a la vez demasiado luminoso.

Los vivos que me quieren, tal vez no más de cuatro o cinco personas, lo superarían. Sería terrible, claro que sí. Para ellos sería muy terrible. Lo pienso. Qué necesidad tiene un ser humano de ser tan egoísta.

Nunca sería por desesperación, ni por melancolía, ni por ninguna desgracia.

Sería por amor a la belleza.

Sería por belleza.

Y porque la alegría se marcha de mi corazón.

No creo que la belleza se muestre a los seres humanos en su juventud, ni en la primera madurez. Más bien se muestra cuando todo comienza a marcharse. Se muestra a la edad de los cincuenta y cinco o cincuenta y seis o cincuenta y siete años. Allí, en esa edad, empieza a dejarse ver la belleza que estuvo oculta tanto tiempo.

Tiene gracia que esté pensando en balas, en boquetes en un cuerpo, en vigas agujereadas. Precisamente yo, que cuando tengo que ir al dentista me parece que voy al matadero de pollos. Yo, que no aguanto ni un mínimo pinchazo de anestesia en una encía. Yo, que cuando me gradúo las gafas, no soporto que nadie husmee en mis pupilas.

Por otra parte, de dónde diablos saco yo una pistola.

No las venden en el Carrefour, no las venden en el Hipercor, no las venden en Zara.

63

Me he pasado toda la noche tosiendo. No podía dormir por culpa de la tos. Los catarros son la cosa más indescifrable del mundo. Nadie sabe en realidad qué son. Y menos los médicos. Creo que son un recuerdo vigoroso de la primera noche de la inteligencia frente a las bacterias.

La primera noche del *Homo sapiens*, en donde tuvo conciencia de su cuerpo, de las dolencias, de los achaques, de la transformación del dolor físico en esa extraña categoría que se llama dolor psíquico, cuyo alias es Arnold.

Estoy en Zúrich ahora, otra vez.

Mo me esperaba en su apartamento.

Llegué anoche desde Madrid, salimos a caminar por la ciudad, en cada casa que veía pensaba en una familia.

Las familias fundaron ciudades a lo largo de los ríos y frente a los lagos. Le dije a Mo que teníamos que ver el lago. Cogimos el tranvía y bajamos a verlo. No tiene nombre, solo se llama el lago de Zúrich. Es sanador ese lago, cada vez que lo veo me sereno, me calmo, me da paz.

Pensé en la soledad de los peces y en las aguas frías.

La profundidad máxima del lago son 136 metros. Pensé que los peces también fundan familias, manadas, tribus. Allí, en la profundidad, habrá piedras y arena y oscuridad y la nada y la espera.

Pensé en esas aguas de allá abajo, porque son distintas las aguas de arriba que las de abajo. No las aguas de la orilla, que conviven con los seres humanos, que conviven con la tierra, que conviven con los puertos y los barcos varados. Pensé en esas aguas lejanas, a kilómetros de las orillas, y abajo, en lo profundo, y pensé que en esas aguas viven mi padre y mi madre.

Porque ellos están en todas partes. Lo sé, están en todas partes, solo así puedo vivir. Si pienso que allá adonde vaya mi pensamiento ellos están, mi pensamiento se alegra.

Hace unos días el escritor colombiano Héctor Abad Faciolince dijo que yo era un huérfano de cincuenta años. Es una precisa definición de mí mismo. Un huérfano de más de cincuenta años que se arrastra por el mundo detrás de algo nuevo que ha aparecido en su vida: una ilusión a la que unas veces llama belleza, y otras, alegría. Y debemos tener fe en la alegría, porque sin ella la vida humana no prevalecerá.

No sé quién soy.

No sé en qué se convertirán mis hijos.

No conoceré a mis nietos, no me está permitido ni imaginar los rostros de los hijos de mis nietos, que no sabrán quién soy, ni por qué estuve en este mundo, ni por qué sufrí, ni por qué sentí alegría, ni cómo fue mi último día sobre la tierra.

Y sin embargo, esta mañana en Zúrich es real.

Pero ¿es real el pasado?

Recuerdo a las amistades que han desaparecido de mi vida. Acabaremos conociendo nuestras muertes desde la distancia, desde una gran distancia.

Un día me enteraré de que él o ella, uno de los dos componentes de esas parejas que fueron mis amigos, ha muerto. O bien seré yo el que muera. Y deberemos hacer frente a la rara sensación que se quedará prendida de nuestro corazón, porque veremos la vida pasada allá a lo lejos, diciéndonos adiós, pero un adiós terriblemente fugitivo.

Recuerdo que esos amigos venían a casa a cenar. Y esos amigos traían regalos para mis dos hijos, que entonces eran muy pequeños.

Un escritor debe estar siempre escribiendo hasta el final de sus días, escribiendo miles y miles de recuerdos. Y aquellos amigos trajeron un juguete que simulaba una tienda de indios, y les encantó a Bra y Valdi.

Montamos la tienda y a ellos, a Bra y Valdi, ese juguete los atrajo de una forma inesperada. Y recuerdo que ese matrimonio amigo —a él le llamaré Schumann y a ella Clara Schumann— eran personas de una extraordinaria generosidad y les encantaban mis hijos, y eso se agradece mucho, porque hace que compartas tu paternidad, como si te ayudaran un rato con su peso. Todos los padres y las madres agradecen esos gestos, el gesto por el cual alguien se hace padre o madre de tu hijo por un rato.

Schumann y Clara fueron personas importantes en aquellos años en nuestras vidas, y sin embargo desaparecieron. O yo desaparecí.

Yo admiraba a Schumann, porque veía en él un modelo, y pensaba que Schumann había desvelado de un modo natural los desafíos éticos de la vida. Me parecía un hombre elegante, culto, ponderado y de una extrema precisión en sus juicios. Me di cuenta de que la precisión a la hora de señalar cualquier cosa, de la más ordinaria a la más conceptual, era una forma de amor a la vida. Los dos, tanto él como Clara, mostraron mucho cariño a Bra y Valdi, y hoy quiero recordar eso, y agradecerlo. Porque cuando alguien les coge cariño a tus hijos, y estos son pequeños, tu confianza en la vida aumenta, y te vuelves mejor persona. Es como si te dijeran «adelante, no desfallezcas; si nos necesitas, avisa, sabemos lo duro que es sacar adelante a unos hijos, nosotros también somos padres, aunque nuestros hijos ya sean mayores». Ni Bra ni Valdi se acordarán de ellos, como yo tampoco me acuerdo de aquellas personas que ayudaron a Bach y Wagner en mi crianza y en la de mi hermano. Son invisibles a los hijos; visibles a los padres.

Había otro amigo, lo llamaré Haydn, con quien también compartía muchas veladas. Yo quería mucho a Haydn, porque era una persona alegre, jovial, lleno de luz. Éramos muy amigos, y ahora hará ya unos seis o siete años que no le veo. A veces veo fotos suyas en Facebook. Una vez intenté llamarle, pero no pude. Hace unos cinco o seis años le mandé una carta, de un par de líneas, dándole noticias de mi vida.

Una carta confusa y extraordinariamente breve.

Nada, al final nada.

No me contestó, o yo no insistí, lo mismo da.

Los Schumann y Haydn se desvanecieron de mi vida de una forma tan original que no podría llegar a afirmar que alguna vez estuvieron en mi vida, pero bien cierto es que lo estuvieron.

Hay pruebas, uno a veces tiene que recurrir a las pruebas, porque la vida no necesita la verosimilitud.

Venían a casa a cenar.

Nosotros íbamos a las suyas, muchas veces. No una vez. No seis veces. Unas cien serían pocas. Las matemáticas son importantes cuando aparecen las cuentas definitivas.

Se marcharon esas amistades o más bien se murieron. La lengua española tenía y tiene un verbo para todo esto. Es el verbo «frecuentar». Se puede decir de alguien: «lo frecuenté en aquel tiempo». Con ello se indica que hubo una relación, y se esconde la naturaleza de esa relación, se suspende el contenido de esa naturaleza dentro de una ambigüedad amable.

Porque los seres humanos pasan por este mundo creando muchas relaciones que nadie sabe en qué se fundan. Unas veces fueron amistad, otras coincidencias familiares, simpatías, intereses comunes, otras no se sabe qué.

Por eso existe la palabra «frecuentar», que es una invención maravillosa de la lengua española, la lengua que me da cobijo siempre.

Frecuenté a Haydn y él me frecuentó a mí. Sin embargo, lo más notorio y lo más misterioso de nuestra relación es este presente. Imagino que él pensará muchas veces en mí, como yo pienso en él.

Quise y quiero a Haydn.

¿Lo quiero?

Es aquí adonde quería llegar, al asombro presente, pues no puedo o no sé llamar a Haydn, porque no sabría qué decirle, me da miedo no saber qué decir, y tal vez cualquier cosa que fuese dicha se convertiría en un error.

Quiero recordarlo a finales de los años ochenta, allá por 1989, cuando él estaba en la plenitud. Entonces nos veíamos muy a menudo. Comíamos y cenábamos y charlábamos y éramos cómplices. Y quería ir a buscar ahora todas esas decenas de horas de charla que tuvimos, porque esas charlas —puedo jurarlo— ocurrieron, tuvieron lugar.

Es decir, a lo largo de más de un par de décadas, de 1988 a 2010, más o menos, Haydn y yo invertimos el uno en el otro cientos de horas de conversaciones.

Y ese tiempo ocurrió.

Gastamos nuestro tiempo el uno en el otro. Y no construimos nada que haya prevalecido de manera material. Podríamos haber sido albañiles y haber edificado una casa, aunque fuese una humilde casa de cuatro paredes, mientras charlábamos, y ahora estaría allí esa casa como testimonio, o como raigambre.

Sé que cualquier día de estos Haydn dejará este mundo. Pudiera ser que lo dejara yo antes.

En realidad, quién lo deje primero tal vez importe poco. Lo relevante es saber qué fue de todos esos miles de horas de conversación que mantuvimos: las confidencias, las complicidades, los secretos, las risas grandes, las bromas bien diseñadas, las carcajadas sin límite, todo cuanto nos dijimos, ¿qué naturaleza tenía todo aquello?

Aunque la pregunta es ¿cómo salvar todo aquello?

Normalmente, los seres humanos no tienen que hacerse estas preguntas porque hay una continuidad en el trato. Pero cuando esa continuidad se rompe, aparece entonces todo esto, que también es belleza en tanto en cuanto te permite ver cómo es la muerte antes de la muerte, te regala conocimiento.

¿Qué naturaleza tienen los recuerdos? Haydn tenía un Renault 12, pero conducía muy mal. Una noche Haydn y su esposa vinieron a cenar a casa. Fue una noche destacada, especial, hablamos de muchas cosas, y en todo de lo que hablábamos alentaba el futuro, la ilusionante idea del futuro, porque la ilusión por el futuro es una de las grandes liturgias de la vida.

Debió de ser en 1990, puede que en primavera, en primavera ya lindando con el verano.

Al día siguiente Haydn me llamó por teléfono, para comentar lo bien que lo habíamos pasado. Y empleó la palabra «memorable». Dijo que había sido una cena memorable. Y por eso está aquí ahora esa cena, porque Haydn quiso. Puede que en vez de cena dijera velada, porque Haydn era un romántico y un sentimental, pero lo que es seguro es que empleó la palabra «memorable».

Velada o cena memorable, eso es.

Nuestras charlas telefónicas duraban una hora como mínimo. Había una armonía y una plenitud en aquellas charlas que ya no volveré a tener jamás, porque la juventud no regresa nunca.

Por eso, entiendo que debería descolgar el teléfono ahora mismo y llamar a Haydn, y si no puedo hablar él, hablar con la persona que le cuide, o con sus hijos, intentar que alguien le comunique que le sigo queriendo, que no me he olvidado de él ni un solo día, sea eso lo que sea, signifique eso lo que signifique. Decirle: «Haydn, todos los días pienso en ti», porque es así. Pero tengo miedo, miedo a que él me guarde algún rencor, aunque sea un rencor inconsciente, aunque sea un rencor injustificado, porque ya mi alma no está para rencores de ninguna naturaleza.

Sea como fuere, Haydn ya no es quien fue, ni yo lo soy. Pero he ahí uno de los grandes terrores silenciosos de la vida. No ya cómo nos desgastamos y nos vamos muriendo, sino cómo nos convertimos en desconocidos sin serlo del todo.

Haydn pensará que debería haberlo llamado, y yo tal vez pudiera pensar que tendría que haberme llamado él, y así fueron pasando semanas y meses, que al final fueron años, y al final será la muerte.

Yo sé que fui importante en la vida de Haydn.

Tal vez Haydn ya se acostumbró a decir adiós sin mentar la palabra «adiós», porque me consta que supo de la muerte de amigos suyos de juventud a los que había dejado de frecuentar.

Otra vez ese verbo.

Y también me alcanzan esas amistades de Haydn, porque fui testigo de ellas. Haydn me contó historias de sus amigos, y esas historias vienen a mí ahora mismo.

Esos amigos murieron sin que Haydn los llamara.

Por eso pienso que Haydn tiene más experiencia que yo en esto, pues él nació en 1932, y yo en 1962. Yo fui testigo de la comunicación de la muerte de amigos suyos, y me fijé en cómo recibía la noticia de esas muertes. Me fijé mucho en eso, aunque para mí entonces —debido a que yo era joven— la muerte no tenía consistencia. Pensaba lo que pensamos todos: que no me incumbe, que no me toca a mí, porque tal vez a mí no me toque nunca.

Había algo que ya me conmovía al ver cómo Haydn recibía la noticia de que algún amigo suyo mayor que él, de algún amigo nacido, no sé, tal vez en 1915, o en 1920, había muerto. Haydn entonces se ponía a evocar tiempos compartidos con el finado, comidas y cenas que debieron de ocurrir en los años sesenta, o setenta.

El pasado y la vida misma son comidas y cenas compartidas con los otros. Con amigos. Con familia. Con quien sea.

Ahora tengo que cargar yo con los recuerdos de Haydn, porque vi esos recuerdos, porque él me los comunicó. Y porque son recuerdos buenos, son recuerdos de personas que murieron hace mucho en una ciudad del norte de España, gente de la que ya nadie se acuerda.

No he dicho un dato muy relevante.

Haydn era poeta, un extraordinario poeta, un hombre culto, que escribió unos cuantos excelentes libros de versos. Lo relevante de la condición de poeta en Haydn fue que le dotó de un sentido de la vida intenso y original. Eso es lo bueno y también lo malo. Porque esa excepcionalidad con que vivió Haydn, bajo el impulso de esa vocación, le hizo concebir unas ilusiones que no se cumplirían jamás. La mayoría de la gente no construye ilusiones excepcionales en sus vidas, o ilusiones de carácter espiritual, como hizo Haydn por ser poeta.

Daba gusto verle y daba gusto oír su entusiasmo, y ahora todo eso que fue bueno se torna en ingrávido y en algo con demasiada melancolía o adversidad dentro. Y ahora no puedo telefonearlo. Por ser poeta, Haydn vivirá el derrumbe de sus últimos días con una intensidad y una conciencia excesivas, y por excesivas resultarán dolorosas.

Y adivino en el final de Haydn el mío propio.

No sé qué hacer con estos miles de recuerdos que van en la maleta de Haydn. En algún momento pudo verme Haydn como un hijo. Bach, mi padre, llegó a conocerlo creo que una vez. Y me preguntaba por él a menudo. Le hizo gracia nuestra amistad, y le llamó la atención que pertenecieran a la misma quinta.

A mi padre le hizo gracia que tuviera un amigo de su edad. Creo que eso le dio felicidad, porque pensó que yo ya era capaz de admirar a gente de su generación.

Mi padre pensaría que yo estaba madurando.

Recuerdo la llamada de Haydn cuando murió mi padre, su pésame sentido y largo.

Cuando murió Wagner, mi madre, no hubo llamada, porque eso fue ya cuando no nos frecuentábamos y cuando Haydn ya estaba enfermo. Me acabo de acordar ahora mismo de que no hubo llamada; eso podría ser un argumento de disolución de nuestra amistad con saldo a mi favor. Pero ya no se trata de eso, eso ya no tiene ningún sentido. Ahora importa saber qué pasó, porque tanto Haydn como yo siempre nos quisimos, esa es la verdad, y ese amor era natural y claro. Por eso estoy intentando saber qué pasó.

Siempre nos quisimos con devoción, y ahora no hay nada.

Pero aunque no haya nada, nuestro amor como amigos permanece inalterable, es motivo de alegría.

Escribo sobre Haydn porque fue y es un hombre donde la alegría hizo su morada.

Si me plantara en la puerta de su casa y llamara al timbre, ¿volveríamos a ser los grandes amigos que fuimos?

¿Qué pasaría?

Porque nuestra amistad fue importante, pues los dos sabíamos que las palabras conducían a gestas heroicas que ocurrían en algún lugar maravilloso, que nunca conoceríamos. Ese lugar éramos nosotros mismos, y seguimos sin conocerlo.

Los dos creíamos en las pasiones que la poesía regala a los seres humanos, y aún creemos, pero ya no vamos a la iglesia.

Nos quedamos en casa.

Él me contaba muchas cosas de quienes le precedieron en el arte de la poesía en aquella ciudad, como en una lenta salmodia de pronunciamiento de nombres de seres humanos cuya memoria era puro desvanecimiento. Pero Haydn siempre fue un hombre risueño y entrañable. Nunca asomó en él la oscuridad o la depresión, nunca tuvo a Arnold en su vida, por eso confío en que seguirá bien, en que estará bien, en que una gran sonrisa le conducirá hasta la muerte. En que Arnold no vaya a verlo.

Quiero recordar alguna de esas veladas, aunque no me atrevo a obligar a mi memoria a buscar ese tiempo. Tengo miedo, pero me acuerdo de la casa de Haydn, era un piso grande, con muebles pequeñoburgueses comprados en la década de los sesenta, con sofás de formas modernistas, con lámparas de muchos brazos.

«Eres mi gran amigo joven», decía Haydn.

Sus dos grandes amigos éramos dos personas de distintas edades. El amigo mayor, cuyo nombre no viene a cuento ahora, y yo, que era el amigo joven. Muchas fueron las veces en que Haydn expresó el convencimiento y la fe en nuestra amistad. Pronunciaba nuestros dos nombres —el del amigo mayor que yo y el mío— en voz alta y nos consagraba fidelidad y armonía, y yo asistía a esas proclamaciones con una cierta incomodidad, pero también con asombro y mucho respeto, pues veía una forma de ser y de estar en el mundo que pertenecía al tiempo pasado, tal vez a los años cincuenta y sesenta del siglo XX, y Haydn me conectaba con el pasado, y veía en él la sombra de mi padre.

«Nadie me ha comprendido como tú en esta ciudad, te lo juro, te lo digo desde el corazón», me dijo Haydn.

Siempre cenábamos en Navidades, en esos días que van del 26 al 30 de diciembre. Esos días eran especiales. Y escuchábamos ópera en el tocadiscos de su casa o en la mía.

1989, 1990, 1991, 1992, entonces fue.

No sé cuánto tiempo viviré yo; no sé, de vivir yo veinte o treinta años más, cómo se irá reordenando mi visión y memoria de Haydn. Imagino que esa memoria irá cambiando.

Cuando yo alcance la edad que Haydn tiene ahora, seguiré pensando en los años en que hablábamos todos los días, en los años en que éramos cómplices.

La gente como nosotros tiende a idealizar la vida, pero qué otra cosa puedes hacer con la vida sino idealizarla, pues es la única manera en que la vida nos permite hablar de ella con un poco de amor y de respeto y de cariño.

La amistad de Haydn fue, en alguna forma, una amistad que ocurría en paralelo a la que no pude tener con Bach. Muchas veces, allá a la altura de mis treinta años, los comparé. A Haydn le había ido infinitamente mejor en la vida desde un punto de vista material e intelectual. Aunque me llamaba la atención, en los primeros momentos de nuestra amistad, que su coche fuese un tristón Renault 12, ya viejo y pasado de moda a finales de la década de los ochenta.

Vi que para Haydn el coche no era importante, como sí lo fue para mi padre, y eso me resultaba intrigante.

Descender al pasado tiene sus peligros, duele, duelen

sus enigmas. Ay de aquel ser humano en cuya vida no haya enigmas.

Imagino que es lo que hace ahora Haydn: intentar pensar en cómo fue la vida.

Y tal vez Haydn, que me quiso mucho, me esté mandando un mensaje hermoso a través de nuestra amistad pasada, tal vez me esté diciendo esto: recuerda cómo era yo cuando tenía tu edad, recuerda lo que disfrutaba de la vida, de la amistad, de la risa, de la compañía, intenta recordarme entonces, no por la vanidad de que yo me sienta convocado, sino con el ánimo de que mi ejemplo te ayude en este vil laberinto del mundo y del tiempo.

Con el ánimo de que veas que la alegría es posible a tu edad, porque la alegría estuvo en mí.

Así lo haré, Haydn, así lo haré.

Tu música suena en mi corazón.

64

Estoy impartiendo un taller de literatura en la ciudad española de Santander. Hablo a los alumnos de una mujer que nació en Montevideo en 1920 y murió en esa misma ciudad en el año 2009. Vivió ochenta y nueve años, vivió catorce años más que mi padre, y ocho años más que mi madre.

Siempre hago esas cuentas, me son inevitables. Cuentas que aspiran a llevar la contabilidad de mi esperanza.

Como Haydn, Idea Vilariño se consagró a la poesía. Escribió un poema memorable sobre las separaciones en vida que experimentan los seres humanos, un poema que me es extraordinariamente querido, porque habla de lo que a mí me pasa, aunque en otro orden de acontecimientos.

Es un poema célebre porque está dedicado a una aventura amorosa que Vilariño tuvo con un escritor de renombre. Pero eso es lo de menos, casi no importa. Importa la manera en que Idea vio el abismo de las relaciones humanas que tuvieron una intensidad sobrecogedora y que un buen día se desvanecieron.

Ella estuvo muy enamorada de un hombre, creía que ese hombre era un estado de vida, creía que eso era grande, irrebatible, inmutable. Y no lo era. Pasó el tiempo y ese hombre y ella se separaron. Ese hombre estaba casado. Se dijeron adiós y se abrió el abismo.

No importa la anécdota amorosa, les digo a mis alumnos.

Están leyendo el poema en una fotocopia que acabo de entregarles.

La leen y va cambiando su rostro.

Leo esto en voz alta: «Ya no será, ya no, no viviremos juntos, no criaré a tu hijo, no coseré tu ropa, no te tendré de noche, no te besaré al irme, nunca sabrás quién fui, por qué me amaron otros. No llegaré a saber por qué, ni cómo nunca, ni si era de verdad lo que dijiste que era, ni quién fuiste, ni qué fui para ti, ni cómo hubiera sido vivir juntos, querernos, esperarnos, estar. Ya no estás en un día futuro, no sabré dónde vives, con quién, ni si te acuerdas. No me abrazarás nunca como esa noche, nunca. No volveré a tocarte. No te veré morir».

Es el poema de Idea Vilariño, me salto algún verso en la lectura, y lo leo como si fuese una narración en prosa. Porque además allí se cuenta una historia.

No ver morir a alguien que ha sido importante en tu vida es un misterio, pero ocurre constantemente. No saber nada de los últimos años de alguien que fue crucial en tu vida, no saber ni un número de teléfono, ni un domicilio, precipita una sensación de irrealidad profunda.

Esa irrealidad la hemos sentido millones de seres humanos.

Las amistades son temporales, los amores también lo son. Queda pensar si somos recordados por aquellas personas a quienes nosotros sí recordamos con una intensidad vacía.

¿Nos recuerdan tanto como nosotros los recordamos?

Lo importante es que recordemos nosotros, porque en el recuerdo nos elevamos. Cómo hubiera sido vivir juntos, y esa pregunta nos abre un futuro que ya no será. Pero lo vemos un instante. Lo vemos, sí. Ese instante en que nos es dado ver ese futuro nos hace amar la vida, la sombra de la vida.

Lo que cada uno lleva en el corazón es un secreto incluso para ese corazón.

65

Estoy sentado en la sala de embarque del aeropuerto de Zúrich, me tengo que volver a Madrid. Estoy mirando los zapatos
nuevos que Mo me regaló hace unos días.

Yo al principio no quería esos zapatos, no porque no me
gustasen, sino porque no los necesitaba. Pero eran preciosos.
Yo me los quedaba mirando con delectación. Los vimos en
una zapatería de Zúrich que estaba en un soportal. Una luz de
febrero entraba en la tienda y hacía que los zapatos brillasen
como si fuesen fruta en un árbol.

Entramos en la zapatería.

Solo estaba la dependienta.

Me probé varios modelos.

Siempre que me pruebo unos zapatos intento adivinar qué
lugares hollaré con ellos. Pienso en alfombras, en suelos de
madera, en moquetas. Pienso en hoteles, en suelos nobles, en
mármoles. Pienso en el futuro.

Comprarse unos zapatos es una apuesta por el futuro. No
se compra zapatos alguien que va a morir mañana. No se compra zapatos un enfermo terminal. Tampoco un suicida. Tampoco un desesperado.

Comprar zapatos es un sí al futuro, lo vi clarísimo.

Tal vez por eso me dio una punzada de melancolía cuando
Mo decidió regalármelos. Tendré que estar vivo un par de
años más para que esos zapatos tengan sentido. No podría fal-
tarle al respeto al regalo y a la materia con que están hechos
esos zapatos, al empeño humano, laboral, que hay detrás de la
fabricación de unos zapatos.

Me gustaban tanto que me los dejé puestos.

Salí de la zapatería con los zapatos nuevos. Recuerdo que

esa sensación de prisa se la vi a mi madre. Ella hacía lo mismo. Si se compraba algo, quería estrenarlo al minuto de comprarlo.

La vi muchas veces salir de una zapatería con los zapatos nuevos en sus pies y los viejos en la caja. La primera vez que la vi hacer eso pensé que mi madre era una maga, que hacía magia.

Me conmovía que los zapatos viejos fueran a parar a la caja nueva. Me rompía los esquemas entre lo nuevo y lo viejo. Cómo de repente los zapatos que hasta hacía diez minutos habían sido los zapatos de mi madre dejaban de serlo y aparecían unos nuevos en sus pies y los viejos iban a una caja estilosa y atractiva.

No consigo recordar los zapatos de mi madre. Consigo recordar las botas que se compraba cuando era joven, allá a principios de los años setenta. Me gustaban esas botas, porque extendían su dominio hasta por encima de la rodilla. Me parecían un acierto, me gustaba que mi madre llevara esas botas.

La veo intentando quitarse esas botas, porque entraban a presión. Eran unas botas con la caña blanda, y con una cremallera infinita. Me parecía que mi madre estaba muy sexi con aquellas botas de finales de los años sesenta y primeros setenta. Ahora no consigo recordar sus últimos zapatos. Eso me apena. Cómo no me fijé en sus zapatos. Si volviera a verla, le miraría los zapatos. Qué poco la miré, qué poco.

Eran unas botas de ante, y nosotros la ayudábamos a quitárselas. A mí me parecían unas botas como con trampa, pues no entendía que las únicas partes duras de la bota fuesen el tacón y la suela, y que todo lo demás se plegara. Me pareció que eran más sofisticadas las botas que diseñaban para las mujeres que para los hombres. Había botas que llegaban a cubrir la rodilla entera. No las he vuelto a ver nunca más en las zapaterías. Ninguna mujer las lleva hoy. Pero a principios de la década de los setenta fueron una revolución, y si las ves hoy, te das cuenta de que en esos diseños había una forma antigua de la alegría, o de la inocencia. Igual pasa con aquellos pantalones que se llamaron de pata de elefante, y que formaban un triángulo a la altura del tobillo y ocultaban el zapato. Entonces causaron furor, hoy ya casi no existen.

No consigo recordar los zapatos de mi padre. ¿Adónde fueron a parar sus últimos zapatos?

Ojalá hubiera fotografiado los zapatos de mi padre, ahora podría recordarlos. Fotografié en cambio la Torre Eiffel de París, o la Puerta del Sol de Madrid, o el Empire State Building de Nueva York, pero no los zapatos de mi padre, que eran más importantes que todos los monumentos de todas las más bellas ciudades del mundo. Por eso ahora fotografío cosas que la mayoría de la gente no fotografía.

Con nadie puedo hablar de mi padre y de mi madre, tal como a mí me gustaría hablar. No puedo hablar con nadie de ellos, porque nadie me acepta que no los haya enterrado aún. Todo el mundo acaba enterrando a sus muertos. Yo no lo he hecho, me detengo en el duelo porque estoy envenenado de la belleza del duelo, me he hecho adicto al duelo.

Hoy por circunstancias de la vida me han invitado a una comida con Felipe González, en Madrid. Ya han pasado los años, pero en la década de los ochenta y buena parte de la de los noventa del siglo pasado Felipe González lo fue todo en España. Para muchos fue el presidente de Gobierno español más brillante del siglo xx.

He llegado a la comida un poco de mal humor porque llovía en Madrid, y me he desorientado. Y al final he tenido que coger un taxi innecesario, porque estaba al lado de donde iba a ser la comida, pero no lo sabía. Creo que ya no me dará tiempo de conocer bien Madrid, y eso que pongo toda la atención de que soy capaz.

Noto que mis facultades para orientarme van disminuyendo. Mi sentido de la orientación siempre fue bueno, ahora ya no lo es. Me angustia más saber que estoy perdiendo el sentido de la orientación que el sentirme perdido en mitad de Madrid. Lo segundo tiene arreglo, lo primero ya no. Pero las dos angustias acuden a mí fundidas en un solo desánimo, como si se tratase de una conjuración de Arnold. Siento horror ante las enfermedades como el alzhéimer, eso me lleva a recordar los últimos días del presidente Adolfo Suárez, que antecedió en el cargo a Felipe González. Durante los últimos años de su vida, por culpa del alzhéimer, Adolfo Suárez olvidó quién había sido, olvidó que fue el presidente del Gobierno de España. Cuentan —no sé si será cierto— que cuando don Juan Carlos I fue a visitarlo una vez, Suárez no lo reconoció, imaginó que Juan Carlos I era un mendigo que pedía limosna y puso en las manos del rey unos céntimos de euro. Ni siquiera un euro, sino solo unos céntimos.

La lluvia y el viento me han recordado la hostilidad de las ciudades cuando no tienes coche oficial, cuando viajas en transporte público.

Yo tenía muchas ganas de conocer a Felipe González. Luego, mientras la lluvia caía sobre mi abrigo, pensaba en que ese abrigo era nuevo, y se estaba deteriorando. También me dio por pensar en si Felipe González era un auténtico político de fama internacional, alguien lo suficientemente famoso como para salir en una novela y no tener que aclarar quién es. Alguien como Ronald Reagan, Margaret Thatcher o Mijaíl Gorbachov, por citar políticos de su tiempo. Aunque no sé si estos que nombro son verdaderamente famosos. No sabemos a quién recordará la historia del último tercio del siglo xx. Tal vez ya la historia se esté transformando en una inmensa irrealidad.

Pero yo iba a esa comida también como un homenaje a mi madre y a mi padre. Porque cuando estábamos todos juntos, cuando éramos una familia, cuando estábamos mi padre, mi madre, mi hermano y yo comiendo, en la década de los años ochenta, y poníamos el telediario, entonces salía el presidente González.

Y yo creo que mi madre, mi padre, mi hermano y yo pensábamos que Felipe González era España. Porque es imposible pensar un país si no es a través de las personas que lo representan.

Y si existía España, entonces también existía nuestra familia. De modo que cuando veíamos a Felipe en la tele, nos veíamos a nosotros mismos, formando un todo, ese era el secreto.

He entrado en la sala donde iba a tener lugar la comida y varias personas me han saludado con cariño y con amabilidad. Y yo he agradecido eso muchísimo, porque tenía miedo. Siempre me da miedo encontrarme con personas que representan o han representado el Estado o España. Sin embargo, en el caso de Felipe González experimenté una sensación rara: experimenté ternura.

Me di cuenta de que era una persona muy tímida, eso lo adviertes en el movimiento de los ojos. Parece exagerado lo que voy a decir ahora, pero ese movimiento de ojos del expresidente, que oscilaba entre una mirada ladeada y una mirada hacia abajo, hacia el suelo, me recordó a dos personas. Tal vez ya mi cerebro se haya convertido en una máquina caprichosa o un tanto tronada de procesar información, pero cada vez que me fijaba en los ojos y en la mirada de Felipe González venían a mi memoria dos seres humanos que miran o miraban igual que el expresidente del Gobierno de España.

Estas dos personas son: el escritor español Carlos Castán, autor de varios y excelentes libros de cuentos, y mi padre, Juan Sebastián Bach.

El expresidente miraba como ellos.

Es el don que se me dio en este mundo: las precisas comparaciones entre los ojos de los seres humanos.

Siempre se me ha dado bien comparar fisonomías, desvelar parecidos físicos, semejanzas secretas que revocan la idea de la originalidad, la idea de que vivimos en un mundo original; esta virtud la heredé de mi madre, que deslumbraba a toda la familia cuando advertía que fulanito de tal era clavado a fulanito de cual.

Seguía mirándolo, con avidez.

Y él lo sabía, imagino que lleva más de cuarenta años conviviendo con gente que le mira con avidez.

Más de cuarenta años en boca de todos, y pensé en eso, en cómo se debe de sentir alguien que está siempre en permanente exhibición de su rostro. Luego me dediqué a mirarle las manos: el expresidente tiene unos dedos finos, no comunes, más bien me pareció que tenía unas manos peculiares. Y los dedos resultaban más jóvenes que el resto de su cuerpo. Como si los dedos de sus manos no hubieran envejecido como sí lo habían hecho las demás partes de su anatomía.

Pensé en Jesucristo, pensé en cómo serían las manos de Jesucristo. Los pintores pensaron en Jesucristo como la expresión corporal de la máxima belleza concebible.

De los dedos, pasé a fijarme en su abundancia de pelo. No había ni un solo cabello que no fuese blanco. Pero su cabeza no tenía entradas ni aviso de calvicie. Eso me alegró. Luego recordé que otros expresidentes tampoco anduvieron faltos de cabello. Por ejemplo, no es ya que el expresidente José María Aznar tenga mucho pelo, sino que prácticamente exhibe una melena negra muy tupida. Adolfo Suárez siempre tuvo también mucho pelo. El que menos pelo tenía fue José Luis Rodríguez Zapatero, pero yo creo que era porque le debía de gustar llevar el pelo corto. Mariano Rajoy tampoco andaba escaso de pelo en la cabeza. El que era calvo fue un expresidente que duró muy poco y que casi no cuenta, y se llamaba Leopoldo Calvo Sotelo y subió al poder sin que nadie le hubiera votado, por eso era calvo. Me hace reír que además su apellido respalde esta teoría. La democracia era fértil en cabello. El dictador Francisco Franco fue calvo. La calvicie de Franco era la calvicie de España.

La democracia trajo gobernantes con pelo en la cabeza.

Incluso con patillas, porque de joven Felipe González tenía patillas, o yo lo recuerdo con patillas. La dictadura es calva y la democracia melenuda, vuelvo a reírme. Desde el punto de vista anatómico e iconográfico, la democracia trajo cuerpos de gobernantes de más altura. Franco era regordete y pequeño de estatura. Suárez y Felipe al menos medían, calculo, un metro setenta y cinco y estaban delgados. Rajoy y Rodríguez Zapatero son altos, superan el metro ochenta. Franco medía un metro sesenta y dos, algo así. La democracia trajo cuerpos más esbeltos, cuerpos mejores. Si tu presidente no está gordo ni calvo, eso te motiva, eso te ayuda en la vida. Te ayuda mucho. Yo creo que el mismísimo Dios maldijo a Franco (precisamente Dios, al que Franco tanto invocaba) dándole calvicie y sobrepeso y pequeñez. También pudo ser que la calvicie, el sobrepeso y la pequeñez fueran los atributos que más hacían confiar en Franco. Puede que el bigote fuese el broche definitivo de su aspecto físico. Ese bigote se llevó por delante cuarenta años de la historia de España. Pudo tratarse de un bigote mágico, un bigote con superpoderes.

Felipe habló bastante, y me fijé en algo más: me fijé en que su pensamiento lingüístico estaba basado en la explicación constante de cosas obvias. Eran obvias para mí, pero entendí que hubo muchos años en la historia de España en que esas obviedades no lo eran. Por tanto, se me reveló un accidente importante en la vida de este hombre: se había convertido en un maestro de escuela.

Vi a Felipe González como un maestro.

También el poeta republicano Antonio Machado fue eso: un maestro.

También lo fue Jesucristo.

También lo fue el filósofo Wittgenstein, a quien nunca entendí muy bien, y cuántas veces tuve que decir que lo entendía para no quedar mal y para que los intelectuales no pensaran de mí que soy un retrasado mental, que por otra parte es lo que soy. Esto le encantará a Arnold.

Nunca entendí a Wittgenstein, tal vez solo las dos primeras frases de su *Tractatus*, luego todo era impenetrable. No sé por qué, pero ahora me alegro de no haberle entendido.

Todo es vanidad.

En el hecho de que fuera incapaz de entender a tantos filósofos, me contemplo ya como un hombre de escasa inteligencia, que solo vive para cazar belleza.

Porque la belleza sí me importa.

La belleza es analfabeta e inculta, eso uno tarda en saberlo.

Aún lo es más la alegría, más profundamente analfabeta e inculta.

Los maestros de escuela pública se dedican a repetir mil veces lo mismo. Y eso hacía y había hecho Felipe González a lo largo de su vida: una larga repetición de tres conceptos básicos, como el de igualdad, democracia y justicia, asediando esos conceptos desde toda suerte de lugares, de argumentaciones, de reflexiones.

Más que como alguien que tuvo poder, lo vi como un sufrido pedagogo.

En el mundo antiguo, la representación del Estado o del reino o del imperio tenía que ser proporcional a la grandeza de lo representado. Esa proporcionalidad fue la que hizo que los reyes o los emperadores fuesen sagrados, estuvieran más allá de lo humano. No podías mirarlos a los ojos. Porque si no era así, lo representado perdía valor.

La grandeza de un imperio o de una nación o de un Estado quedaba simbolizada en la inaccesibilidad del emperador, y en la destrucción inmediata de aquel que osara mirarle a los ojos. Porque si no, no era creíble la majestuosidad del imperio.

De no ser así, todo entraba en el terreno de la duda.

Estoy aquí, al lado de este hombre de setenta y siete años, en donde el poder de representación ha descendido hasta mi mano, hasta la mano de un hombre vulgar, como yo. O de cualquier hombre.

La vida de los expresidentes de todos los países occidentales se ha convertido en una existencia normal, apacible, tranquila, vecinal. Pero este hombre no es el poder, y puede que nunca lo fuera.

¿Quién es el poder?

¿Quién es el garante?

¿Quién o qué es el que hace posible que la gente madrugue para ir a trabajar, que los funcionarios cumplan con sus deberes, que las carreteras existan, que los trenes españoles funcionen, que la policía investigue delitos, que los jueces escriban sentencias, que los catedráticos de universidad den clases y corrijan exámenes, que los arquitectos hagan casas, que los concejales de los ayuntamientos se preocupen del servicio de basuras, que los capitanes generales organicen la compra de nuevos aviones a los Estados Unidos, que los banqueros piensen en futuros negocios, que los futbolistas codicien meter goles, que los basureros recojan los cubos de basura cuando llega la noche a toda la península Ibérica, cuando toda España se va a dormir?

¿Quién hace posible que exista España?

Pensé que, mientras él estuvo de presidente de Gobierno, era Felipe González. Ahora que lo tengo tan cerca, tengo la sensación de que no fue él, y que tampoco lo fue el monarca que estuvo a su lado, Juan Carlos I.

Tengo la sensación de que hay una fuerza desconocida, que está en todos los países, una especie de inercia, que hace que todo funcione.

En un momento de la charla, el expresidente ha llamado a Juan Carlos I «el viejo rey».

Parecen palabras bonitas y elegantes: «el viejo rey», pero en España Juan Carlos I ya no goza de prestigio. Da la sensación de que ya no lo quiere nadie. Eso también me ha dado que pensar. Se muere la gente que lo quiso. La gente que viene ahora, la gente joven, de treinta años, asocia al viejo rey con negocios turbios, con corrupción, con cobro de comisiones ilegales. Sin embargo, el expresidente lo ha llamado «el viejo rey».

Vuelvo a mirarlo, y observo que tiene la cabeza grande, como yo. Es un rasgo genético familiar que compartimos.

Todos los españoles son el mismo español.

Todos los hombres son un solo hombre.

¿Por qué siento ternura hacia este hombre? Me parece de repente un niño. A cualquiera de nosotros le pudo tocar esa suerte de la historia que te lleva a convertirte en un presidente de Gobierno. Le tocó a él, pero le podría haber tocado a cualquiera.

No hay nada especial, nunca lo hubo.

Nada especial en nadie, desde Julio César, desde Carlos V, desde Napoleón.

Es un azar ingrávido, ni siquiera es el misterio de la historia. No es más que nuestro deseo de llenar vacíos de la naturaleza, cosas que la naturaleza no completó.

No supo completar.

Tras la comida, nos han enseñado unos voluminosos archivos, en donde estaban ordenadas y catalogadas las cartas que los españoles escribieron a Felipe González cuando este era presidente del Gobierno de España. La gente le mandaba cartas a Felipe González porque era el rostro de España. Lo fue durante mucho tiempo. Los hombres, las mujeres, los niños, los jóvenes, los abuelos, las abuelas, los adolescentes, todos le escribían porque una administración pública no tiene rostro, porque un ayuntamiento no tiene rostro, porque un ministerio no tiene rostro, porque los funcionarios del Estado no tienen rostro.

Un funcionario no puede resolverte la vida.

Un edificio público no puede comprender las mil desgracias que te acaban de ocurrir: una pensión de viudedad denegada, una enfermedad, un trabajo perdido, la muerte de un hijo, la ruina económica, la desesperación, la soledad, la pobreza.

Sobre todo, la pobreza.

Sobre todo, la soledad.

Solo había tres rostros en aquella época: Juan Carlos I, Adolfo Suárez y Felipe González.

Don Juan Carlos era el rey, era algo lejano y ornamental, y Adolfo Suárez perdió las elecciones de una forma estrepitosa, y en ambos aún se alargaba la triste sombra del dictador Francisco Franco.

Fue, entonces, Felipe González el que acabó siendo España.

Sin él no hubiera sido posible la construcción del edificio democrático en donde estamos todos ahora. Eso la gente lo sabía. Conviene recordarlo. La buena gente, sencilla, tranquila, lo sabía. Lo sabían las clases medias. Lo sabían las amas de casa y los padres trabajadores, porque estoy pensando en aquella España de 1980. Porque la gente de aquella época salía de una dictadura, salía del analfabetismo político, todo era nuevo, y había una ilusión colectiva, todo eran novedades. La gente vio que González significaba progreso. Y la gente quería progresar. Teníamos que quitarnos de encima la peste del subdesarrollo, la peste del retraso ancestral de España, la peste del franquismo, de la Iglesia, del catolicismo rancio, porque habíamos sido la sociedad más retrógrada de Europa. Si se mira la década de los ochenta con los ojos de hoy, enseguida se advierte que los seres humanos no eligen casi nada, porque el tiempo histórico en el que viven lo determina todo. Quienes vivieron en la década de los ochenta fueron absorbidos por las convenciones de ese tiempo, como quienes vivimos en la segunda década del siglo XXI estamos siendo absorbidos por las de hoy. Y a esas convenciones las llamamos verdad, libertad, democracia, justicia, progreso, incluso amor, incluso vida privada, incluso erotismo, incluso poesía.

Desde el 2 de diciembre de 1982 hasta el 5 de mayo de 1996, el presidente del Gobierno Felipe González fue una forma humana, unos ojos, una sonrisa, unas manos, un tono de voz a través de los cuales miles y miles de ciudadanos españoles desesperados percibían la idea de que vivían en un país, es decir, en un acontecimiento colectivo, en una democracia, en una fraternidad reconocible, en un lugar en el que valía la pena estar.

Porque si no vives dentro de un acontecimiento colectivo (es a eso a lo que llamamos una nación), no vives en ninguna parte, te quedas a la intemperie.

Ha pasado el tiempo, se amansan los odios y los amores, ya todo es finalmente historia, ya está todo dispuesto para esa serenidad con que el paso del tiempo anega las pasiones políticas, los errores y los aciertos.

Quiero recordar ese poderoso hechizo que hace que un pueblo busque en un rostro su representación. Sin ese rostro no existen las naciones. Pocos rostros democráticos y legítimos hemos tenido los españoles.

No, no han sido abundantes nuestros rostros democráticos ni nuestros rostros de progreso. Muchos de los españoles que escribieron a Felipe ya han muerto o ya han olvidado que una vez depositaron en el buzón de correos una carta, pero una vez en sus vidas Felipe González fue la última esperanza que sus almas asustadas encontraron.

Pienso en un ser humano que en algún momento de ese tiempo en que González gobernó España se llegó hasta un buzón de correos con una carta en la mano escrita para su presidente, en donde le contaba su vida entera.

No hay mayor honor que recibir esa carta.

Las cartas de los españoles que creyeron en su presidente, que creyeron que su presidente los ayudaría, que confiaron en que su presidente estaba allí para darles aliento, nos deben proteger de toda clase de tinieblas.

Me marcho, y mientras voy en el metro, de regreso a casa, me invento una conversación con mi madre. Le digo que he comido con Felipe González. Pero no sé alimentar esa conversación. Pruebo con mi padre, recordando lo que mi padre habló en esta vida de Felipe González. Tampoco puedo alimentar esa conversación. Porque en mis conversaciones con ellos dos jamás hubo literatura. No quieren hablar conmigo.

¿Por qué?

Ya no contemplan mi presente.

No pueden acceder a mi presente.

Son dos fantasmas que solo se alimentan del tiempo pasado. Mi presente no les importa. Tendría que haber conocido a Felipe González hace quince años, ahora ya es tarde.

Una imagen regresa. El expresidente del Gobierno vino a la comida en un Mercedes viejo. El encuentro tuvo lugar en la madrileña Fundación Felipe González, un espacio más bien pequeño, reducido a una sala, dentro de la Real Fábrica de Tapices, en la calle Fuenterrabía. Vi el coche desde el ventanal. Llevaba un escolta que ni siquiera vestía corbata. Vestía como una persona normal. Ni siquiera llevaba una americana. Desde luego era lo más alejado del Kevin Costner que interpretó aquella película de 1992 titulada *El guardaespaldas*. Y el Mercedes era un modelo de los años noventa, un modelo pasado de moda.

Lo peor que le puede pasar a un país es lo mismo que a un ser humano. Lo peor es siempre lo mismo a través del tiempo y de la historia: lo peor es ser pobre. Hay una alegría que nace de la riqueza entendida como una exaltación de la vida, la riqueza que procede de la contemplación de los edificios, de las catedrales, de los grandes puentes, de las construcciones humanas; también la alegría que tiene su origen en la abolición del hambre, de las necesidades elementales; los seres humanos necesitan casas, armarios, ropa, sábanas, toallas, zapatos, viajes, coches, aviones, no se conforman con estar en el mundo; necesitan colmarse.

67

Me he despertado con abatimiento, con Arnold rondando por la casa. Estaba en todas las habitaciones. En la cocina, estaba Arnold. En la ducha, estaba Arnold. En la mesa donde escribo, estaba Arnold. Por fin me ha dicho «no puedes más, desiste, lo has intentado, pero ya no puedes más, vuelve a la cama, nadie te culpará si vuelves a la cama, has hecho todo lo humanamente posible; de todos a cuantos visito, tú eres el que más ha luchado, nadie podrá reprocharte nada si hoy no te levantas, eres el campeón del mundo, pero ahora tienes que descansar, has puesto toda tu voluntad, nadie ha luchado contra mí como tú lo has hecho, eres medalla de oro, pero ahora tienes que descansar, vuelve a la cama, no salgas de la cama».

Por supuesto, me he levantado.

He tenido que coger el Cercanías para ir a la T4, porque por la tarde volaba a Zúrich. Arnold todo el rato a mi lado.

He paseado por la T4 con Arnold en el corazón; he llamado a mi hermano, y hemos hablado de cosas normales y eso me ha animado un poco y me he alejado unos metros de Arnold; luego he llamado a Valdi y no hemos hablado de nada. Él estaba comiendo y yo estaba ya a punto de coger el avión.

Me he dicho a mí mismo: da igual todo, déjame en paz, Arnold, tengo que concentrarme en vivir esta tarde de marzo. Y me he puesto a mirar mis zapatos, los zapatos que me regaló Mo y que me encantan.

Me he sentado a esperar el embarque y seguía mirando mis zapatos cuando me he dado cuenta de que todo ser humano puede acceder en algún momento de su vida a la revelación del sentido de su existencia, pero ¿cuándo puede producirse esa revelación? Puede tardar en llegar muchos años. Eso significa que tenemos una obligación: la de permanecer vivos todo cuanto nos sea posible. Me ha asustado pensar en la posibilidad de que esa revelación llegue tarde.

Pienso que a una persona como yo esa revelación puede estar esperándole en la edad nonagenaria.

Vivir muchos años es un éxito, el mayor éxito.

Vivir muchos años es estar junto a la vida muchos años, conociéndola cada día más. Cada día un beso nuevo de la vida. Tendrían que haber vivido más Bach y Wagner, haber cumplido al menos diez años más. Son las únicas matemáticas que importan, las que miden nuestra edad.

Hablan de que acabaremos viviendo ciento cuarenta años, eso lo disfrutarán los hijos de Bra y Valdi. Si viven ciento cuarenta años, tendrán tiempo de ir a buscarme en el olvido en que estaré, allí los espero para darles un beso.

Me gustaría vivir cien años con mi salud intacta, y lo digo yo, que padezco los consejos de Arnold, quien siempre me habla de la beatitud de la inconsciencia que regala la muerte.

Vivir con conciencia de lo vivido, con la memoria perfectamente afilada, como un cuchillo de carnicero, capaz de rebanar y trocear las décadas en años, y los años en meses, y los meses en días, y los días en horas, y las horas en minutos, así quiero yo mi memoria.

He llegado al aeropuerto y he seguido mirando mis zapatos conforme iba andando por las terminales.

He cogido el tranvía y Mo me estaba esperando en la parada que hay cerca de nuestra casa.

Al verla esperándome, he sentido alegría. El éxito es eso: que te espere alguien en algún sitio.

68

He salido a ver el lago. Mo estaba cansada, tenía trabajo y se ha quedado leyendo en el sofá. Me ha dado las indicaciones para subir luego con el tranvía y las monedas justas para echar en la máquina de los billetes. He vuelto a pensar en mi madre, cuando de niño me daba las monedas exactas para algo. Me he acordado de las viejas monedas españolas de los años setenta, de la vieja moneda de cinco duros, o de la de cincuenta pesetas, me he acordado de que cuando veía la moneda de cincuenta pesetas siempre me ponía contento, porque era grande y daba seguridad, con esa moneda podías ir tranquilo por la vida, garantizaba comprar unas cuantas cosas. Las viejas monedas españolas del franquismo han venido a mi mente al ver los francos suizos. Los españoles vinieron aquí, emigraron aquí, a Suiza, porque las pesetas valían poco y los francos valían mucho más. Emigraron a Suiza los españoles de los años sesenta buscando más dinero por el mismo trabajo. La vida de los españoles sigue siendo la misma: intentar ganar dinero, eso es la clase media, intentar que no nos falte de nada. Eso es lo que le vi hacer a mi padre, y eso hago yo: intentar salir adelante. Nunca tendremos el poder adquisitivo de los suizos, porque somos españoles, porque venimos de un país con élites políticas corruptas, inútiles, negligentes, vagas y megalómanas, que no se dan cuenta de lo esencial, y lo esencial es que en Suiza se gana más dinero que en España por el mismo trabajo. La vagancia es peor que la corrupción. La vagancia de los políticos españoles se basa en ocupar un despacho y desde allí ver pasar la vida sin intervenir en ella. Piensan que en la vida ya intervienen los funcionarios y los trabajadores, que para eso les pagan. Eso piensan los políticos españoles. Si nos va bien, es por el turismo y las naranjas y las paellas, solo por eso, y por estar en Europa, por estar allí debajo de los Pirineos. En ningún país como en España se nota tanto la distancia cósmica entre los políticos y el pueblo. Los españoles son maravillosos, trabajadores y entregados, talentosos y capaces, honestos y brillantes, vitales y emprendedores; sus políticos, en cambio, son vagos. La vagancia les pudre el alma. Los españoles que madrugan son quienes han levantado este país. Los políticos españoles les chupan la sangre a los españoles que madrugan, y así funciona el país, metido en una especie de vampirismo atávico y primitivo, que se remonta al feudalismo medieval.

No puedo dejar de ir a ver el lago, le he dicho a Mo.

No tiene sentido venir desde Madrid y no ir a ver el lago, ver el agua, ver lo mejor del planeta Tierra: el agua.

Siempre tengo que estar cerca del agua, así que he salido de casa con paso raudo, buscando el río, los puentes y la luz sobre el agua. Y allí estaba el lago, en mitad de la oscuridad de la noche.

Si veo el agua, me quedo tranquilo. Porque donde hay agua sigue habiendo naturaleza, sigue habiendo una verdad. Donde hay agua no puede haber autopistas, camiones, aviones, tiendas, rascacielos, hospitales, cárceles, manicomios. Donde hay agua no puede haber mentira.

Si veo agua, mi mirada no se siente humillada, asustada, ofendida.

Luego he paseado por las calles del barrio viejo, y estaban llenas de gente joven, porque era viernes.

Haydn, mi amigo, el viejo poeta, me dijo una vez hace muchos años que yo era signo de agua. Me ha asaltado ese recuerdo cuando miraba el agua bajo los puentes. La gente joven iba disfrazada porque era Carnaval.

Había risas y canciones y cervezas y gritos en las calles. La gente estaba disfrutando.

Me he acordado de la primera vez que vine a Zúrich, cuando Bra y Valdi eran pequeños, debió de ser en 2007. Recuerdo que nos alojamos en un Novotel, que por entonces era una cadena de hoteles que se había hecho famosa porque ofrecía buenos precios. Tenía piscina cubierta y fuimos a bañarnos.

Yo quería conocer Zúrich, pero Bra y Valdi no entendían que tuviéramos que cambiar las piscinas por las calles de una ciudad desconocida, inhóspita y extraña. Ellos eran unos niños de nueve y diez años, y querían bañarse en el agua caliente. No entendían qué podía tener de interesante una ciudad, si todas las ciudades son lo mismo: calles, semáforos, McDonald's y coches.

Para un español todas las ciudades de Europa son como inalcanzables, siempre caras, siempre más caras, más cultas, más prósperas que las nuestras, y nos recuerdan desde la hostilidad que somos el pariente pobre de este continente. Viajamos a Europa con miedo, pendientes del precio de las cosas, viendo que los taxis y los restaurantes de esas ciudades tienen precios estratosféricos. En cambio, los europeos vienen a España y todo les resulta maravillosamente barato.

Yo, como siempre, buscaba en las ciudades algún tipo de verdad o de belleza, algún tipo de revelación intelectual, pobre de mí, cuánto subdesarrollo español he llevado siempre encima, la peste del franquismo siempre encima. Los españoles de mi generación necesitábamos viajar, quizá porque habíamos nacido en un país inmóvil.

Sin embargo, ahora, busco esos recuerdos y no encuentro nada, salvo fogonazos de la memoria.

Voy a los sitios en donde estuve hace años con mis hijos, y allí no hay nada. Pero es muy valioso constatarlo. Solo sé yo esa verdad: que estuvimos aquí, en Zúrich, y que he vuelto doce años después, siendo un hombre completamente distinto al que vino aquí en 2007.

Y pienso en esa metamorfosis de mi cuerpo y de mi alma y no puedo por menos de estar agradecido a alguna forma del destino. Porque sé que yo no era feliz en ese año de 2007, no lo era. No, no lo era. Es muy posible que ahora tampoco lo sea. Es muy posible que no lo sea nunca. Pero una cosa es cierta: lo estoy intentando, de manera desgarrada.

De manera desgarrada, de manera única, allí voy yo, invocando a mis seres queridos, intentando ser feliz.

Y sé que lo estoy intentando porque he cambiado. Se sabe si una persona está intentando ser feliz si lo vemos cambiar.

Puede ser que haya un tiempo para forjar familias y otro

tiempo para destruirlas. Sobre las ruinas de una familia, se levanta un hombre que camina solo.

He seguido dando vueltas por el barrio viejo, mirando los relojes de los escaparates. Porque toda Zúrich es una celebración de los relojes. Miraba los precios.

Todos los relojes eran carísimos.

¿Quién puede comprarse un reloj de cinco mil euros?

¿No tendría derecho a tener ya uno en mi muñeca? ¿No me he esforzado lo suficiente en mi vida como para tener ese premio?

¿Cuáles son los premios de la vida?

¿El amor de los hijos?

Si ahora viviera mi madre, podría llamarla y preguntarle qué le parece si me compro un reloj de cinco mil euros en Zúrich.

«¿Qué haces en Zúrich?», me preguntaría.

Y me diría que si había que comprar un reloj de cinco mil euros, primero se lo comprara a ella. Que le regalara uno, y me recordaría las pocas cosas que le regalé en vida y las demasiadas cosas que le estoy regalando ahora que está muerta.

Me he sonreído a mí mismo.

Y me he marchado del escaparate. He buscado el tranvía número 9 y me he vuelto a casa.

No encuentro nunca el momento de irme a dormir, no quiero meterme en la cama, me da la sensación de que tengo que seguir atendiendo a la vida, que no puedo dejarla plantada.

Me meto en la cama, las camas suizas no tienen sábanas sino un edredón de plumas. Al principio siento frío, luego ya no. Luego la temperatura es perfecta. No sé en qué pensar para que el sueño venga. Pienso en el rostro de mi padre cuando tenía la edad que yo tengo ahora.

Veo una luz remota desde la cama; es el cargador del ordenador portátil de Mo, por un momento me ha parecido un fantasma. Mo usa ordenadores de la marca Apple; yo no, yo uso los normales, no sé ni qué nombre tienen. Muchas veces me quedo mirando su ordenador y pienso que debe de ser mejor que el mío, lo veo más robusto, mejor expuesto en las tiendas, más *cool*, más infalible. Más caro también, mucho más caro. He llegado a la edad en que ya no puedo cambiarme de marca de ordenador portátil, eso me hace sonreír, ese pensamiento extravagante. En los aeropuertos, en los cafés, en los hoteles, todo el mundo va con sus ordenadores Apple, y eso hace que me sienta casi como un retrasado, como un provinciano, como alguien que va montado en una mula frente a gente que monta caballos engalanados.

Me duermo sintiéndome profundamente culpable. He aprendido a dormirme bajo el dominio y la presencia de sentimientos que a otros les causarían pánico, eso sí lo he sabido hacer.

El espíritu de supervivencia que es capaz de crear un ser humano contiene una energía superior a la de la combustión del sol y de todas las estrellas del universo.

Pienso en que Bra y Valdi habrán heredado eso de mí, ese sí a la supervivencia. No es un bien inmueble. No es dinero. No son joyas. Pero es una herencia fabulosa.

No me duermo.

69

Todo hombre o mujer que haya cambiado radicalmente de vida oye una voz, que hace siempre la misma pregunta: «¿Ha valido la pena?». Es la pregunta más triste y más acobardada que existe, porque está llena de inmadurez y de miedo, y no sabe darse cuenta de una verdad inflexible de la vida: solo existe el presente.

El presente es nuestra fuerza.

Claro que echo de menos las dos familias que fundaron mi vida: la familia en la que fui hijo, y la familia en la que fui padre, por supuesto que me duele haberlas perdido, y ni sé muy bien por qué se perdieron.

Pero este presente en el que vivo ahora es inconmensurable, porque es un tiempo en donde lo imprevisto gobierna mi vida. Nada de lo que me está pasando fue nunca previsto, barruntado, ni siquiera conjeturado. La imprevisibilidad es alegría también, porque la imprevisibilidad parece un regalo, sugiere la aparición de un ángel, la aparición de lo extraordinario.

Desde este presente contemplo el misterio de por qué se pierden las familias, por qué se deshacen. Unas se las llevan la muerte y el tiempo, otras los divorcios y los dramas corrientes de la vida.

Es un espectáculo humano, lleno de desasosiego, ver pasar las familias, camino de su olvido, de su extinción.

No podía imaginar que un hombre tan vulgar como yo fuese a ser objeto de interés por parte del destino.

Cuando un destino inesperado se abre paso en tu vida te acabas enamorando de la libertad.

Es inexplicable este merecimiento.

La palabra es «merecimiento». ¿Cuántos zapatos tienes en tu armario? ¿Cuántos zapatos tuvieron tus abuelos? ¿Cuántas generaciones te separan del hambre? ¿Qué has hecho para merecerlo?

Mi padre fue mucho más feliz que yo y tuvo muchas menos cosas que yo. La sonrisa con la que encaró el mundo no la poseeré yo jamás. No me será otorgada esa sonrisa, tal vez por haber zarandeado el árbol del conocimiento.

¿Qué ha pasado?

¿Qué es todo esto?

¿No habremos confundido la riqueza con la basura?

¿Qué habría hecho mi padre si le hubiera tocado una vida como la mía, una vida de escritor, una vida con libros y conocimiento?

No habría sido el gran hombre que fue, y este misterio congela mis articulaciones, me agota el alma, me abate y me confunde. Hay en ese misterio un mensaje que no sé descifrar.

Su sonrisa alta, su austeridad, su gran dignidad, ¿de dónde las sacó si no conoció el mundo como yo lo conozco? ¿O sí lo conoció e hizo ver que no lo conocía?

¿Quién era?

¿Quién fue ese hombre?

¿Quién soy yo sino una alternativa de él, una variante peor de su alma?

Eso es, una variante desechable, menor, prescindible de su alma, eso soy yo.

Mo y yo hemos ido a Basilea. Desde Zúrich hay una hora. Al ver el Rin, he pensado en el río de mi pueblo, al que íbamos a bañarnos. La humedad del agua era la misma. La forma de la humedad y la forma de la orilla y la forma en que el río se aproximaba a las casas eran las mismas que yo vi hace tantos años.

Todo el día pasado en Basilea he estado pensando en la humedad, en la fuerza de la humedad para comunicar a vivos y muertos.

La primera vez que conocí la humedad de los ríos fue en un día de verano muy caluroso. La humedad de los ríos es un regalo que te hace la tierra, un regalo que toma tu cuerpo, por eso a veces pienso que lo que yo sentí el primer verano de mi vida junto al río de mi pueblo es un sentimiento que no acabará nunca, que aunque yo muera ese sentimiento saldrá de mi cuerpo acabado y se elevará por encima de mí e irá a fundirse con la humedad de todos los ríos de la Tierra.

Y eso he sentido hoy al ver el Rin.

Mi madre adoraba la humedad de los ríos.

¿Por qué?

A veces pienso que era una mujer tocada de un misticismo devastador, porque me quema a mí, me toca a mí desde su muerte.

Me invade ella, mi madre.

La fruta que comía en los veranos era hija de la humedad de la tierra. Cada vez que entro en una frutería viene mi madre, me acuerdo de ella, es ella la que entra en la frutería y no yo. Mi devoción por las fruterías es herencia de mi madre. Fue ella la que palpaba y seleccionaba los melones. Ella usaba la palabra «triar».

«Hay que triar los melones», decía.

Yo uso esa palabra, la uso a solas, porque nadie la dice en los sitios en donde vivo, no se oye ese verbo en ninguna parte, solo suena en la caverna de mi alma. La maravillosa palabra «triar». Fue uno de los grandes verbos que usó Wagner en su vida, porque era el verbo de la fruta.

Y sopesaba los melones en las manos, valoraba su madurez, los crujía un poco, los llevaba hasta los oídos. Yo creía que todos eran iguales. Pero ahora, yo hago lo mismo con los melones, que me parece la fruta reina. Porque todo está escondido en un melón. No sabemos nada de él hasta que lo abrimos. Y dentro está la humedad de la tierra convertida en dulzura.

Ahora mi madre regresa desde la humedad de un río europeo en donde ella no estuvo nunca. Ella no sabía que existían las naciones, los imperios, los reyes, la historia, y yo tampoco lo sé.

Yo he olvidado los nombres de la historia y de la política y de la realidad, por respeto a mi madre.

Los oigo nombrar todos los días, pero no sé si existen, y si existen nada tienen que ver conmigo, eso me enseñó mi madre.

«Nada tienen que ver contigo», dijo ella.

«Contigo solo tengo que ver yo y la vida que te di, no lo olvides, o te confundirán», dice ahora.

Todas las noches me visita. Y dejo que lo haga.

Y habría querido bañarme en el Rin, porque siempre que veo un río quiero entrar en él.

Los ríos fueron siempre dioses. Un río es un dios, por eso es importante que los niños, de la mano de sus padres, se bañen en un río, toquen con la planta de sus pies las piedras resbaladizas del fondo, conozcan la penumbra de las aguas, los árboles creando sombra sobre el cauce, el misterio de los peces, el límite de las orillas, el olor del barro reciente, la mancha del barro en el rostro.

Cómo me acuerdo de ti cada vez que veo un río.

Tu obsesión por los ríos es mi obsesión hoy.

No heredarán esa obsesión ni Bra ni Valdi, se perderá con nosotros, no podré darles la humedad en herencia.

El mundo ha cambiado.

Nuestro mundo fue distinto a este mundo.

El setenta y uno por ciento de la superficie de la Tierra es agua.

Por eso me llevabas al río de nuestro pueblo en los veranos, porque el agua es más poderosa que la tierra.

Y allí conocí el agua, y es muy posible que el mismo Dios sea de agua. No de agua, sino agua.

Y puede que tú seas el océano Atlántico y papá el Pacífico.

Los padres se convierten en océanos, porque el agua eres tú. Siempre fuiste agua, y ahora que estás muerta te has convertido en un océano. Y el poder de invocación de los muertos tú me lo diste. Está en todas las culturas, en todas las civilizaciones.

Invocar a los muertos solo es amor, qué iba a ser sino amor.

Así que al ver el Rin te he visto a ti, tumbada sobre la tierra, tomando el sol.

71

Los delitos, los crímenes, prescriben. Los jueces y la policía dejan de perseguir actos delictivos que ocurrieron hace mucho. Cuando era joven, siempre me pareció que esto era injusto, que no podían olvidarse los crímenes.

Para entenderlo he tenido que cumplir años y hacerme viejo.

Los delitos prescriben porque el tiempo en su transcurso es más poderoso que las leyes humanas y porque el tiempo revela la inconsistencia de la justicia y de la injusticia.

El tiempo es la forma con que la naturaleza se presenta, y nos recuerda que el pasado no existe.

Por eso, todas mis culpas prescribirán no porque exista el perdón o la redención, sino porque se convertirán en inmemoriales. Nadie puede recordar delitos ocurridos hace cuarenta años porque se han desvanecido. Se han igualado al viento y la brisa y al polvo de los caminos.

¿Cómo recordar la brisa o el viento o el polvo?

Mis culpas, mis dolorosas culpas, están prescribiendo. El mal que hice en esta vida a otros seres humanos, a quienes quise, se está borrando. Asisto todos los días a esa extinción de los hechos, cada día la extinción es más sólida.

Se extinguen nuestros crímenes, que tampoco fueron tales. Más bien fueron errores que causaron tristeza y angustia y penas.

Pasados cien años, quién podrá revisar o enjuiciar el dolor que causé a otras personas. Habrá prescrito todo. El derecho penal y el derecho administrativo encontraron esa fascinante fórmula de la extinción del plazo legal.

Se acerca la prescripción de todas mis faltas.

Sin embargo, la erosión de mi corazón allí está. Esa erosión comienza el día de mi primera comunión. Creo que no entendía nada de lo que estaba pasando. Ha prescrito también ese día. Pero recuerdo todos los regalos que me hicieron.

Unos amigos de Bach y Wagner, amigos importantes, me regalaron unos prismáticos. Era un regalo estrambótico que no gustó a Wagner, porque no lo entendió ni vio que pudiera sacarle ningún provecho. Para qué quería un crío de siete años unos prismáticos. Y para qué los quería ella. Eran de excelente calidad, de una primera marca. Unos prismáticos de 1970, caros, lujosos, de un lujo improcedente en nuestras vidas.

No les dimos a lo largo del tiempo venidero ningún uso sensato. A Bach tampoco le interesaron lo más mínimo. Creo que jamás los usó. Ni una sola vez. Le daba igual que las cosas estuvieran cerca o lejos. No mostró nunca la más mínima curiosidad. Bach, siempre más allá de las cosas: su indiferencia hacia la lejanía o la cercanía de las cosas viene hoy a mí como toda una lección filosófica. Aquellos prismáticos dieron tumbos por la casa. Ninguno sabíamos muy bien qué hacer con ellos. Se fueron deteriorando poco a poco. La funda era de cuero. No sé dónde acabaron. Una lente se salió del objetivo, la rueda de enfoque se atascó. Ya no se veía nada, ni de cerca ni de lejos, pero mantenían su imponente presencia.

No sé por qué me hicieron ese regalo tan extravagante. No estaba pensado para mí. Vete a saber de dónde salió. Igual fue un regalo que les hicieron a ellos, a esos amigos de mis padres, y no sabiendo qué hacer con él me lo endilgaron a mí.

Un amigo y compañero de trabajo de mi padre vino a la celebración. Se llamaba Jordi Pons. Creo que me regaló un reloj de oro blanco. Luego mi tío Rachma me regaló un Duward de oro del de siempre. Tuve muchas discusiones en la escuela porque mis compañeros se negaban a aceptar que existiese el oro blanco. Decían que era de acero. Yo tenía fe en el reloj de Jordi Pons, tenía fe en el oro blanco. No me cabía en la cabeza que fuese falso. Era un Thermidor, esa era la marca. Me intrigó mucho el oro blanco.

Me intrigaba también ese amigo de mi padre, porque era un hombre soltero y era educado y sofisticado. Vivía en Barcelona. A mi madre no le acababa de gustar, pero tampoco le disgustaba. Unas veces lo criticaba; otras, lo elogiaba. Si mi padre me viera ahora escribiendo sobre Jordi Pons, creo que se alegraría en la misma proporción que se alarmaría.

Cómo es posible que recuerdes eso, me preguntaría.

También yo me lo pregunto. Cómo es posible que recuerde todo eso. Muchos años después bautizamos a Bra y Valdi. Ese fue un día especial. Muy especial.

Treinta años mediaron entre mi primera comunión y el bautizo de Bra y Valdi, pero tanto mi primera comunión como el bautizo de mis hijos fueron celebrados en el mismo restaurante.

No solo en el mismo restaurante, sino también en la misma mesa y en el mismo lugar de la sala, al lado de las mismas ventanas.

Allí donde yo recibí aquellos extraños prismáticos, mis hijos recibieron también sus regalos. Creo que fui el único que se dio cuenta de ese detalle perturbador.

Era el mismo espacio.

No fui el único. Mi padre, el gran Bach, también se dio cuenta.

Nos dimos cuenta los dos, siempre los dos, siempre él y yo.

Se abre así la carne del tiempo, el corazón de la vida, cuando contemplas una coincidencia de ese tamaño comprendes que todo cuanto nos rodea fluye bajo un orden que incluye el desorden, y un desorden que incluye un orden, y todo se da en tensión, y de esa tensión emana alegría, esperanza y belleza.

Todo prescribe, prescriben los delitos, prescriben mis faltas, están prescribiendo mis culpas y prescribirán todos mis fantasmas.

Hace tres años, en 2016, volví a estar en ese sitio, en esa sala de ese restaurante, y me dediqué a tocar el aire, porque solo el aire sale a recibirme cuando invoco el pasado.

Me acordé de las palabras de Idea Vilariño: «No te veré morir».

La invocación del pasado puede ocuparte las veinticuatro horas del día. Qué hay en mi presente sino esa terca y abrumadora y decadente y voluptuosa abundancia del pasado.

Cuando a un ser humano le quitas la culpa, le eximes de la culpa, ve el mundo entonces liberado de la tristeza y de la angustia. Quien inventó el bautismo fue un gran señor de la vida: quitarte el pecado, que es quitarte la culpa. Por haber nacido cargamos con la culpa, no del pecado original, menudo cuento, sino con la culpa de que nuestros padres y nuestros abuelos hicieron daño y nosotros lo haremos, porque en lo más hondo de la vida está el daño que hacemos a nuestros semejantes.

Y de repente el bautismo quita la culpa, y yo para quitarme la mía he tenido que escribir y purgarme y purificarme y condenarme y absolverme y abrasarme y romperme.

Los hombres y las mujeres buscan la alegría y encuentran la culpa.

Todos los días pienso en los seres humanos a quienes de un modo u otro hice daño, aunque fuese el daño más insignificante del mundo a los ojos de un juez imparcial; pero el daño nunca es objetivo, el daño ocurre en el corazón del otro, si el otro se siente dañado nada puede consolar ese daño, ese daño es real e inapelable.

Mucha gente no entiende ni entenderá esto jamás.

Tiene que ver con las olas del mar, con las nubes, con los árboles. Nadie perturbaría esa belleza de las cosas naturales: un corazón humano es como un árbol, no puede entender la necesidad de que alguien lo pode, le robe sus ramas, con la promesa de una vida mejor.

Desciendo, junto a Mo, unos pasos por una calle del centro de Zúrich y me doy de bruces con una célebre relojería en donde se exhiben modelos de relojes antiguos. No son relojes de segunda mano. Son relojes perdidos en el tiempo, que es la plenitud de un reloj. La culminación de un reloj es ser la víctima del tiempo que mide. Allí veo muchas piezas de coleccionista: todas las célebres marcas están representadas, con modelos que van desde los años veinte del siglo pasado a modelos de principios del siglo XXI. Miro casi aterrado, pues tengo delante de los ojos un modelo Thermidor de principios de los años setenta, de oro blanco.

Vamos Mo y yo a la ópera.

Vamos a ver *Norma*, de Vincenzo Bellini, en el Teatro de la

Ópera de Zúrich, un edificio elegante, de finales del siglo XIX, construido para sustituir a otro teatro más antiguo que se quemó. Me conmueven los edificios que desaparecen, y con ellos lo que dentro de sus paredes sucedió. Surgen los edificios que se construyen para reemplazarlos, que a su vez también desaparecerán. Hemos sacado las entradas más baratas, que cuestan veinticinco euros cada una, eran las únicas que quedaban, junto a las más caras, que costaban más de trescientos euros. Siempre ocurre eso: las entradas que se quedan sin vender son las más caras y las más baratas, y suelen quedar asientos sueltos. La acomodadora nos lleva hasta nuestras localidades.

Comienza el primer acto, y aparece un coro en escena. Se trata del coro de Oroveso y los druidas. Desde donde estoy sentado solo veo cuerpos lejanos. Qué bien me vendrían ahora aquellos prismáticos de mi primera comunión. El pasado es un sótano lleno de objetos cuya utilidad y servicio se revela en el futuro. Al ver ese sótano, pienso en la providencia, en esa palabra mitológica: providencia.

Norma quiere asesinar a sus hijos, porque el hombre al que ama se ha enamorado de otra mujer, se ha enamorado de Adalgisa. Norma se inmola en un acto de belleza igual al que yo intento todos los días de mi vida. La confesión de culpabilidad de Norma es un acto de fe en la vida, un acto de amor, un acto de soledad.

Salgo de la ópera emocionado.

La belleza de Norma me hiere.

Llevo a Norma en mi corazón. Yo soy Norma, me digo. Todos somos Norma. Todos somos sacrificio, renuncia, perdón y muerte, como Norma. Por mucho que pierda en esta vida, siempre me quedará la posibilidad de volver a escuchar esta ópera, siempre me quedarán unos prismáticos perdidos y un reloj Thermidor de oro blanco igualmente perdido.

Nos subimos al tranvía número 9 y volvemos a casa.

Fantaseo con una vida de aristócrata, aquí en Suiza, con tener una casa en el centro de Zúrich e ir a la ópera, al teatro, al ballet todas las semanas, cenar en buenos restaurantes, tener un barco en el lago y dormir mucho y comer poco y estar en paz, alcanzar la paz, la tranquilidad, la serenidad.

No codiciar cosas, no querer nada.

Que haya alguien en alguna parte que cuide de ti y que ese alguien quite la maldad, la crueldad y el horror de la vida de los hombres y de las mujeres.

La palabra en la que estoy pensando todo el rato es «providencia», me duermo con esa palabra en la cabeza.

«Providencia», qué palabra tan secreta.

72

El momento más traumático de mi vida ocurre en el pasado más remoto, cuando mis padres me llevan por primera vez a un colegio. Creía que solo existía yo en el mundo, y de repente hay cientos de seres humanos parecidos a mí. Tengo que hablar con ellos, estar con ellos. Y la libertad o la ilusión o la alegría desaparecen.

Es la primera vez que pierdes la alegría.

Las personas que envejecen solas, sin familia, sin hijos y sin cónyuges, vuelven a ese ser que fundó su cuerpo, vuelven a ser un niño. Un niño ante el peligro.

Niños que se quedaron solos ante el peligro. Yo no entendí entonces por qué mi madre me alejaba de ella y me entregaba a los otros, a otros seres que al final fueron convirtiéndose en mi vida. La vida al lado de mi madre se fue extinguiendo y vino esta otra vida más larga, más extensa, en donde ella se fue alejando de mí, hasta que se murió.

Uno de los mayores escándalos que hay en mi corazón nace en una clase de primaria de un colegio de curas. El sacerdote se ha ausentado y deja a un compañero para que cuide la clase.

Cuidar la clase es sentarse en la silla del profesor, ocupar su sitio y vigilar que nadie hable, que haya orden.

Esto ocurre hace unos cincuenta años.

Hace medio siglo.

El niño elegido resplandece de orgullo. Le ha sido otorgada una misión especial, es un niño elegido, así lo veo yo. Y comienzo a pensar en lo que todo ser humano acaba pensando cuando es apartado de su madre y entregado al mundo social: por qué lo han elegido a él, a ese chico, y no a mí. Allí comienza la codicia de puestos, la codicia social.

Un niño de cinco años codiciando el puesto de vigilante de la clase.

De manera arbitraria decide que estoy hablando, pero es mentira, yo no estoy hablando con nadie. Y apunta mi apellido en la pizarra. Pero lo escribe con be y mi apellido es con uve.

Cuando vi mi apellido escrito con be en vez de con uve me sentí humillado y herido, a la vez que perplejo y con curiosidad, a la entrada de un abismo que anunciaba que mi identidad era insignificante y rutinaria para los demás seres humanos.

Yo, que era un dios para mi madre, me vi allí tratado como una cosa sin importancia, como un bulto, como un cuerpo, como un fardo inexpresivo y ridículo.

Fue el día más triste de mi infancia, el más sombrío, el más terrorífico.

Todo ser humano ha tenido esa primera vez. Ahora puedo verlo con belleza, porque al fin y al cabo aquel niño que fui estaba simplemente enamorado de su madre, como lo están todos los niños sobre la faz de la tierra.

Niños que no comprenden que tengan un destino social, porque pensaron que su destino era permanecer de manera eterna e inalterable al lado de su madre, así pensaba yo.

De manera eterna e inalterable el niño y su madre, el niño al lado de su madre, en majestad, en dominio de la vida, en gobierno infinito, como en la iconografía cristiana. En esa iconografía se habla de la infancia. El Niño Dios, quitado y desalojado el significado religioso, que es circunstancial y anecdótico, significa eso: la inalterabilidad de la madre y de su hijo, en un fuerte espectáculo de belleza, de humanidad, porque la humanidad necesita ser exaltada para que la concibamos, para que la comprendamos, para que nuestro corazón estalle de alegría.

Yo acababa de perder mi reino cuando me llevaron al colegio.

La be en mi apellido fue el comienzo del adiós al paraíso.

La memoria es carne y sangre.

Los neurocirujanos tienen muchas más palabras para la carne y la sangre, pero solo son palabras, palabras sin hechos.

Palabras que no mejoran ni ensanchan ni explican ni matizan estas dos palabras: carne y sangre.

Carne y sangre donde va lo que fuimos.

Pero qué salvaje hermosura, aquel niño y el otro niño que fui yo, hace cincuenta años, en una clase de primaria, él mirándome y decretando que había hablado, que había infringido una norma, y él entendiendo ya de leyes, y yo parado ante el escándalo de la ley, y mi nombre pasado al escarnio público, apuntado en una pizarra con una falta de ortografía.

Luego vino el sacerdote y mandó borrar los nombres.

No hubo castigo ni consecuencias, simplemente todo quedó anulado. Ni siquiera se molestó en leer los dos nombres de los que aparecíamos en la pizarra. Lo borró todo de forma rutinaria.

Allí vi que de repente lo que parecía un drama insuperable y con consecuencias desastrosas quedó convertido en polvo de tiza.

73

Mi padre no conoció el capitalismo con la intensidad con que yo lo he conocido. El capitalismo no estuvo en él, por eso no perdió la confianza en la palabra dada, en el sentimiento de bondad natural. El capitalismo no tocó su corazón.

Vivió sin desconfiar de nadie.

Viajaba por los pueblos, completamente confiado. Nunca desconfió de la gente con la que se encontraba.

Esa confianza de mi padre en los demás fue de oro.

En eso se parecía a Mo, porque no he visto mujer más confiada que ella. Siempre confía en la gente. Siempre piensa que la gente dará lo mejor de sí y que nunca te hará daño alguno.

Yo me parezco a mi madre, que también albergaba la desconfianza. No soy como mi padre. Pero ahora veo claro que la desconfianza solo es debilidad y fracaso.

No, mi padre no conoció el capitalismo con la intensidad con que yo lo he conocido. Lo vio, sí, claro que lo vio. Veía la existencia de ricos y pobres, veía el desplazamiento caprichoso de la riqueza, pero supo mantenerse fuera, no entró en esa danza.

¿Cómo lo hizo?

Me moriré sin saberlo.

No fue engañado en ningún momento como lo he sido yo. Nunca le vi envidiar nada de nadie. Como si su vida estuviera tan ajetreada que no le quedase tiempo para mirar la riqueza ajena.

No ambicionó riquezas materiales, ni casas, ni automóviles caros, ni propiedades de ningún tipo, y mucho menos dinero.

Ni siquiera supo que existían las grandes fortunas. Ni contempló a los vecinos ricos de Barbastro, y había unos cuantos. Ni se le pasó por la cabeza que él tuviera que ver en algo con ese cometido, con el cometido de hacerse rico o de hacerse pobre.

No fue tentado.

No miró.

Estaba ocupado en lo suyo, pero qué era, Dios mío, qué era lo suyo. Creo que era yo, creo que eran Wagner y mi hermano. Y él mismo.

Había en él algo poderosamente popular, algo enraizado en lo más hondo de la gente humilde de Barbastro. A los humildes sí los miró, porque despertaban su curiosidad. Los ricos no despertaban su curiosidad. La gente popular sí, porque probablemente le devolvían al Barbastro de su padre, al Barbastro de antes de la guerra civil, en donde él fue un niño.

Poco habló de su infancia profunda, antes de 1936.

Pero en ese tiempo debió de ver algo poderoso en las calles de su Barbastro. La guerra lo diezmó todo. Él conservó una especie de misticismo, que le devolvía a la inmovilidad de su pueblo, a una plaza porticada, a las cuatro calles principales, a los dos puentes sobre el río, a las dos iglesias, a los bares y a las huertas.

Eso muy bien pudo ser su paraíso.

Yo a veces lo miraba andar por las calles de Barbastro. Lo hacía de una manera especial, como saludando a las sombras, a los muertos, al pasado. Veía el pasado de su pueblo.

Era un puente entre el pasado y el presente.

Por eso caminaba por Barbastro como si fuese un ángel.

No quiso la vida que yo iba a vivir; quizá la vio una vez: vio mi vida, o la está viendo ahora, y si la está viendo ahora, seguro que se apiada de mí, o se conmueve, o se asusta, porque fue la bondad natural quien le apartó del conocimiento de grandes ciudades, de muchos viajes, de muchas personas, de muchas cosas relevantes, que en modo alguno resuelven el problema final de un ser humano: la soledad.

Su reino de soledad fue más cristalino.

Me repito esta frase: su reino de soledad fue más cristalino que el de los presidentes de los gobiernos, que el de los presidentes de las repúblicas, que el de los presidentes de las grandes corporaciones, que el de los hombres más ricos y famosos del planeta.

Y entonces te vuelvo a ver, papá, luminoso, descendido, sin dinero, sin casa, sin trabajo, sin nada.

Mi vida es la que me da el capitalismo a cada instante.

Todo cuanto respiro es capitalismo.

Me miran los amigos, los conocidos, los colegas, todos los seres humanos con quienes me cruzo, desde el capitalismo.

Hubo alegría en su vida, mucha. Por eso silbaba siempre. ¿Puedes silbar por mí ahora?

Al principio le entusiasmó que me hiciera escritor. Pero una vez leyó un libro mío, ya entrado el siglo XXI, y no le gustó. No sé qué vio en el libro, debió de ver oscuridad, ficciones y soledad.

Oscuridad y vanidad, sombra y ceniza, como decían en aquella película titulada *Gladiator*, en donde un veterano soldado, un gladiador anciano, muere diciendo a sus jóvenes asesinos «sombra y ceniza».

Supe que no le había gustado por el gesto, aunque no dijo nada. En ese sentido, creo que mi padre era objeto de una posesión, una larga posesión que nos embarga desde la noche de los tiempos, una posesión de antepasados que emergen de una cadena biológica, que se pierde en el centro mismo de la evolución. Mi padre y el primer hombre, eso es.

Cuanto más se aleja su muerte —y cada día se aleja un metro, porque entre los muertos el espacio y el tiempo confluyen en el mismo adiós—, mejor comprendo que en mi padre habitaba una forma de dios.

Porque Dios —o como se le quiera llamar, hay mil palabras, llámale misterio, llámale voluntad, belleza, llámale genoma, llámale especie, aunque «Dios» fue un gran acierto verbal— se mete en el cuerpo de los padres. Cuando los padres mueren, Dios se visibiliza un poco. Cuando la muerte de los padres se marcha, Dios vuelve a visibilizarse.

Lo vemos en el cadáver.

Dios se visibiliza en el cadáver de tu padre. Se aparece allí durante diez segundos. Y lo ves. Ese es el misterio. Ves la energía profunda de la vida.

Diez segundos está Dios allí.

Deja que lo veas diez segundos, para que te des cuenta de que está, de que estará, de que aunque tú no lo sepas, él está, está allí, y en su mano resplandece la alegría.

«Cógela», te dice.

Y es el cadáver lo que coges.

74

Un día, en el pueblo de montaña pirenaico de Benasque, sería en 1970, mi padre me llevó a un hotel que ya no existe.
Aquel hotel tenía una piscina, de las primeras que hubo en
esas montañas. Era junio, acababan de abrir la piscina y el
agua estaba helada.

Nadie se bañaba.

Como mucho hubo quien se puso un bañador. Las piscinas antiguas estaban más cerca de la escultura que de su valor
práctico actual. Entonces, parecían obras de arte. Estaban de-
coradas con grandes piedras, tenían una apariencia robusta,
formidable. Las escaleras eran de hierro. Cubría hasta tres
metros de profundidad. Las piscinas antiguas eran de verdad.
Las de ahora son solo malas copias de ellas.

Y me dijo mi padre: «Te doy cinco duros si te bañas», una
de aquellas antiguas monedas de veinticinco pesetas, en donde
aparecía labrada la cara del dictador Francisco Franco.

Y le miré a los ojos.

Él sabía que yo lo iba a hacer.

Llevaba bañador.

Y me tiré a la piscina helada, y nadé un par de largos y todo
el mundo se asomó a ver el prodigio. Había algunas personas,
algunos huéspedes del hotel, había señoras mayores que dis-
frutaban del aire de montaña. Todo era plácido, suave, ordenado. Había algunos veladores y bancos bajo los frondosos
árboles pirenaicos.

Me zambullí en la piscina, me tiré de cabeza. El agua helada no me causó daño alguno porque él me miraba, porque él
estaba allí. No había hostilidad, ni dolor, ni miedo, ni peligro.

Solo estábamos el agua y yo, y la inmovilidad del tiempo,

porque entonces descubrí que debajo del agua se suspendía el movimiento de la realidad, se insonorizaba el tiempo, y se congelaba el transcurso, desaparecía la identidad social de quien debajo del agua hace su estancia, e indagué allí, en esa zona de los que bucean por deseo de marcharse del reino de los vivos a otro reino, al reino del agua. Tal vez mi padre quería que descubriera el reino del agua. Precisamente él, que no sabía nadar. Pero aunque no sabía nadar, lo sabía todo. Al reino del agua no llegan las voces, no llegan los pactos ni las vanidades, no llegan los acuerdos, ni las jerarquías, ni los jefes de Gobierno, ni la riqueza, ni la pobreza, ni la justicia, ni la injusticia, allí solo hay silencio, ingravidez, anulación del sentido del oído y del tacto, y el descenso de una luz tamizada, una luz filtrada, que parece una advocación.

Al salir del agua, me estaba esperando con una toalla. Yo pensé que mi padre era la mismísima naturaleza, como si fuese un hecho irreversible.

Y la gente nos miraba a los dos.

Tal vez pensó que en el reino del agua podría volver a comunicarme con él, cuando el tiempo de su vida hubiera terminado.

Nadie se bañó aquel día, entonces la gente no sabía lo bien que sienta un baño con el agua helada. Entonces la gente no sabía nada de los *spas*. La gente no tenía muchas cosas en aquella época, pero tenía vida. Todo costaba más esfuerzo, no existía la tecnología, pero la vida era más poderosa. Ahora vivimos con representaciones de la vida. Antes, al menos el día que evoco, la vida no necesitaba representaciones porque se daba en sí misma.

No sé por qué hizo eso, por qué ese reto. Imagino que porque quiso verme en el agua, él hacía esas cosas, pero ahí está el problema real. Y el problema real es que esas cosas que él hacía —como ese ofrecimiento de cinco duros por bañarme en una piscina de montaña— son las cosas más humanas que me han ocurrido en la vida.

Estalló la alegría en mi corazón cuando salí del agua y gané la apuesta, como si me hubiera convertido en un héroe.

Le gustaba verme nadar.

No puede volver el tiempo pasado, pero hay algo que sí vuelve siempre, que siempre está retornando: el misterio.

Puede morir la vida, pero no su misterio, que ahora está en mis hijos. Los seres humanos olvidan el misterio. Por eso sus vidas caen, se hunden, se entristecen, se adulteran.

Como escritor, mi responsabilidad moral es recordar la existencia del misterio.

75

Una vez mi padre me llevó a coger setas. Fuimos con un amigo suyo. Era un hombre que siempre llevaba un cigarrillo sin boquilla en la boca. No tenía mucho pelo. A mi madre no le gustaba demasiado, no le gustaba que se le cayera la ceniza del cigarro en cualquier momento; entonces, había mucha gente así, gente que fumaba sin atender al edificio inestable de ceniza que se creaba conforme se iba consumiendo el cigarrillo; y ese edificio, de repente, se venía abajo como un alud que manchaba de una pequeña capa de polvo la camisa y el entorno del fumador. Imagino que alguna vez ese hombre estuvo en casa, y le debió de manchar algo a mi madre. Mi madre también fumaba, pero con cenicero cerca. Podría establecerse dos clases de fumadores en aquel tiempo: los que necesitaban cenicero (estos eran los más modernos) y los que no lo necesitaban (estos eran fumadores ancestrales, fumadores que fumaban igual que fumaron los primeros fumadores, allá por el siglo XVII).

Mucha gente fumaba así, a la buena de Dios, y aquel amigo de mi padre siempre llevaba un cigarrillo en la boca con su columna horizontal de ceniza colgando sobre el aire.

Era toda una época.

Aquel amigo de mi padre tenía un Citroën 2 CV, y con ese coche fuimos, una mañana de octubre, fría pero soleada, a coger setas al monte. A mí ese coche me llamaba la atención porque me parecía como de mentira, o de juguete, porque su carrocería era muy blanda y los asientos casi eran sillas. Parecía un coche para niños. Ellos dos llevaban cestas, yo no. Y llevaban navajas, unas navajas pequeñas, con mango de madera. Y no se les dio mal la mañana.

Casi no hablaban, eran de ese tipo de amigos que no se

dicen nada. Alguna observación sobre si hace frío o si va a llover o si hace viento o si va a hacer mucho sol, y poco más.

Veía de vez en cuando agacharse a mi padre, intentando encontrar algún níscalo. No le gustaba demasiado agacharse, sí le gustaba encontrar las setas. Pero hubiera preferido que la seta se elevara del suelo por arte de magia y se depositara en su mano sin necesidad de agacharse. Le gustaban mucho las setas, pero solo fuimos una vez. No volvimos jamás a coger setas.

Solo una vez en la vida, y yo lo recuerdo como un día importante, ¿por qué?

Entonces todas las carreteras eran estrechas, y había pocos coches circulando por ellas. Fuimos a almorzar a un bar de pueblo. Octubre es el mes ideal para ir a los bosques de la provincia de Huesca. Hay colores amarillentos en los árboles, hay un sol casi dulce, que acaricia levemente.

Comimos huevos fritos de unas gallinas que tenía la dueña del bar. Comimos pan recién hecho. Todo estaba recién hecho. Y acompañamos los huevos con un poco de torteta. A mi padre le encantaba la torteta. A mí, por imitación, también. Pero un día me enteré de qué era aquello —sangre de cerdo— y dejé de comerla. Ojalá nadie me lo hubiera dicho.

Puedo ver a esos dos hombres comiéndose los huevos fritos. Y allí fue cuando mi padre me reveló un secreto que me ha acompañado toda la vida. Me dijo que había que freír los huevos con el aceite hirviendo, que daba igual que saliera mucho humo de la sartén, que solo así se hacían bien, y además, si el huevo, al freírse, expandía la clara, eso era señal de que ese huevo no era fresco.

Por eso, los huevos fritos que se estaban comiendo eran pequeños, porque eran frescos. Ellos se comieron dos huevos. Yo uno. Luego les dieron un bizcocho casero, que también recibió las bendiciones de mi padre.

De modo que cada vez que frío un huevo observo el tamaño de la clara. Me quedo obsesionado mirando la expansión de la clara, porque en ese círculo que configura la clara aparece siempre la revelación que me hizo mi padre, y regresa ese día en que fuimos a coger setas y acabamos almorzando en ese bar.

Es así, siempre es así.

No puedo hacer un huevo frito sin que regrese en ese instante la memoria de mi padre. Es un milagro, una obra de arte de la memoria, un regalo de la condición humana.

La primera vez que hice unos huevos fritos en Estados Unidos, en la casa de Mo en Iowa, me llevé una sorpresa mayúscula, porque los huevos fritos que estaba haciendo eran muy frescos, pues tenían una clara concentrada y recogida, no una de esas claras que se expanden y crecen y cubren toda la superficie de la sartén y dejan la yema sin protección, en una soledad triste.

Así que pensé en que a mi padre le parecerían bien los huevos fritos que se comían los americanos. Eso pensé, lo pensé con rabia, porque nunca podría llegar a decírselo.

Con rabia entraré en la muerte. «No entres dócilmente en esa buena noche», dijo el poeta inglés Dylan Thomas; entramos en ella con muchas conversaciones pendientes, con muchas cosas que contar. Las observaciones que mi padre me dijo sobre los huevos fritos las plasmó en un famoso cuadro el pintor Diego Velázquez. Es la pintura titulada *Vieja friendo huevos*. Los huevos que aparecen en el cuadro hubieran recibido la aprobación de mi padre. Velázquez pintó ese cuadro en Sevilla, en el año 1618. Y esa mujer del cuadro me parece que es la misma mujer que atendió a mi padre y su amigo aquella mañana en que fui con ellos a coger setas.

Resultó que el novio americano de una amiga de Mo era granjero. Un día quedamos los cuatro a tomar un café. Era un hombre alto y grueso, de piel rojiza y sonrisa permanente, aunque un poco falsa. Un hombre muy trabajador, aunque luego esa relación con la amiga de Mo acabó mal. Pero tuvo el gesto de regalarnos una docena de huevos escogidos de su granja.

Y cuando puse aceite hirviendo en la sartén, y vi las claras perfectas y extremadamente frescas de aquellos huevos, volví a pensar en mi padre y en aquella revelación. Y volví a pensar en 1618, y en la vieja que Velázquez vio en Sevilla friendo huevos. Y entonces recordé otra cosa que yo no sabía que recordaba y que fue dicha también el día de las setas, pero juro y perjuro que yo no la recordaba.

La frase de mi padre fue esta: «Fíjate que a pesar de que el aceite está hirviendo, la yema casi está fría, eso sí que es un misterio; además, si no está fría, no está bien hecho».

76

Como un pasillo largo, viejo y oscuro, así la siento yo, esta mañana en que me despierto con pocas ganas de vivir. Arnold, aquí está él, hacía un tiempo que no venía, pero siempre regresa. Nunca se irá. Mi cuerpo es su mansión, donde vive a sus anchas.

Me he quedado a solas con él, no hay nadie más. Sin familia, los seres humanos no saben vivir, me dice Arnold, siempre dice esas cosas.

Se arrastran por el mundo y caen en mitad de una calle, reventados por un infarto, así muere Omar Sharif al final de la película *Doctor Zhivago*. A mi madre le encantaba Omar Sharif.

La familia eran unos hijos que esperan a un padre y a una madre, hay gente que desdeña eso y elige otra cosa, pero esa otra cosa al final, cuando la vejez y la decrepitud aparecen, no sirve.

Nada sirve sino los hijos.

Bra y Valdi no saben eso. Algún día lo sabrán, verán ese recóndito sentido y contemplarán la historia de un hombre, su padre, que buscó la alegría desesperadamente.

Estaba en la cama pensando en todo esto, sin ganas de levantarme, tumbado al lado de Arnold, que me miraba con frialdad, y yo enredado en las sábanas, que estaban frías, pero era un frío amable, un frío que me llevaba a la evocación de las casas en las que viví en el pasado y que carecían de calefacción central.

«No hay nada después de la muerte —dijo Arnold—, y tu amor a tu padre y a tu madre no es más que delirio literario, o mejor aún, perturbación; la gente acepta todo esto sin ningún problema y disfruta del presente.»

«No creo que esté en la condición humana la aceptación

resignada del paso del tiempo. No se puede disfrutar del presente sin tener el pasado delante. El presente es hermoso si completa el pasado. La vida necesita del ayer. Y por otra parte, en la resignación puede haber alegría. Y los fantasmas no son menos importantes que los seres de carne y hueso.»

En esas estábamos Arnold y yo cuando ha sonado el portero automático. Me ha sacado de la cama la llegada de un técnico de mantenimiento de la caldera. ¿En cuántas casas viví sin calefacción central? Los pisos de estudiantes de los años ochenta no la tenían y no te quitabas la sensación de frío nunca. Las calefacciones centrales no se generalizaron hasta principios de los años noventa. Poco a poco fueron desapareciendo las estufas con bombona de butano, y las estufas de petróleo, y los radiadores eléctricos. La industria española de la calefacción ha ido dando paso a la de la refrigeración. Ahora casi todas las casas tienen modernos aparatos de aire acondicionado. Primero nos aterrorizó el frío, luego el calor.

Le he abierto la puerta y le he conducido hasta la caldera, que estaba en el balcón. Eran las nueve y media de la mañana, de una mañana de marzo, llena de sol. Nos hemos quedado mirando el sol los dos. Él ha comentado que tenía suerte de tener ese sol en el balcón. Pero le he dicho que siempre estaba en mi cuarto. No ha preguntado por qué estaba siempre en mi cuarto. He adivinado que tenía hijos. Le he preguntado yo por sus hijos.

Tiene dos, Paula y Leandro.

Así se llaman.

Me ha dicho que él se llamaba Alberto, pero que a su hijo le puso Leandro por el abuelo de su mujer, que se llamaba así.

Mientras le hacía el mantenimiento a la caldera se ha puesto a reflexionar en voz alta sobre las circunstancias familiares que llevaron a ponerle el nombre de Leandro a su hijo primogénito.

«Yo no conocí al abuelo Leandro, pero en la familia de mi mujer le tenían devoción, dicen que era muy buena persona, que ayudaba a todo el mundo. Y debió de ser así para que se acuerden tanto de él. Porque de los malos no te acuerdas, o te acuerdas para mal.»

Eso ha dicho.

Como hemos hablado bastante, cuando se ha ido me ha estrechado la mano. Yo creo que se ha dado cuenta de que ha despertado en mi alma un hondo respeto, un respeto que no excluía una envidia benigna, porque yo ya solo envidio a los afortunados de corazón.

Los afortunados de corazón, una estirpe anónima; si las administraciones de hacienda los conocieran, les cobrarían impuestos desorbitados.

Ojalá yo fuese tan afortunado como ese hombre, que ha dejado mi caldera perfectamente limpia y revisada, y se ha ido feliz a otro piso, a limpiar otra caldera. He visto cómo limpiaba la mía: no solo lo hacía con destreza, sino también con empeño.

Era un hombre alegre.

Gracias, Dios mío, porque en este mundo hay hombres como este.

Este hombre llamado Alberto ha hecho que Arnold se desvaneciera.

77

Malditas sean mi miopía, mi astigmatismo y mi vista cansada. Es Arnold de nuevo. Cada vez veo peor, y nunca me ha gustado llevar gafas, salvo que sean de sol.

A mi madre le pasaba lo mismo. Solo soportaba las gafas de sol, porque eran un adorno. Mi madre y yo siempre hemos necesitado los adornos. Aunque fuesen baratos y ridículos.

Por eso ella se aficionó a las tiendas de los chinos, y yo también. Cuando descubrió la existencia de esas tiendas, a principios de los años noventa, se hizo una adicta, y yo también.

Íbamos los dos juntos y comprábamos adornos, bisutería, abalorios, quincalla. Ella compraba figuritas, como elefantes. Tenía una familia de elefantes, casi una manada. Los puso en una vitrina. Allí estaban los elefantes, decorando la casa. Yo compraba tijeras y grapadoras pequeñitas que se rompían enseguida. Era todo tan barato, éramos felices así, llegando a casa con un cargamento de nimiedades.

La manada de elefantes tuvo su importancia. Cuando Wagner murió, Mozart me ayudó a desmontar la casa. A Mo le gustaron las cosas de mi madre, y eso me conmovió y me dio paz. Los adornos extraños que compraba mi madre. Y allí estaba la manada de elefantes de escayola, por ejemplo, si es que eran de escayola. Estaban las copas que ganó mi padre como vendedor, como viajante y como jugador de pumba. Y la vajilla y unas extrañas enciclopedias de cocina que eran de Juan Sebastián Bach. Todo eso lo salvó Mo, yo no entendía cómo se podía salvar todo eso, no veía su valor, pero Mo sí lo vio.

Parecía como si Mozart fuese una enviada cuya misión fuera hacerme ver el valor de todas esas cosas. Mo salvó una orquídea de mi madre.

Sí, Mozart salvó una orquídea wagneriana. Llevó esa orquídea a Madrid, y el padre de Mo la trasplantó, la cultivó, la cuidó. Hace unos meses vi la orquídea, resplandecía, y ya estaba a punto de dar flores, y seguía viva.

Muchas veces me preguntó Mo a lo largo de este tiempo por mi madre. Quería saber qué hubiera pensado mi madre de ella. Creo que le habría gustado mucho.

Habría sido bueno que mi madre hubiera aguantado un par de años más en este mundo. El tiempo suficiente para que hubiera conocido a Mo. Eso me hubiera hecho feliz, o más bien me hubiera tranquilizado, o ayudado. Pero mi madre se tenía que marchar. Era necesaria su marcha para que mi vida se agrietara.

Por poco, por poco no se cruzaron Mozart y Wagner. Con Bach hubiera sido completamente imposible, porque Bach murió en 2005.

Bach era del Barroco, claro.

«Vamos a los chinos, mamá», decía yo en aquel tiempo, y ella se ponía contenta.

Necesitábamos algún ornato con que entretener nuestras existencias. En realidad, nos fascinaba el lujo, pero no pasamos de las tiendas de los chinos.

También vendían gafas de sol en los chinos y mi madre se las compraba. Ahora, con mi vista cansada y mi miopía, me parece que todo está a oscuras. Por eso en mi casa de Madrid compro las bombillas de máximo voltaje, esperando que llegue un día en que vendan una bombilla igual a la luz absoluta, y enciendo todas las luces. Y aun así no veo nada y me desespero.

Solo veo a Arnold.

Mi padre siempre iba apagando luces por nuestro piso de Barbastro. Mi madre las encendía todas, y mi padre protestaba. Mi padre invocaba la factura de la luz, que yo no sabía qué era, y mi madre con todas las luces de la casa encendidas.

Yo ahora enciendo todas las luces.

Que haya luz en toda la casa.

Siempre luchando contra la oscuridad.

78
—

Muchas veces vi la letra de mi madre, y cómo esa letra se iba extinguiendo, se iba acercando a la raya, o al rayón, o al garabato. Tuvo una educación básica. No consigo imaginarla sentada a un pupitre. No consigo verla en una escuela. No leía más que de vez en cuando alguna revista del corazón. No escribía nada. Y cuando alguna vez tenía que anotar un dato, su caligrafía estaba a punto de la extinción o del dibujo abstracto. Yo veía eso y me escandalizaba, sentía pena y desasosiego. Me dolía muchísimo y no sabía qué hacer. Me enfurecía. Pero contra quién me enfurecía. No sabía ni contra quién enfurecerme. ¿Contra la historia? ¿Contra España? Pensaba que mi madre tenía que poner de su parte, creo que eso era injusto. Mi padre puso de su parte, y habían tenido la misma educación básica. En la caligrafía de mi madre iba España.

Al final de su vida, como mucho, conseguía escribir una palabra, y esa palabra pasaba al papel casi irreconocible. Recuerdo que la e le salía gigantesca, parecía una letra ahorcada de una rama. La eme le salía torcida, inclinada hacia el abismo.

Veo el fantasma del analfabetismo, allí donde está y estuvo toda mi familia, allí donde siempre estuvimos todos. Cientos de años allí. Todos mis ancestros eran hijos del analfabetismo secular.

Vuelvo a esas notas al lado del teléfono, donde había una palabra escrita con un rotulador que no pintaba bien, el papel doblado, las vocales ensanchadas, las consonantes desfiguradas, la ele creciendo hacia el borde del papel, la pe hinchada, la be en donde tenía que estar una uve, las aes convertidas en globos parecidos a las oes, y estas semejaban cerezas, pues contenían un rabo inaceptable.

Y yo veía aquello y sabía por instinto que esas palabras de ortografía devastada representaban a toda mi familia. Y me daba cuenta de algo mucho peor, me daba cuenta de que eso me distanciaba de mi madre.

Éramos una forma de arte no testada por la historia del arte.

Escribo este recuerdo de mi madre en la ciudad italiana de Turín, a punto de volverme loco, porque siempre estoy a punto de volverme loco, y especialmente porque Arnold hace bien su trabajo, pero tal vez haya conseguido entender que todo sigue siendo lo mismo, que mi vida se detuvo hace décadas, porque cuando estoy solo en un hotel, y cuando me vence el miedo en esas habitaciones donde todo me parece amenazante y peligroso, creo que lo que está pasando es que la echo de menos, que echo de menos a mi madre, y que yo sigo siendo su hijo querido, y que no he crecido como hombre ni un centímetro. Solo así se puede explicar esta desesperación que no sé transmitirle a nadie.

Yo tengo mejor caligrafía, creo que eso es todo. Pero puedo hacerla desaparecer. Y en esta habitación cojo el cuaderno de notas de la mesilla y el bolígrafo con el nombre del hotel grabado en la caña y me pongo a garabatear. Escribo «haber» sin hache. Deformo palabras. Hago emes cojas. Hago oes que parecen sacos de patatas podridas.

Y me río.

Es un buen homenaje.

Me tumbo en la cama y me ha entrado una risa maravillosa. Me vuelvo a levantar y escribo ahora el verbo «haber» sin hache y con uve. Y queda así: *aver.* Y pierde consistencia el lenguaje, pierde sentido.

«Mi madre fue la primera dadaísta de la historia», digo en voz alta.

Me quedo callado un rato y me duermo sobre la cama, escasos diez minutos.

Al despertarme, noto que en esta habitación de Turín acaba de comenzar el terror a los olores. Me parece que la habitación huele. He estado intentando localizar el olor. Creo que son las cortinas. Es como un olor a plástico. Y de repente he recordado que el colchón hinchable que compró mi padre para las vacaciones en la playa olía igual. He salido a pasear por las calles de Turín y me he visto como una figura demoniaca a la deriva. No hay forma de detener esta gangrena, esta caída de mí mismo en mi propio pasado. Arnold ha salido de entre las calles de Turín y me ha cogido del brazo.

A la vez me siento esclavizado por esa sensación de verdad que hay en un hombre que pasea por las ciudades de la tierra buscando a los muertos, esa sensación de verdad que late en la mirada de Arnold.

Ahora me doy cuenta de la naturaleza de este último año de mi vida: la huida, el viaje; mientras viajo tengo la sensación de que la belleza se mueve conmigo, de que el pasado retorna, de que el mundo me ama, de que la vida es real.

Me he dado cuenta de que la humanidad ha triunfado. Ayer estaba en Roma y hoy he venido a Turín en tren. Esta mañana en la estación Termini de Roma, mientras veía la muchedumbre de personas y de trenes, he tenido una revelación: la raza humana es una sola identidad, de carácter invisible, y ese ser ha logrado su objetivo, que no es otro que el de la conservación de la especie.

Hemos triunfado como género, y de alguna forma lo sabemos. Ahora nos queda el incremento de la longevidad; buscamos la perduración de nuestras vidas; yo la busco por amor a quienes me aman. Y también por amor a mí mismo. La longevidad debe ir acompañada de la salud. Cada vez me obsesiona más esa palabra, la palabra «salud», puede que sea la más importante de este reino de la vida. Mi madre sintió que la salud la abandonaba y no pudo soportarlo. Le pareció una mezquindad de la naturaleza. Desde que la naturaleza le hizo eso a mi madre, la odio, la maldigo: imagino que me querrá hacer a mí lo mismo. La naturaleza fue mezquina con mi madre. Yo vi esa mezquindad. Cómo pudiste hacerle eso a mi madre, oh, naturaleza, ella, que era la única en este mundo que te amaba como te amaron en la primera noche de la especie.

He llamado a Mo para decirle lo que me estaba pasando, y ella me ha escuchado y me ha dicho que me calmara. Le he dicho que había visto la mezquindad de la naturaleza. Imagino que habrá pensado que me estoy volviendo loco; nada, por otra parte, que no sepa. Bien, me he calmado. Y he colgado, pero a los cinco minutos ya estaba otra vez angustiado, hablando con Arnold.

Le he puesto un guasap a mi hijo Valdi, pero no obtendré contestación jamás. Escribirle a Valdi es como escribirle a Dios. Mi hijo Valdi y Dios son dos seres que jamás contestan a las cartas, eso es hermoso.

No he visto que Dios conteste a la gente que le habla.

Valdi hace lo mismo.

La lejanía de Dios y la de Valdi son iguales.

He estado presentando la traducción de mi novela en Italia. Entonces, he hablado ante más de doscientas personas de Bach y de Wagner. La gente me da la enhorabuena por haber sabido contar la historia de mi familia.

Sois vosotros dos, aquí, traducidos al italiano. Ahora la gente os conoce en Italia, y yo estaba pensando si eso es bueno o si eso es malo.

Yo creo que a papá le parecería que es malo, y a mamá, según lo que me pagasen por contar vuestras vidas. Porque mamá era así.

«¿Qué me vas a regalar con todo ese dinero que te están pagando por hablar de tu padre y de mí? —Eso me habría dicho Wagner—. Tendrás que hacerme un buen regalo, y a tu padre también, pues pocas cosas nos regalaste en vida, y ya sé que no podías, y ahora que puedes ya no estamos. Ahora que puedes regalarnos cosas, ya no estamos, es para morirse de risa, y sé muy bien lo que hubiera significado para ti, que habría sido importante para ti. A mí me habría encantado, y a tu padre le habría dado un poco igual, porque ya sabes cómo era tu padre. Sí que hubiera agradecido que le invitases a cenar a un buen restaurante, eso sí le habría gustado.»

Yo sé muy bien lo que está pasando cuando vienen estas voces: lo que está pasando es que yo busco tretas y engaños, argucias y añagazas y trampas para impedir el adiós devastador, el adiós real. Me lo invento todo para reteneros en este mundo.

Todo hijo dice adiós y luego regresa a su vida.

Qué clase de hijo soy yo que os retiene en el mundo y no os deja descansar. Yo sé lo que pasa: quiero despertaros, no os quiero dejar dormir, no os dejo descansar entre los muertos, no permito que encontréis vuestro natural descanso y olvido en la nada de los que ya no están.

Por eso, me imagino que os escandalizáis por las cosas que vuestro hijo escribe sobre vosotros. Imagino que me odiáis y me condenáis por haber hecho públicas vuestras vidas.

Pero al odiarme, o aunque solo sea al enfadaros airadamente conmigo, salís de la muerte y volvéis a la vida. Al encolerizaros conmigo, y hacerlo con razón, abandonáis la muerte, el silencio, el estatismo de los difuntos. Porque los muertos no pueden enfadarse, irritarse ni odiar.

Eso estoy haciendo con los libros que escribo sobre vosotros.

Os zarandeo, os molesto, os incomodo, como a esas personas que están en mitad de un infarto o en un estado moribundo y hay que darles bofetadas para que no se duerman, porque si se duermen, ya no despertarán.

Es una historia de amor que no termina nunca.

¿Por qué esa historia de amor?

Lo normal es una historia de amor entre un hombre y una mujer, o entre un hombre y un hombre o entre una mujer y una mujer, pero no entre un hijo y sus padres.

¿Qué ha sucedido aquí?

Que no tengo nada, eso ha pasado. Que voy hacia un gran vacío, y solo os tengo a vosotros dos. No hay nadie más en mi vida. Ni Mo ni mis hijos, a quienes quiero y me quieren, pueden ayudarme.

Nadie puede ayudarme.

Solo podéis ayudarme vosotros dos, y estáis muertos.

El pasado se ha convertido en un dios.

Por eso podéis ayudarme, porque no podéis, por eso recurro a lo imposible. Es el «muero porque no muero» de Teresa de Cepeda, eso es.

80

Llamo a recepción y pido cambiarme de habitación. No nos entendemos bien. Así que bajo a recepción. La recepcionista habla español y me dice que la acompañe. Me enseña una en el cuarto piso.

Me quedo en la habitación nueva, pero creo que ha sido un error. Salgo a pasear por Turín, pensando todo el rato que me he equivocado con el cambio. Una amiga de la organización que me ha traído a Turín me enseña la ciudad.

Me deslumbra lo que veo.

Lo que veo me lanza zarpazos, y entonces me doy cuenta de que es posible que en mí haya un místico, y que ese haya sido siempre mi problema, ver cosas que no existen, ver cosas extraordinarias donde no hay nada, cosas que te acaban complicando la vida.

La amiga de la organización me pregunta por los personajes de mi novela mientras caminamos por la ciudad.

Entramos en el Palacio Real de Turín, y mientras yo veo dónde vivían los reyes italianos, le cuento a la amiga de la organización dónde vivió mi familia. Le hablo de Barbastro. De pronto entiendo que no tiene sentido que le hable de ese pueblo a una mujer italiana, porque creo que hay vanidad en mí, porque no tengo derecho a ese protagonismo, me parece ilegítimo.

Le digo entonces para zanjar la conversación: «Todos tenemos un pueblo de donde venimos, y todos tenemos una familia, ahora háblame de la tuya».

Me habla de la suya, pero muy brevemente y no le entiendo demasiado. Desearía con todas mis fuerzas hablar italiano, pero no me está permitido. Miles de cosas no me están permitidas.

A los apóstoles el Espíritu Santo les regaló el don de las lenguas, el don de hablar todas las lenguas de la tierra, las lenguas que existen y las lenguas que existieron.

El latín, el arameo, el hebreo, el sánscrito, cómo serían esas lenguas viejas, acabadas, hundidas en nadie sabe dónde. Nadie habla latín ya en el mundo. La lengua en donde tantas cosas se dijeron está muerta. La lengua que creó esta civilización no existe, tal como quienes me crearon a mí, que tampoco existen.

Regreso a mi hotel y entro en la nueva habitación y sé que he acertado. Desearía hablar en latín, en un acto de belleza, en un acto de ornamentación del aire con sílabas latinas que ya nadie dice. Me acuerdo en este instante de don Luis Castilla, él me enseñó mucho latín. Me acuerdo de mis quebraderos de cabeza cuando traducía a Virgilio. Porque traducir a Virgilio era, de alguna forma, tocar la civilización con tus manos.

Imagino a un hombre o una mujer que habla una lengua que solo tiene tres hablantes: uno vivo y dos muertos; una lengua que no conoce nadie, que nadie entiende. Acabaría pensando ese ser que ya no sabe hablar, así me pasa a mí. Millones y millones de seres humanos hablan lenguas que me son desconocidas, y la lengua que yo hablo solo la hablamos dos muertos y yo.

Creo que estoy huyendo de la inmovilidad.

Me asusta la inmovilidad, por eso acepto todos los viajes profesionales que me van saliendo. Creo que ningún escritor acepta tantos viajes como yo.

Estar todo el rato en el mismo sitio te obliga a ser alguien, a ser una identidad conocida. Si viajas, si estás viajando constantemente, no te queda tiempo de pensarte a ti mismo, te quedas vagando en las ciudades, en los andenes, en las carreteras, en los aeropuertos, en los sitios más inhóspitos. Tu identidad se derrite, y entonces descansas.

Por eso viajo, para no recordar que tengo un nombre, para no cargar conmigo mismo.

De ciudad en ciudad, de país en país, para no sentirme a mí mismo, porque quien se mueve no tiene tiempo para pensarse. Quedarse quieto es como mirarse en el espejo. Moverse es romper todos los espejos. Moverse es no verse reflejado. Quien está en movimiento no puede ser apresado por un espejo o por una fotografía.

También viajo porque a veces los fantasmas se pierden en las ciudades de los vivos. Y salgo así a vuestro encuentro.

A los fantasmas les asusta la inmovilidad, porque les recuerda que están muertos, por eso viajan, como lo hago yo. Huimos de la inmovilidad, porque te convierte en un ciudadano, en un ser con obligaciones sociales, un ser con familia, con trabajo y con domicilio constante.

Yo no tengo familia, al menos una familia evidente, tengo restos o recuerdos de familia pegados a mi piel, y la única forma de olvidarme de que no tengo familia es viajando.

Por eso viajo, porque he perdido a mi familia. Y esa pérdida es irredimible. Solo cabe engrandecerla, ensancharla, exaltarla, pero no curarla, cabe explorarla hasta que esa pérdida exude belleza.

Camino por la habitación del hotel y pienso si estarán aquí, en Turín, mi padre y mi madre.

Estarán perdidos en alguna ciudad de la tierra, y debo ir a buscarlos, pero no sé qué ciudad es. Cuantas más ciudades visite, más posibilidades habrá de encontrarlos.

Abro la ventana de la habitación y entra el aire frío y miro a lo lejos las montañas, los Alpes, llenos de nieve. Debería ir allí, a los Alpes, debería ir ahora mismo y preguntar por ellos.

Veo tres seres viajando, tres seres huyendo de la inmovilidad. Dos de esos seres viajan dentro de la muerte. El otro viaja dentro de la vida. Pero viajamos los tres.

Tal vez estoy engrandeciendo el oficio de mi padre: él fue viajante de comercio, un hombre que dormía en pensiones. Yo soy viajante de la palabra, ahora yo duermo en hoteles. No sé si los hoteles en los que yo duermo son mejores que las pensiones en que dormía mi padre.

No me habló de esos cuartos, de esas casas de comidas, de esos hostales. No me los describió nunca.

Para qué ir a ningún sitio si no se lo puedo contar a mi padre. No le puedo contar lo que como, lo que veo, lo que compro, lo que miro. No le puedo describir las ciudades que visito. Por tanto, no como nada; por tanto, no veo nada; por tanto, no compro nada; por tanto, no miro nada; por tanto, no estoy en ninguna ciudad.

Sí me habló una vez de una pensión. Era la pensión Vivas de la ciudad de Jaca. Imagino que se debió de sentir solo, como yo me siento ahora en los hoteles en los que duermo. Los grados de la soledad también son importantes, porque acabo de llamar a Mo y hemos estado hablando unos diez minutos. Pero luego hemos colgado. Y ha regresado el fantasma de mi padre, y el fantasma de todas las habitaciones de hostales y de pensiones en los que durmió durante su vida profesional.

No creo que mi padre empleara nunca esas dos palabras: «vida profesional».

Continuamente me pregunto a qué te dedicaste, papá. ¿Contribuiste con tu esfuerzo a la creación de riqueza en España?

¿Qué es la riqueza?

Para poder repartir la riqueza, antes habrá que crearla. ¿Quién está creando riqueza hoy en España? De eso ya nadie habla. ¿Los grandes funcionarios del Estado son los que crean la riqueza? ¿Quién la crea? ¿Quién nos da de comer?

Tú la creaste. Contribuiste a que los hombres de los años sesenta pudieran encargar un traje en una sastrería, eso hiciste. ¿Qué hicieron otros? ¿Qué hace la gente ahora?

No te vi madrugar, porque yo dormía en mi cama cuando te levantabas a las seis de la mañana.

No me viste madrugar, porque entonces ya no vivíamos juntos.

No me vieron madrugar mis hijos, como yo no te vi madrugar a ti, es una cadena encendida, de invisibilidades, al servicio de la prosperidad de un país.

Recuerdo que presumías de no necesitar despertador, de que eras capaz de despertarte a la hora necesaria. Te lo oí decir muchas veces. Todo cuanto te oí decir renace de nuevo.

Porque a veces te levantabas a las cinco en vez de a las seis, si tenías que ir a Teruel, que era tu destino más lejano.

No debería seguir buscándote, pero no hay nada en mi vida presente que sea tan hermoso como buscarte, tal vez porque al buscarte me busco a mí mismo.

Buscarte es belleza.

Te busco ya no por ti ni por mí, sino por la belleza.

Era yo el que te oí jactarte de que no necesitabas despertador, y a mí me parecía una proeza divina, que demostraba tu origen legendario, tu origen celestial, porque todos los trabajadores de este mundo necesitaban despertador, pero tú no. Y quiero ahora invocar ese misterio, para saber si ese misterio aún brilla en alguna parte.

Porque ese misterio se retuerce en mi alma como una gigantesca serpiente de fuego cada vez que tengo que levantarme temprano y necesito poner la alarma de mi *smartphone*, porque cuando con el dedo índice elijo la hora en la pantalla, me acuerdo de tus palabras, y esas palabras que dijiste tantas veces vienen a mí como peregrinas, como lágrimas azules.

No comprendo por qué te recuerdo tanto, por qué mi vida no es sino una entrega a tu memoria. No entiendo esta grandeza. No la entiendo. Porque tu memoria me succiona, y me lleva a la sala de las almas, un lugar donde se funden misterio, belleza y alegría.

81

La vanidad de los seres humanos es tan desmedida como perversa, esa vanidad de querer distinguir entre hombres y mujeres, entre seres humanos de raza negra, de raza blanca, de raza oriental.

Es solo vanidad.

Quienes buscan la igualdad entre hombres y mujeres piensan que no son iguales, por vanidad. La vanidad de la historia de la humanidad. La vanidad siempre. La vanidad de querer impartir justicia.

Como si la naturaleza supiera que tal cuerpo es hombre y tal otro es mujer. Nuestra vanidad me escandaliza. Pero me deja ver algo que heredé de mi madre. Mi madre no distinguía entre hombres y mujeres. Para ella solo existía la vida, indeterminada, informe, sin fin, elemental, sólida, ajena a la sociedad y a las convenciones, sin vanidad, sin cometido, sin progresión, suspendida e inalterable.

Esa ausencia de vanidad fue un regalo que ella me hizo.

Cómo me pudo regalar eso, algo tan delicado y original.

No puedo distinguir entre hombres y mujeres, porque soy un ignorante, porque soy un ser profundamente desinformado, porque no albergo en mi carne la fe y la vanidad que hay que tener para diferenciar anatomías.

No sé qué es la anatomía de un hombre frente a la anatomía de una mujer. Querer diferenciar eso me obliga a un acto de fe en donde mi inteligencia flaquea, se hunde, naufraga, se desvanece.

No puede creer en la igualdad quien nunca vio diferencia alguna, no porque desconociera la larga historia de sufrimientos de la mujer, sino por humildad.

Cómo iba a distinguir yo entre un hombre y una mujer si no creo en las leyes de la humanidad, en las leyes de la historia, en las leyes sociales. Si solo estoy buscando desesperadamente regresar a la noche del misterio, a la noche de la luna, las estrellas y los ríos, que es la patria que me enseñó mi madre.

La vida se venga de los instruidos y de los cultos y de los sabios a cada instante. Porque la vida elige ángeles, no elige obispos. Porque la vida elige poetas y no hombres de letras.

Hay que ver cómo es la vida.

Qué loca está la vida.

82

Estoy en el Museo del Prado. Todas las grandes pinacotecas tienen bodas reales y bodas de emperadores. Las bodas de los reyes son fastuosas y perduran en los museos, en la memoria de los libros de historia, y perduran en la memoria de los hombres.

Las bodas de los súbditos son humildes y solitarias, y así se cumple un mandamiento primitivo que atañe a la fundación de los pueblos y que expresa la pobreza y el anonimato de millones frente a la riqueza y la memoria de uno solo, porque para que los pueblos y las naciones existan debe ser coronado uno de sus miembros como si fuese un ser sobrenatural.

Es un acto de fe.

Por eso los reyes y los emperadores desde la Antigüedad obligaban al arrodillamiento, porque lo que representaban tenía que ser inalcanzable, lejano, celestial e inequívoco si se quería que existiese el pueblo o la nación.

Cuanto más violenta y temible es la representación de un Estado o una nación, más fuerza y vigor alcanza la existencia de ese Estado o nación. Así fue durante mucho tiempo.

Para creer en la existencia de una colectividad, esa colectividad tiene que tener un representante devastador y omnipotente. Eso ha sido la historia.

Sin embargo, hace ya tres siglos que dudamos de todo esto. Las naciones se deterioran, a los reyes se los ridiculiza y la gente vive como puede.

La única forma de vivir en paz, a la edad que yo tengo, es respirando un poco de belleza. Tal vez la belleza que llega desde el pasado, como si fuese una fe o una religión. Si lo adoramos, si le rendimos culto, como yo hago, el pasado nos envía un poco de velada alegría. A eso se dedicó el escritor francés Marcel Proust los últimos años de su vida.

«¿Qué religión tiene usted?», le preguntaban a Proust.

«Mi religión es el pasado», contestaba él.

Marcel Proust nació el 10 de julio de 1871 en Auteuil, un barrio de París, y vivió cincuenta y un años, que hoy son muy pocos años. Tenía ojos grandes y bigote. Lo imagino mirándose al espejo. En el año 1905 murió su madre, a quien amaba profundamente. Ese fue un golpe del que nunca se recuperó. Fue la muerte de su madre la que desencadenó su gran obra, su enciclopédica *En busca del tiempo perdido*. También desencadenó su idea del recuerdo, porque la muerte de su madre le hizo ver que la vida necesita completarse con el recuerdo de la vida. Se dio cuenta de que solo había habido una persona en el mundo que mereciera toda su confianza, y esa fue su madre, a quien ninguna otra mujer o ningún otro ser humano podría sustituir nunca. Eso es el fracaso: darte cuenta de que el amor incondicional es un hecho retrospectivo. Yo también me di cuenta de eso cuando murieron mi padre y mi madre.

Se encerró en un cuarto parisiense, del que no salía, y se consagró a la fiesta del pasado. No soportaba los ruidos. Hizo colocar corchos en las paredes de su casa. Fue un pionero de la insonorización. No puede haber algo que yo entienda mejor que el de fijar corchos en las paredes para aislar el ruido. La búsqueda de la verdad es la misma que la del silencio absoluto. Me gustaría ver el día en que unos carpinteros entran en la vivienda de Proust con la tarea más rara de toda su vida: llenar las paredes de corcho. Nunca han hecho nada igual. Parece el trabajo más sencillo, porque los corchos no pesan como los ladrillos o la piedra o el mármol. Sin embargo, pronto advierten que el cliente es un perfeccionista, que los obliga a un cuidado obsesivo. El Arnold de Proust, como también fue el de Kafka, es el ruido.

La primera insonorización que se hizo en París tuvo lugar en la casa de Marcel Proust. Los carpinteros no entienden el cometido, pero a Proust le brilla la mirada. Cree que le va a asestar el golpe definitivo al ruido, a su Arnold particular. Freud hubiera dicho que quería regresar al silencio del útero materno. Tal vez todos busquemos ese silencio. Y Proust comenzó a escribir cuanto había vivido, y en tanto en cuanto escribía salvaba lo vivido y le daba una dimensión épica, lo transformaba en historia sagrada, y así la vida presente le resultaba soportable, dejaba de oír el ruido.

Se estaba drogando.

Un drogadicto de su propia vida, de su pasado.

Cuando descansaba, se quedaba quieto, sin mover una pestaña, a la caza de algún maldito ruido, y cuando comprobaba que los corchos funcionaban, la alegría inundaba su corazón.

De todos los escritores que han existido, este es el que más comprendo.

Marcel Proust muere en París el 18 de noviembre de 1922, sin ninguna conciencia de la muerte, porque había salvado su vida en miles de páginas. Muere narcotizado por el pasado. Muere lleno de libertad y de alegría.

Miles de páginas, millones de palabras.

Me imagino esta escena: llego en un barco a una gran ciudad, algo así como Nueva York a principios del siglo XX, voy con maletas, con un abrigo lleno de costurones, con hambre y frío.

Y un funcionario me pregunta por mi religión. La misma pregunta que le hicieron a Proust. Porque es imposible vivir sin creer en algo.

«Mi religión es el pasado», contesto.

Una religión fundada en el pasado, fundada en el culto a tu padre y a tu madre, y en todo cuanto está en un tiempo anterior a este instante, en donde los seres amados no se mueren.

Bien, ya sé hacia dónde me dirijo.

Vuelvo a casa.

Toco el timbre de casa, porque aún no me habéis dado llaves de la puerta, porque aún soy pequeño. Llego al timbre. Y toco el timbre, y abres tú la puerta, mamá, la abres tú y esta escena tiene lugar ahora mismo, y se repite y se repite y se repite, y yo la escribo en todos mis libros, porque es un rezo, una oración, una salmodia, que hace que vengas tú coronada de algo que no tuviste cuando estabas viva, vienes coronada de belleza y de alegría.

Porque es un misterio la alegría.

Porque acabo de fundar una religión. Hubo un crítico literario muy famoso que dijo que los grandes escritores fundaban religiones personales, que fue eso lo que hizo el escritor Franz Kafka. La idea me es muy querida, claro que yo no soy Kafka, pero tengo mi propio corazón.

La fantasía, la ilusión de tener un corazón.

Hoy he hablado quince minutos con Bra por teléfono. Es lo bueno de los *smartphones*, que miden las conversaciones. Me fío más de los números que de las palabras. Si he estado quince minutos con él, eso es un triunfo.

Por eso necesito saber cuántos minutos.

Da igual de lo que hablemos, lo importante es el tiempo.

Porque el tiempo mide la convivencia, y ese es el fundamento del amor: las horas, los días, los años pasados al lado del ser amado.

Quince minutos, ese ha sido nuestro tiempo de convivencia.

Y sin embargo, me siento tranquilo. Porque si hubiera sido una conversación de tres minutos, estaría triste. Los padres tienen que mostrar conocimiento y curiosidad por aquellos temas que interesan a sus hijos, con el objetivo de alcanzar los quince minutos.

Después de hablar con él, me he ido a comer solo a un restaurante de la periferia de Madrid.

He pedido carne.

El restaurante me ha parecido de repente una iglesia. Los camareros eran jóvenes, gente de veintitantos años. Me los he quedado mirando. De un tiempo a esta parte, veo a mis hijos transfigurados en todos los jóvenes del mundo.

Los veo trabajar.

La camarera me ha traído el filete de carne y me ha preguntado que si estaba de mi gusto. Tendría veinte años. Era morena de piel. Se estaba esforzando. Podría ser mi hija.

Luego he ido a cortarme el pelo. Y me ha atendido un chaval de veinte años, con los brazos llenos de tatuajes. He pensado en el padre de este joven peluquero.

La radical belleza de nuestros hijos, en eso pienso. Belleza ofrecida al mundo, a un mundo insensible a ese ofrecimiento. Ven padres y madres cómo sus hijos son destinados a trabajos duros, para que otros se enriquezcan, pero sin el enriquecimiento de esos pocos, todos acabaríamos en la más feroz de las miserias. Es perverso y a la vez cómico.

La enorme belleza de todos los hijos de todos los hombres y mujeres de este mundo debería estar protegida.

Mo no ha tenido hijos. Intentamos tenerlos, pero no hubo suerte. Yo la miraba a ella e imaginaba un hijo nuestro, que heredaba su cabello. Pensaba en una niña. Cuando comenzó nuestra relación, hace cinco años, nos prometimos tener un hijo. Yo tenía ya dos, pero no me importaba tener uno más.

Me produjo mucha ternura cuando Mo aceptó el hecho de que sería muy difícil tener un hijo conmigo. Vimos a algún especialista, y tomamos algunas medidas. Pero no ocurrió. Por un lado sentía vértigo. Ahora no siento vértigo. Ahora lo que pienso es que hubiera sido hermoso tener un hijo o una hija con ella.

Estoy seguro de que hubiera sido una niña.

Llegué a imaginar su aspecto. Pensé que heredaba de ella el color pelirrojo de su cabello y la forma alargada de los dedos. Imaginé nombres. Pensé en Elvira, o Clara, o María, que son nombres que me gustan. O Carmen, o Isabel, o Inés. Los nombres españoles de mujeres son muy hermosos. Tenía miedo por mi edad. Las crianzas son duras. Hace unos cuatro años temía que la reacción de Bra y Valdi cuando se enterasen de que iba a tener un hijo y ellos un hermanastro no fuera buena. Temí mucho esa reacción. Me asusté. Podía convertirse en una tragedia. Ahora me arrepiento de ese miedo. No hay que tener tanto miedo. Siempre el miedo. Eternamente el miedo.

El miedo que procede de cómo reaccionarán los demás ante tus acciones.

También temí que ese hijo no me quisiese. Que acabara queriendo más a su madre. Tal vez porque eso me ha pasado con Bra y Valdi. También hay belleza en amar más a un progenitor que a otro, y el menos amado no solo lo comprende, sino que le alegra el corazón.

Es duro no poder tener un hijo con la mujer a la que amas;

tendríamos que habernos encontrado antes, cinco años antes tal vez. No lo sé.

Aunque no lo tuvimos, lo imaginamos, lo soñamos.

Hacía y aún hago cálculos sobre las edades respectivas; conjeturaba que cuando esa niña (porque pensé que esta vez sería una niña) tuviese diez años, yo tendría sesenta y seis; cuando ella veinticinco, yo ochenta y uno.

Tal vez, y con suerte, allí se acabaría todo. La dejaría en este mundo yo con ochenta y un años, y ella solo con veinticinco. Con veinticinco años es poco, es poco, porque la vida está muy afilada aún cuando solo se tienen veinticinco años, pero le quedaría su madre, y eso me tranquilizaba.

Imaginaba mi vejez profunda con tres hijos, había encanto en esas escenas. Sin embargo, todo ocurría en la imaginación, es decir, en ninguna parte.

Esa hija que Mo y yo no tuvimos, o ese hijo, es un acertijo de nuestro amor, un enigma. Un escritor español importante, a quien he leído mucho, se lamentaba de no haber podido tener hijos con su última mujer, porque esta era el amor de su vida, pero él los hijos los tuvo con su primera esposa.

Los hijos no lo saben, pero vienen a este mundo a sellar el amor entre hombres y mujeres.

Los hijos se convierten en anillos de fuego que unen para siempre a un hombre y una mujer. Son formas de carne de la voluntad de un amor. Un hombre y una mujer que deciden tener un hijo buscan el arraigo de su propio amor, aunque ellos no lo sepan. No será tan fácil que rompamos nuestro matrimonio, se dicen en el inconsciente los cónyuges con hijos.

Recuerdo un matrimonio amigo de mis padres. Era un matrimonio que no tenía hijos. Puedo ver el rostro de esa mujer ahora mismo, el del hombre se ha borrado de mi mente. Oí comentar a mis padres algo acerca de que no podían tener hijos.

Siempre estaban juntos. En la España de 1970 ser un matrimonio sin hijos, cuando ya ese matrimonio estaba compuesto por personas de cuarenta años, no era fácil. Había decepción y frustración en esos matrimonios sin hijos, cientos de horas interrogando a la naturaleza, como si hubiera la presencia de un castigo.

Aquel matrimonio sin hijos era amigo de mis padres, pero algo los distanciaba, y ese algo éramos mi hermano y yo. Ese matrimonio podemos ser Mo y yo ahora, pero yo vi, de niño, que estaban profundamente enamorados, porque recuerdo con nitidez el aire angelical de aquella mujer, y su rostro dulce, y recuerdo que cogía de la mano a su marido con mucha ternura.

No tuvieron hijos, no tenían hijos, y la gente murmuraba. La gente siempre murmura. Es lo que hace la gente en España: murmurar. En aquellos años murmuraban por unas cosas; hoy, por otras.

Nunca terminará la murmuración, porque la murmuración es un gran océano al que llamamos vida social.

La murmuración, siempre la murmuración. Sin murmuración no hay épocas ni sociedad ni vida colectiva, no hay historia. Siempre gente murmurando a tus espaldas. Hace cincuenta años había unas razones incuestionables. Desaparecieron esas razones hoy, y aparecieron otras, incuestionables ahora, ridículas en cincuenta años. Pero la murmuración permanece.

La murmuración es hija de la política.

La belleza es hija de la naturaleza.

La gente se mofa de la murmuración antigua, y la gente del futuro se mofará de la murmuración del presente y de los que hoy se mofan de la murmuración del pasado.

84

¿Cómo voy a distinguir un año de otro, cómo 1970 de 1977, cómo 1980 de 1985, cómo 1999 de 2009?

Todo es pasado, una invención de mi pensamiento, cosas mías, necesidades emocionales, fantasías, delirios, mi vida.

Una vez, fue en el año 2002, tuve un arrebato, un desafío contra el tiempo. Eran unas vacaciones de Semana Santa, y estábamos en el pueblecito costero de Hondarribia. Estábamos paseando por la playa, hacía un viento estremecedor, pero había sol.

De repente, tuve un ataque de alegría. La mezcla de sol y viento perturbó mis facultades.

Un loco ataque de alegría.

Bra tenía cinco años. Y quería que hiciéramos una carrera. La hicimos.

La playa estaba desierta. Una playa del norte de España, con un mar Cantábrico erizado, encrespado, con espuma en el aire, agua lanzada por el viento contra nuestros rostros.

Abracé a Bra con fuerza, con mucha fuerza, y lo levanté del suelo. Lo alcé en el aire.

Y le dije: «Prométeme que no olvidarás nunca este momento, este viento tan fuerte se tiene que grabar en tu memoria, este viento que casi se nos lleva, viento, mar y sol, esos tres elementos te ayudarán a despertar tu memoria, quiero que este sea el primer recuerdo de tu padre, fíjate bien, grábalo en tu memoria, prométemelo, el primer recuerdo del salvaje, del poderoso, del terrible, del venturoso, del dichoso, del incondicional amor que te tengo y te tendré siempre porque siempre te amaré, pase lo que pase en tu futuro, seas lo que seas, siempre seré tu padre, siempre estaré dispuesto a darlo todo por ti sin que tú me des nada nunca, porque si tú me dieras algo alguna vez, solo ha de ser un beso diminuto, ni siquiera un beso grande, solo un pequeño beso, porque yo transformaré ese pequeño beso en la fortaleza más grande del universo, superior a las galaxias, superior a millones de estrellas, más grande que el mismo Dios, así te amo yo, Bra, así, no lo olvides nunca, díselo a tus hijos, y que los hijos de tus hijos lo digan a los suyos, así hasta que caiga el sol sobre la raza de los hombres y se extinga la vida, y aun cuando se extinga la vida, yo volveré a ti, te lo juro, volveré a tu sangre porque soy tu padre, y antes que tu padre fui el hijo del hombre más maravilloso de la historia de los hombres, porque mi padre fue el hombre más honesto, más bondadoso, más elegante y limpio de cuantos han existido, ese fue tu abuelo».

Bra lo prometió.

Le apreté contra mi cuerpo.

El viento era fortísimo, venía mezclado con el sol, y yo quise que ese fuese el bautismo de la memoria de Bra, quise que la inmensidad de ese mar se igualara a la inmensidad de su futuro.

Pero nunca lo hemos vuelto a hablar, ni lo hablaremos jamás, y creo que lo olvidó. No conseguí mi propósito.

Ahora veo que en realidad estaba pensando en mi propio padre. Era 2002 y yo presentía su muerte.

Yo era funcionario entonces y conseguí por mi condición de servidor del Estado que el parador de turismo de Hondarribia nos hiciera un precio especial, un descuento reservado a docentes del Ministerio de Educación, y pudimos hospedarnos allí. Si no, no habríamos podido pagarlo. Porque los paradores nacionales dependían entonces del Estado y hacían precios especiales a los funcionarios. Recuerdo que me produjo asombro la vida subterránea de aquellos pequeños favores con que la Administración premiaba a sus servidores públicos. Ofertas estatales u ofertas privadas, pero siempre ofertas. Qué alegría me dieron las ofertas, y me las siguen dando.

Toda mi vida fueron las ofertas, he escuchado más la llamada de las ofertas que la llamada de Dios. La clase media vive pendiente de las ofertas.

Sin las ofertas nuestra vida no tendría sentido. Y sería peor. Y eso es cómico, también tenemos que saber reírnos de esta interminable comedia humana.

85

He vuelto a Zúrich. Quería ver a Mo, aunque solo fuesen tres días. Hicimos una excursión a St. Gallen, que está a una hora de Zúrich.

Mo tenía que trabajar en la ciudad, así que me quedé solo paseando por el centro.

No sé cómo se llamaba la iglesia de St. Gallen en la que entré. Los nombres alemanes me resultan inasumibles, dadas las facultades menguantes de mi cerebro, cada vez más deteriorado por la edad y por los disgustos indeterminados y por la incandescencia de Arnold. Tampoco sabía si esta ciudad suiza en la que me encontraba se llamaba St. Gallen o San Gallo, pues vi en internet el uso de ambos nombres. Esa duda me alarmó. La misma duda tuve cuando visité la ciudad de Basilea, a la que aquí llaman Basel. Lo que sí supe de inmediato es que se estaba bien dentro de la iglesia. Me pude sentar en un banco mullido. No había nadie en el interior, lo que me permitió disfrutar del silencio, algo que escasea en todas partes, algo que en años venideros será motivo de crímenes, porque la gente enloquecerá por culpa de los ruidos. Se matará por el silencio como ahora se mata por el dinero, porque el mundo será una estridencia infernal.

Contados están los días en que el hombre vulgar pueda gozar del silencio de manera gratuita. También el sol acabará costando dinero. No todo el mundo podrá tomar el sol en el futuro. Habrá un sol contaminado, que será de uso común. El sol de verdad será un artículo de lujo, como el agua de los ríos.

Qué sería de las viejas ciudades europeas sin las iglesias y las catedrales. Siempre desconfío de la datación de la arquitectura histórica. Cuando me dicen que tal iglesia es del siglo XVI, yo desconfío. Cuando me dicen que es del siglo xi, entonces ya creo que me mienten. Más allá del siglo xix mi inteligencia se desvanece. Arnold se ríe en este instante, le complacen mis dudas, porque las dudas son su alimento, su carne, su azúcar, sus vegetales, su fruta, su sandía chorreante de agua dulce.

Pero sí me di cuenta de una forma apabullante de que las iglesias son el espíritu de las ciudades antiguas. Lo mismo pasaba en Barbastro. Pensé en vivir allí dentro, en una iglesia.

Salí de esta iglesia silenciosa y me fui a otra, mucho más grande, donde ya sí que había turistas haciendo fotos. Me llamaron la atención los confesionarios, porque anunciaban el nombre del sacerdote que ofrecía la confesión. Eran confesionarios decimonónicos, de madera labrada, con esculturas de angelotes y cortinas gruesas de color verde. Aparté con la mano las cortinas y tentado estuve de preguntar: «¿Hay alguien allí?».

Me hubiera quedado a vivir en uno de esos confesionarios de la catedral de St. Gallen, en la enigmática Suiza. Estaba ya oscureciendo cuando Mo y yo subimos a un tren. Cuando llegamos a Zúrich nos tomamos un café en la estación central, y disfruté del claro e inamovible nombre de la ciudad, porque a Zúrich no le pasa como a St. Gallen o a Basilea.

Luego, camino del apartamento, fui mirando por enésima vez las relojerías. Pensé en los talleres en donde se fabricaban esos relojes de marcas famosas. Pensé en turnos de siete horas. Pensé en obreros muy cualificados, una suerte de obreros del tiempo, especialistas en diminutas maquinarias que miden los días que nos quedan.

Pensé en sus jubilaciones, en las cenas de Navidad con los compañeros, en la alegría de esas cenas, en la alegría de sus salarios, en la alegría que producen los complementos de productividad en una nómina.

Las nóminas y su crecimiento anual, el IPC creciendo, las comisiones creciendo, han alegrado la vida de los trabajadores europeos.

Todos los relojes que veía en el escaparate tenían precios imposibles. Hace ya unas cuantas décadas aparecieron los baratísimos y populares relojes de cuarzo japoneses, y se democratizó la medición del tiempo. Pero a mí no me basta saber con precisión qué hora es.

Deseo ver la hora dibujada en una hermosa esfera de oro, que dé dignidad y un poco de belleza al tiempo que me queda.

Necesito un reloj de oro, no por exhibir el lujo, sino para dotar de belleza o de permanencia al tiempo.

El oro permanece.

Creo que mi hermano se quedó con las alianzas de boda de Bach y Wagner. Las custodiará bien.

Las alianzas tienen que ser de oro, para que soporten el paso de los años. Todo se pierde, pero el oro, en los hogares humildes, pasa de generación en generación, hasta que viene una guerra o la miseria, que obliga a empeñar o a malvender.

Nunca le pregunté a mi madre por qué, tras la muerte de mi padre, puso su alianza de bodas en un pequeño collar, alrededor de su cuello. La vi allí, colgando. Pensé que habría una motivación estética, y que había resuelto así la iconografía de su viudedad.

Yo creo que mis padres, de alguna forma, no creyeron en los estados civiles, había en ellos algo salvaje. Por eso no había fotos de su boda. No se sentían matrimonio convencional, de la misma manera que mi madre nunca se sintió viuda.

Yo he heredado eso, una desafección por los estados civiles regulados por el Estado. No es que no ames a tu mujer, es que no quieres que ese amor sea objeto de una catalogación institucional. No quieres que donde está la sencilla naturaleza, las leyes de los hombres edifiquen un contrato artificial.

Tampoco quieres poseer a nadie.

Siento desafección por esas expresiones como «mi marido» o «mi mujer». Esos posesivos no me gustan.

De repente, estaba sola, y el hombre que la había acompañado durante cuarenta y cinco años había desaparecido, pero no era viuda. Porque si decía que era viuda, se homologaba, y ella detestaba la homologación. Por eso mi padre tampoco se sintió nunca abuelo. Eran desafectos a la normalización, a la socialización, a la estandarización, a la homogeneización de sus estados civiles. Creían en una forma de originalidad, y lo hacían por instinto, no por educación ni por un anhelo aristocratizante.

Eran puro instinto.

Ahora pienso en la piel. En los cuarenta y cinco años en que mi padre llevó esa alianza de oro en el dedo anular. Se la puso por vez primera el 1 de enero de 1960. Alguien —no fui yo— se la quitó el 17 de diciembre de 2005. Casi cuarenta y seis años, por unos días no cumplió cuarenta y seis años aquella alianza junto a aquella piel.

Entonces, fueron casi cuarenta y seis años de matrimonio.

Todo cuanto somos está escrito en el cuerpo que tenemos. Eso es el matrimonio: el conocimiento minucioso de otro cuerpo. En ese conocimiento la vida nos lo da todo. Una forma de un pie, un gesto de esfuerzo cuando limpiamos la cocina, la expresión de la mano cuando ocurre una tragedia doméstica, la mirada que se queda después de una conversación telefónica complicada, una forma de sentarse a ver la televisión, la manera de dejar un cepillo de dientes en el lavabo, la cantidad de vapor de agua que queda en el espejo del baño después de una ducha, la ropa interior esparcida sobre la cama, toda esa catarata interminable de conocimientos, en donde la vida se manifiesta y en donde al fin vemos qué es la vida.

Hoy ha venido un amigo de mi padre a mi conferencia en una biblioteca municipal de Barcelona. Ha venido a que le firmase mi libro.

Papá, tienes un montón de amigos vivos aún desperdigados por España.

Gente que te quiso un día y luego te vio en un libro.

Se han ido juntando todos, porque un libro los juntó.

Venía con la mirada encendida.

«Yo fui muy amigo de tu padre», me ha dicho, con una emoción buena donde la voz se quebraba y aparecían en los ojos las ganas de llorar. A su lado estaba su mujer, una señora rubia, más joven que él.

Se llamaba Gabriel Borrell, y creo que yo te oí hablar de él alguna vez. Todos los nombres de personas que pronunciaste en tu vida para mí son nombres legendarios, que guardan y esconden el secreto del universo. Son leyendas, hazañas de tu paso por el mundo. De tu gran paso por el mundo, del que yo solo soy un humilde cronista, así me siento. Como si fuesen nombres de otros emperadores de la vida, que gobernaron el mundo a tu lado. Príncipes, grandes señores, hombres bondadosos, custodios de una verdad enraizada en las tierras del norte de España.

Me ha dicho algo que me ha despertado una enorme curiosidad. Me ha dicho que alguna vez compartió habitación contigo en alguna de esas fondas de viajantes, a finales de los años cincuenta, en la ciudad de Teruel.

Enseguida le he preguntado por su edad. Se ha dado cuenta de que buscaba pruebas de que lo que me estaba diciendo era cierto. Y en vez de decirme su edad precisa, me ha dicho «yo tenía diez años menos que tu padre. Tu padre era como mi maestro o mi hermano mayor».

Su mujer ha dicho «ha llorado leyendo tu libro, y qué alegría hemos sentido cuando nos dijeron que venías a Barcelona».

Gabriel Borrell me miraba buscándote y buscándose a sí mismo.

«Tu padre era como Cary Grant», me ha dicho. Lo ha dicho con mucho convencimiento, como alguien que hubiera pensado esa comparación durante muchos años de análisis, de pruebas y contrapruebas. No como quien suelta una ocurrencia, sino como quien señala un descubrimiento, con esa alegría de quien ha dado un paso hacia delante en algo que incumbe a la humanidad entera.

Justo ahí quería ir yo a parar: yo llevaba tiempo buscando tu *alter ego* en la historia del cine, porque en la historia de la música ya sabía quién eras, y en el ámbito musical tu nombre ya estaba agotado, y sé que estás en expansión, como el universo, y debes ocupar más lugares, más espacios, más leyendas.

Y ha sido Gabriel Borrell quien me lo ha descubierto.

Fuiste Cary Grant.

He de decirte que a veces te pensé como Elvis Presley, y en algún universo paralelo fuiste Elvis. Pero yo no tengo autoridad en esto. Quien la tiene es Gabriel Borrell, y ha sido él quien te bautizó así hace décadas.

De modo que hoy mismo has dejado de ser Bach, y ese nombre se disuelve para siempre, se desvanece, se marcha, y hoy, gracias a tu amigo, te llamas Cary Grant. Y no he sido yo, quiero dejar bien claro que no he sido yo ni la literatura quien ha encontrado tu nombre definitivo.

Ha sido un amigo tuyo.

Ha sido, por tanto, la vida.

La vida te ha bautizado de nuevo, te ha regalado otro pasaporte con el que viajar por el cielo vacío de esta galaxia que te invento a cada instante para no estar solo.

De modo que te has vuelto a transformar, como hacen los seres vivos, que están en continuo movimiento.

Qué difícil es encontrar la alegría profunda en este mundo y qué poco duran los momentos de alegría.

Una alegría tan profunda que sea devastadora, transformadora, aniquiladora.

Yo la he encontrado en ese nombre que me faltaba, en esa descripción perfecta.

Me faltaba ese nombre para volver a tenerte de nuevo a mi lado, para que sigas presente, ocupando más lugares, extendiéndote sin fin.

Ahora no eres música, ahora eres imagen en movimiento. Solo tengo que ir a los antiguos DVD y allí estás, en tu amplia filmografía. Mi película tuya favorita es *Historias de Filadelfia*, una película de 1940, dirigida por George Cukor, pero también me gustaste mucho en *Con la muerte en los talones*, de 1959, y allí te dirigió nada menos que Alfred Hitchcock.

Tu nombre es Cary Grant, el gran actor de Hollywood al que te parecías en varias cosas, que supo ver hace cincuenta años Gabriel Borrell, a saber: el corte de cara, la barbilla, la forma de la cabeza y los hombros, la mirada, la estatura, la presencia, la manera de peinarte, el volumen del cuerpo y el uso de los trajes cruzados, que eran tus preferidos.

Estoy en el hotel, es la medianoche, y estoy feliz con tu nuevo nombre, porque tu nuevo nombre es un renacimiento, y la constatación de que en tus metamorfosis alienta la movilidad y la ironía. Sin embargo, la ansiedad siempre está a mi lado, la campana negra de la ansiedad, es decir, el gran Arnold Schönberg, quien en la historia del cine podría ser Nosferatu. Porque si tú ahora eres Cary Grant, Arnold se ha encarnado en Nosferatu. He cogido un puñado de caramelos que había en una bandeja de recepción y me los estoy comiendo de una forma enloquecida.

No los como.

Los muerdo con rabia y noto cómo se hacen trizas dentro de mi boca. Parecen cristales rotos.

Pura ansiedad.

Puro Nosferatu.

Mi habitación da a un patio con árboles y jardín, y al llegar la medianoche oigo cantar a unos pajarillos. Es un canto que tiene un toque siniestro, pájaros que aúllan en la noche.

No son pájaros de primavera.

Sois vosotros dos.

Pero ella no puede seguir llamándose Wagner.

Son vuestros espíritus. Cómo no creer en los muertos, si ahora los muertos sois vosotros dos en forma de pájaros en la noche, pájaros hambrientos de mi luz.

87

La primera vez que vi bailar a mis padres me conmocionó. Yo creo que allí nació mi adoración por la música, porque la música transformaba a mis padres en algo que no podía ni imaginar. Puede que por eso al final los llamase así, Bach y Wagner, puede que por eso acabase viendo música en todo.

Cuando mi padre bailaba con mi madre cambiaba su rostro, se convertía en un galán de Hollywood, puede que por eso al final se haya convertido en Cary Grant.

Mi madre parecía Ava Gardner.

Cuando bailaban, la expresión de juventud y de alegría de que daban muestras adquiría la fuerza de la materia.

Era material entonces la alegría.

Bailes y verbenas de principios de los años setenta, bailes en bodas de amigos, en pequeñas fiestas, en bautizos, bailes humildes con orquesta en las fiestas de nuestro pueblo, a principios de septiembre, porque del 4 al 8 de septiembre ocurrían las fiestas de Barbastro, y esas fechas eran sagradas.

Esté donde esté, el día 4 de septiembre me da un vuelco el corazón.

El 4 de septiembre era la fecha más importante del mundo, porque empezaban las fiestas, y Ava y Cary se ponían muy contentos, se arreglaban, se vestían con esmero.

Puedo estar en Nueva York, o en París, o en Roma, o en Madrid, y si es 4 de septiembre, están ellos delante de mí, bailando, porque comienzan las fiestas de Barbastro.

Porque es 4 de septiembre de 1973.

Y ellos bailan.

Y lo más portentoso: puedo verlos.

¿No es un don poder verlos?

¿No es alegría ese don de poder verlos tal como eran el 4 de septiembre de 1973?

Y bailan, bailan hasta que amanece.

Porque les gustaba la juerga.

Bailan Cary Grant y Ava Gardner, bailan delante de mí.

Tal como éramos.

Y si digo tal como éramos, no puedo sino veros, en otra metamorfosis íntima y privada, como si fueseis los protagonistas de aquella película de 1973, dirigida por Sydney Pollack, titulada *Tal como éramos*, y allí mi padre es Robert Redford y mi madre es Barbra Streisand.

Recuérdanos tal como éramos, decís vosotros dos cada 4 de septiembre. Y ese es mi objetivo en la vida: custodiar lo que fuisteis.

¿Hay mayor encargo que ese? ¿Puede un ser humano tener una misión más hermosa que esa?

Al final de *Tal como éramos*, Robert Redford y Barbra Streisand se encuentran en los años sesenta por azar en Nueva York. Cada uno ha rehecho su vida. Se siguen queriendo pero ya no son quienes fueron. Pasa lo mismo que con el poema de Idea Vilariño. Saben que ninguno de los dos verá morir al otro, porque aun cuando se amaron y se aman, la vida les impone destinos diferentes.

Yo he vivido eso, lo he vivido de todas las maneras posibles.

Y acabas comprendiendo algo terrible: ninguna pasión amorosa que sea realmente una pasión dura para siempre, porque la intensidad es el combustible de la pasión.

Si hubiéramos seguido juntos, no habríamos sido felices.

No seguimos juntos, y tampoco fuimos felices.

Solo nos queda agarrarnos salvajemente a las palabras y decir todo el rato una frase, decirla en inglés, *The Way We Were*, o decirla en español, *Tal como éramos*, o decirla de manera más desgarrada como en el verso de Idea Vilariño: «No te veré morir».

88

Hay alguien del que no he hablado. Lo recordé ayer al revisar unos archivos fotográficos en el ordenador y encontrármelo en una foto.

Cuando lo vi me dio un vuelco el corazón. Casi lloré al volver a ver a Brod, mi perro, el ser con quien desayuné catorce años de mi vida.

Lo había olvidado en el tráfago de muertos más ilustres de mi familia. Me había olvidado de esa criatura a la que amé con todo mi corazón y a quien no supe cuidar cuando se hizo viejo.

Tampoco me despedí de él.

Yo no he sabido cuidar a nadie, por eso escribo, a la búsqueda de un perdón imaginario. Sin embargo, tengo plena conciencia de que sí sabré cuidar de Bra y de Valdi. Porque en mí se cumple un pasaje de la extraordinaria novela titulada *Papá Goriot,* del escritor francés del siglo XIX Honoré de Balzac. Hay un fragmento en que Goriot expresa así lo que siente por sus dos hijas: «Al ser padre comprendí a Dios. Está en todas partes, puesto que toda la creación es obra suya. Yo soy así para con mis hijas. Solo que quiero a mis hijas más que Dios al mundo, porque el mundo no es tan bello como Dios, en tanto que mis hijas son más bellas que yo».

No supe cuidar de Brod, cuando enfermó. Me puse nervioso, vi que necesitaba muchas atenciones. Nosferatu dice que no sé sacrificarme por los demás. Lo bauticé con ese nombre en honor de Max Brod, que fue el amigo íntimo de Franz Kafka, por eso lo llamé así. La gente no entendía muy bien el nombre de mi perro, muchas veces lo confundían con Tom, que ese sí es nombre de perro. Yo siempre corregía a quienes modificaban su nombre. Otros elegían Rod. Pocos pronunciaban bien el nombre de Brod.

No podía llamarlo Kafka, hubiera sido un poco exagerado, o tal vez no. Cuando vino a vivir conmigo y era un cachorro, en las Navidades de 1995, estuve pensando mucho en su bautismo. Acababa de leer la obra completa del escritor praguense y vi que mi cachorro tenía que venir al mundo bajo una advocación kafkiana.

Ahora que lo pienso, Kafka también hubiera sido un buen nombre. Pero elegí otro más humilde, lo cual me parece que encierra una enseñanza kafkiana, pues Kafka fue el escritor más humilde de la historia.

Pensé que Max Brod, el amigo de Kafka, fue el inventor de Kafka. También sabía que Max Brod quiso mucho a Kafka, y la amistad que se tuvieron fue legendaria. Las amistades legendarias tienen que ser siempre celebradas, porque son infrecuentes.

Brod apreciaba más la obra de Kafka que la suya propia. Brod adoraba a Kafka, por eso le puse el nombre de Brod a mi perro, por esa grandeza que vi en el corazón de ese hombre que pasó a la historia de la literatura como el amigo absoluto.

Por tanto, el mayor homenaje que podía hacerle a Kafka era el de elegir el nombre de su gran amigo Max Brod.

Así que lo bauticé como Brod.

Y fuimos felices Brod y yo. Fuimos dos seres kafkianos a más no poder. Nos reímos juntos y juntos conspiramos contra el orden y la autoridad. Tuvimos conversaciones de todo tipo, conversaciones elegantes, de gran profundidad moral y filosófica. Estábamos preparados para asaltar el poder, pero no veíamos el día, solo era una cuestión técnica. Veíamos juntos las películas de La 2, en las sesiones de cineclub, películas de Carl Theodor Dreyer, Serguéi Eisenstein, Max Ophüls, Andréi Tarkovski y Luis Buñuel.

Una vez lo llevé a la playa y quise ponerle bañador. Casi lo consigo.

Otra vez le puse gafas de sol.

Me gustaba ducharlo.

Él se meaba en las farolas y yo aplaudía. Él ladraba a la policía y yo aplaudía. Él no respetaba los semáforos en rojo y yo tampoco. Él se asustaba de la luna y yo también.

Fue una tarde de enero del año 2009 cuando el corazón de Brod se detuvo. Murió a la edad de catorce años y tres meses.

Poco a poco se fue borrando de mi memoria, y eso que cuando murió me prometí no olvidarlo nunca.

Cuando yo muera, puede que sea él quien venga a recibirme, él al lado de mi padre y de mi madre.

Tengo la fe, la vieja fe en el recibimiento después de la muerte. Todos los seres humanos albergan esa fe, que procede de la fiesta de la vida, de recordar que en las fiestas de tu vida había siempre gente que te esperaba para celebrar contigo el encuentro.

Recuerdo que cuando cerró los ojos entre mis brazos, en aquella tarde de enero de 2009, Brod recobró su esencia divina. Y en la sala del veterinario ocurrió la portentosa metamorfosis.

Caída la carne, vi quién era Brod.

Ah, Dios santo, qué grande es la vida, la materia y los misterios. Cuánta belleza acumuló Brod en sus catorce años. Brod era un niño. Los catorce años son ciento cuarenta, y los ciento cuarenta son mil cuatrocientos.

Brod era el dueño de miles y miles de manadas de perros enamorados de sus dueños. Brod era amor puro.

No me olvides.

No te supe querer mejor.

El veterinario le suministró las inyecciones letales y él me miró a los ojos y Brod supo perfectamente que ese era el momento del adiós.

Me miró como te mira un niño asustado.

Me miró diciéndome «no lo hagas, te quiero, no lo hagas, y no es por mí por quien pido que no lo hagas, es por ti, dile al veterinario que no lo haga, que me deje un par de meses más a tu lado, es por ti, y también porque he hecho mío tu horror al vacío, eso te salvará algún día, tu horror al vacío hará que tus errores, tus incomparecencias, tus faltas, tus miedos, tu escaso espíritu de sacrificio a la hora de cuidar a quienes te amaron, sean perdonados».

Luego el veterinario se llevó el cuerpo a otra sala y a los tres minutos vino con su collar, donde estaba grabado su nombre y mi número de teléfono. Salí de la clínica con el corazón destrozado y la cadena en la mano.

Creo que Bra y Valdi ya casi no lo recuerdan. Cary Grant lo acariciaba de vez en cuando. Se lo quedaba mirando con curiosidad. Ava Gardner le daba muchas veces comida de la buena.

Ava veía a Brod como un ser humano, igual que hizo con los coches de mi padre. Ava le decía «pobracho», porque le parecía un mendigo, alguien que pedía. Tampoco llegó a entender muy bien qué hacía su hijo viviendo con un perro, o con un mendigo con nombre tan extraño.

89

¿Cómo había podido olvidarte?

Llegaste a mi vida un año antes de que naciera Bra. Cuando eras un cachorro me pasaba la vida jugando contigo. Me mordías con tus dientes tan pequeños.

No lo consigo, no sé traerte como sé traer de entre los muertos a mi padre y a mi madre. No consigo que vengas, como si tu muerte te hubiera llevado a un lugar adonde mi voluntad no alcanza.

No puedes haberte extinguido porque nada de lo que yo he amado en esta vida puede extinguirse.

No al menos mientras yo esté vivo.

Nada de lo que ha sido objeto de mi amor se lo puede llevar la muerte. Mira que soy romántico, parezco un personaje salido de *Cumbres borrascosas*.

Me gustaba liberarte de la cadena cuando te sacaba a pasear, porque quería que corrieras. Corrías en aquel parque de urbanización. Yo me sentaba en un banco y tú te marchabas y al rato venías y me mirabas atentamente, bajo la luz del sol.

¿Quién era yo para ti sino una forma sólida de amor y de gobierno? Yo gobernaba tu vida, porque nos queríamos. Yo ordenaba cosas. Tú cumplías las que te daba la gana y yo me moría de risa.

Tu discernimiento era una obra de arte.

Nunca te di de comer pienso, salvo cuando no había nada en la nevera. Me gustaba verte comer la comida de los seres humanos.

Me gustaba cocinar para ti.

No me gustaba que lo llenaras todo de tus pelos, toda la casa llena de pelos tuyos.

Y a veces apestabas a olor de perro, pero a qué demonios ibas a oler sino a perro. A ti en cambio mi olor corporal te parecía lo que a mí el perfume francés más caro del mundo.

Adorabas mis calcetines y dormías con mi ropa interior entre tus patas. Cuánto me quisiste. Cómo me mirabas. Cómo conocías mis flaquezas, mis egoísmos, mis servidumbres, mis miedos, mi mediocridad, y aun así me amabas.

Por qué me amabas, si no valía la pena amarme. En eso fuiste como mi padre. Mi madre me amó porque éramos iguales. Pero mi padre y tú me amasteis en un acto de generosidad que perdurará después de que el universo se queme, se hiele, se derrumbe, se contraiga o lo que sea que pase, según dicen los nuevos profetas, que en eso coinciden con los viejos románticos del siglo XIX.

Ya te estoy encontrando, en tu guarida.

Ya te veo, estabas allí, agazapado, esperando mi mano.

Ya te he sacado de entre los muertos.

90

Tengo la edad que mi padre tenía en 1987, y siempre hago ese tipo de comparaciones y de paralelismos. En 1987 Cary Grant se compró el que sería su último coche.

Se compró un Seat Málaga.

Fue su último éxito material en la vida.

Lo compró con un esfuerzo tremendo. El Seat 1430, que había sustituido al Seat 124, estaba ya muy viejo, pues tenía quince años. El Seat 124, en cambio, solo estuvo dos años con nosotros.

Quince años el 1430, dos años el 124, como si hubiera una senda en esas místicas proporciones entre el tiempo y las máquinas.

Al poco de que mi padre comprara el 124, la Seat comercializó el 1430. Y Ava lo vio, vio un día el Seat 1430 por la calle.

Y le encantó. Y llegó a casa encendida.

«Mira que ya es mala suerte, por unos pocos meses, y nos podríamos haber comprado el 1430, porque es mucho más bonito», dijo Ava.

«Fíjate que tiene cuatro faros y no dos como el nuestro, y eso impone», sentenció Ava.

Y esos cuatro faros repercutieron en toda la familia como una especie de anhelo trascendental. Nos faltaba imposición: nuestro coche no imponía. De repente, estábamos a oscuras, porque solo teníamos dos faros y no cuatro. Estábamos en la oscuridad, en la intemperie de la ausencia de aquellos cuatro faros.

A mi padre le iba bien en aquella época. Y al final decidió vender el Seat 124 y comprar el Seat 1430. Y Ava bautizó al nuevo coche como el «catorce treinta», así lo llamó siempre.

Nadie en la historia del mundo ha meditado más sobre las

diferencias entre un Seat 124 y un Seat 1430 que mi padre y yo. Y yo más que mi padre.

Y sigo meditando.

Y seguiré meditando hasta mi muerte.

Cuando mi madre decía el catorce treinta, toda mi familia se iluminaba. Mi madre estaba alegre con el catorce treinta, porque además las ruedas eran enormes y llevaba pintura metalizada y la capota era negra y tenía un reloj en el salpicadero y tenía luces interiores de cortesía y la tapicería era roja y lujosa y estaba equipado con cuentarrevoluciones. Mi padre sintió que había sido desleal hacia su 124. Mi padre era así, un hombre de una originalidad sobrenatural, un artista de la fidelidad.

Vendió el 124 a un conocido.

Íbamos mi padre y yo de la mano, paseando por Barbastro, y a veces se encontraba con su antiguo Seat 124 aparcado en alguna calle. Lo reconocía enseguida por la matrícula. Indagaba a ver si su nuevo dueño lo trataba bien. Miraba si estaba limpio, si había polvo en los cristales, si le habían introducido alguna mejora, el desgaste de los neumáticos. Una vez vio que su nuevo dueño lo había dejado a pleno sol, y sufrió y se indignó y dijo con tristeza e impotencia: «Se lo vendí a un imbécil».

Yo me aprendí la matrícula del Seat 124, que era HU-35322. Y cada vez que lo veía en la calle, me daba un vuelco el corazón, y si estaba al sol sufría y si estaba en la sombra me serenaba.

Había hecho mía la desolación de mi padre ante las cosas aparentemente más intrascendentes de la vida, lo hice por amor, y hoy, casi cincuenta años después, no puedo ver sino una manifestación de la belleza, de la belleza que supimos crear mi padre y yo, nuestro profundo hermanamiento, y nuestra profunda soledad, y nuestra rareza, porque mira que fue raro mi padre y mira que lo soy yo.

Padre e hijo apiadados de un coche que nuestra vanidad dañó, nuestras ansias de algo mejor humilló.

Mi padre y yo acabamos pensando que había sido una crueldad habernos desprendido de aquel Seat 124. Nos dedicamos a cuidarlo con la imaginación. Pensamos que no era culpable de tener solo dos faros y no cuatro, de no tener un reloj en el salpicadero, de no disponer de cuentarrevoluciones y de unos neumáticos más anchos o de una pintura metalizada.

La pintura metalizada del catorce treinta vino a mi familia como púrpura celestial, como si toda la familia hubiera sido ungida por la modernidad y el poder de las cosas nuevas. Porque la pintura metalizada fue un mito de los años setenta. Ava hizo que la pintura metalizada del catorce treinta se convirtiera en una revelación, en aviso de un camino hacia una prosperidad luminosa que nunca llegó.

Porque lo que llegó fue la muerte, el desamparo y el silencio.

Tal vez eso vio mi padre en el adiós a ese coche que tan solo estuvo dos años con nosotros.

Íbamos de la mano, Cary y yo, buscando lo que pudo haber sido, como si ese coche albergara una hipótesis alternativa sobre nuestro futuro familiar que se desvaneció al venderlo. Mientras, mi madre consolidó el cambio de nombre al coche nuevo, como siempre hizo, porque siempre les cambió el nombre a las cosas, y bendijo a aquella máquina con ruedas como el nuevo buque insignia de nosotros cuatro.

Yo creo que en el fondo mi padre era víctima de lo mismo que me pasa a mí hoy, del sentimiento de que no merecemos nada, porque no tenemos vanidad.

Todo cuanto nos pasó en esta vida fue extraordinario y legendario, y lo vivimos sin saber su verdadera naturaleza, que me es revelada ahora mismo, tantos años después. Tuve la familia más bella que uno pueda soñar, y es obligación de los seres humanos arrojar con furia nuestra familia contra la belleza del universo, arrojarla para que luche y venza, para que nuestra familia sea más bella que todo cuanto existe.

Y el catorce treinta fue el coche que se quedó quince años con nosotros. Porque a partir de 1975 a mi padre ya no le fue bien. Tuvieron que pedir un crédito para cambiarlo por el Seat Málaga. Pero Ava (ignoro cómo lo hizo) encontró una palabra para explicar la situación. Yo me quedé asombrado por el hallazgo de esa palabra, me pareció increíble que mi madre hubiera encontrado esa expresión.

Y a la gente le dijo «lo hemos financiado».

Eso le decía Ava Gardner a la gente, sobre todo a la familia, porque gente entonces a su lado no había mucha. Pero empleaba esa expresión, porque habían tenido que pedir dinero a los bancos; la debió de oír en la televisión, eso debió de ser.

Todas estas caídas que hay en mi vida de vosotros dos vienen, ¿de quién si no?

Arnold sois vosotros dos. Ya no es Arnold. Es Nosferatu. Arnold fue en el reino de la música, y en el reino de las imágenes es Nosferatu.

Todo ha cambiado.

Ya no hay música, ahora vienen los fantasmas visuales.

Estos lacerantes dolores del alma. Este desgarro. Este profundo amor a la vida que incluye la vejación y la locura. ¿Quién me dio la locura? ¿Me la diste tú, mamá?

Estoy mirando el balcón.

¿Sabes lo que es mirar el balcón?

Y sin embargo, no lo haré.

Perseveraré en la vida como uno más. Pero permitidme que hable con vosotros, es lo que más me ayuda.

Mi vida al final es hablar con vosotros, contaros lo que me pasa.

¿Pensasteis alguna vez que yo también moriría?

¿Pensasteis alguna vez este presente en el que me he quedado?

¿Me imaginasteis aquí, a la deriva, completamente perdido, buscando en la desesperación alegría y luz?

¿Imaginasteis cómo sería mi vida en este 2019, ya vosotros fuera del mundo?

Yo creo que sí.

Tú, mamá, sí que lo pensaste, porque a ti te pasó lo mismo.

«Eres igual que tu madre», me dijo Cary Grant.

Sabía lo que decía. Al final los médicos te recetaron antidepresivos. Qué poco sabe la gente de los antidepresivos.

Me diste el miedo, mamá.

Me regalaste a Nosferatu.

Lo llevabas en tus genes, de modo que me he acostumbrado al miedo. A sentir miedo por cualquier cosa. Siento su presencia todas las noches. Y pienso que quien me visita te visitó a ti antes.

Les tenías pánico a las ratas. No es que fuese asco o repugnancia. Era algo sobrenatural. Creías que las ratas eran seres que buscaban tu destrucción, tu aniquilación.

Una vez apareció una, o tú dijiste que había una en nuestra casa, en la galería, en un pequeño hueco que había debajo del lavadero. Para mí ese hueco se convirtió en el infierno porque para ti lo era.

Ese lugar de la rata ahora está conmigo cincuenta años después. ¿Te lo puedes imaginar? Convertiste aquel lugar en un sitio terrible. Con los años dejaste de hablar de las ratas, pero en aquel tiempo era un animal que para ti representaba el terror absoluto.

Papá te cuidaba, estaba alerta e impedía que jamás vieras ninguna. Por ejemplo, cuando salía alguna rata en la televisión o en alguna película, papá te avisaba para que te taparas los ojos o abandonaras la sala de estar.

Verdaderamente os amabais.

Eso me ha costado entenderlo porque nunca vi que os lo dijerais.

Es decir, la fuerza de vuestro amor no se cumplió en vuestro presente, sino ahora, cuando ya estáis muertos. Porque la vida, en su significado más profundo, solo se cumple en su recuerdo.

Eso lo supo Marcel Proust, fue el primero en saberlo. Yo lo sé también. La gente tiene obligación de saberlo. Deberían enseñarlo en las escuelas.

Entonces, sé que me estáis enviando ese mensaje, sé que queréis que llegue hasta el último grado del recuerdo de vuestras vidas.

¿Cómo puedo salvar yo ese amor que os tuvisteis?

Una vez veraneamos en el chalet de un matrimonio amigo, yo era muy pequeño. Y el marido encontró una rata muerta en un camino y, sabedor de tu asco, quiso hacer la gracia de asustarte.

Entró en la casa con la rata colgando de la cola. No era muy grande. Pero cuando tú la viste te entró pánico, chillaste y te subiste a una silla y gritaste el nombre de Cary Grant, quien vino enseguida y se enfadó terriblemente con aquel tipo.

Nos fuimos aquella misma tarde.

No os volvisteis a hablar con aquel matrimonio.

Creo que mi padre te quería muchísimo. Y eso es un misterio más que adorna de nuevo otros miles de misterios que vivieron dentro del corazón de aquel ser humano que se dignó a ser mi padre.

A veces pienso que no lo merecí.

A veces pienso que tú tampoco lo mereciste, porque tú y yo, como él dijo, éramos iguales.

Tú también lo socorriste a él, fuiste en su ayuda. Tal vez porque fuera del matrimonio no hay nada, nada existe, y quizá esto nunca lo aprendemos si no es después de la muerte.

Quiero decir que vuestro matrimonio sigue creciendo entre millones y millones de matrimonios muertos o desaparecidos.

Porque a mí no me queda nada más hermoso en esta vida que estar con vosotros y pensar en que vuestro matrimonio no convencional sigue vigente, en una especie de contrato sin fin.

Todas las noches intento defenderme con pastillas de Nosferatu, para que no me coma el corazón entero, y que se coma solo una parte.

Está aquí conmigo, Nosferatu, él me lo trae todo, me acaba de traer esta pregunta. Quiere saber Nosferatu si pensasteis en el día de mi muerte. Eso es duro, pensar eso es triste. Pero insiste Nosferatu en la pregunta.

Dice Nosferatu que si tanto me amasteis, en algún momento tuvisteis que pensar que el día de mi muerte ocurriría muchos años después de la vuestra, y que esa enorme distancia temporal entre vuestra muerte y la mía —arguye Nosferatu— es razón para pensar que, cuando yo muera, vuestra muerte estará completamente olvidada en mi corazón.

Dice Nosferatu que no pensasteis en mi muerte cuando ocurría la vuestra y que eso significa que en realidad no me amasteis.

Ahora se ha callado, tal vez incluso él mismo se ha asustado de lo que acaba de decir. Pero aun cuando se haya callado, sigue a mi lado. Está ahí, en silencio, helado, frío, pero respirando como una serpiente. No me atrevo a tocarle la mano; sus manos pinchan, sus manos son arrugas y dolor y sangre hedionda. Su lengua es agua negra. Su nariz está poblada de insectos amarillos.

Y os llamo, recordando todo lo que puedo alcanzar con la memoria. Extraña es la vida de un hombre cuya felicidad la da el recuerdo de un matrimonio no convencional, sepultado y desaparecido.

Todos los matrimonios españoles se amaron. Hay una historia de amor en miles y miles de matrimonios españoles que no fueron famosos, pero de una dignidad extraordinaria, eso es un misterio de la historia de España: hombres y mujeres humildes que se casaron y vivieron juntos cuarenta o cincuenta años, envejeciendo y amándose, eso es muy hermoso, y eso os pasó a vosotros dos, y a mí me gustaría saber adónde fue ese amor de miles y miles de matrimonios españoles.

92

Acabo de llegar al pueblecito francés de Colliure. Me he aloja-
do en un hotel que está al lado de la tumba del poeta Antonio
Machado. Y tiene gracia que mi vida como escritor español, o
la vida de cualquier escritor español, solo tenga un objetivo
bien claro: no acabar como don Antonio Machado, no acabar
en el exilio y en la enfermedad y en la pobreza y en la miseria.
Aunque él estaba con su madre cuando murió.

He hablado por teléfono con Mo, a quien ya no puedo seguir llamando así, pues han cambiado todos los nombres.

Ahora la llamaré Katharine Hepburn, por su fuerte parecido
físico, en la melena y en el rostro y en la forma de los dedos de
las manos. Ella me ha dicho que hoy no escriba, que me vaya a
dormir.

Después de hablar con ella he salido a pasear por Colliure.
Me he ido a la playa, a ver el agua, a ver el mar cuando la noche oscurece la vida y el mar desaparece. Es como si la noche
fuese más poderosa que los mares.

Lo es.

Había un chico joven paseando a su perro, que se le ha
escapado, porque era cachorro y ha venido corriendo hasta
mí. Cuando ha alcanzado mis pies me ha mirado a los ojos y
no ha visto a nadie y se ha marchado.

Para él yo era nadie.

Pero para Brod lo fui todo.

Entonces he vuelto a pensar en Brod, y he pensado en lo
afortunado que era el dueño de ese perro que no me vio.

Yo sí fui, una vez, alguien muy importante para uno de tu
raza, le he dicho al perro al marcharse.

He vuelto a la habitación y he encendido todas las luces,
incluidas las del cuarto de baño. Se ha iluminado la habita-

ción, pero nunca es suficiente. Me he vuelto a narcotizar porque se acercaba Nosferatu y he vuelto a invocaros.

Nosferatu se ha sentado junto a mí.

«Dame la mano», ha dicho.

Yo no sabía que mis sentimientos se iban a convertir en criaturas vivas, y tampoco sabía que el hecho de no ver a mis hijos todos los días iba a conducirme a un lugar tan cercano a una vida llena de espejos, de flores, de ángeles, de alucinaciones, de trastornos, y todo desde una serenidad que no es mía, sino que me la traéis vosotros, vosotros dos.

Vosotros dos.

Nosferatu a veces me dice que a santa Teresa de Jesús le ocurría lo mismo.

Son bromas estúpidas de Nosferatu.

Sí, ella fue una mujer importante, no porque fuera santa, sino porque se consumió de amor a la vida. Teresa de Cepeda es una escritora universal. España y el mundo la han ignorado durante mucho tiempo. Siempre se habla de Cervantes, y muy poco de esa mujer.

Vuelvo a vosotros, a vosotros dos desde ella.

Porque no he conseguido ser nada en la vida si no es vuestro hijo. No he llegado a ninguna parte.

¿Qué clase de misterio es ese?

¿Pasa siempre?

¿Solo a mí me ha pasado?

Para Brod, yo fui la única razón de su existencia.

Les hablo a Bra y Valdi desde esa conciencia de que no he logrado otra cosa que ser hijo, pensando que a ellos les pasará dentro de treinta y cinco años lo que hoy me pasa a mí. Como si quisiera darles pistas. Pero ya no se pueden llamar así ninguno de los dos, porque el arte de la música ha dado paso al arte del cine, el cambio lo hizo Gabriel Borrell.

Y ahora Valdi es Montgomery Clift y Bra es Marlon Brando.

El incesante cambio de todas las cosas, el ir y venir de nombres en el tiempo, el ir y venir de seres humanos: de la historia de la música a la historia del cine, y con la historia del cine termina todo ya, es la última metamorfosis de este esfuerzo de amor.

Mi familia ahora está en el cine.

Ahora no son melodía, sino movimiento.

93

Y me encuentro aquí, en Colliure, junto a la tumba de Antonio Machado, que es un símbolo de la pesada España. Porque España es un país que nos abruma. España es insistente, trágica, y con gente siempre metida en el odio, tenga ese odio el origen que tenga, pero fue el país de Cary Grant y de Ava Gardner, y lo amo.

Lo amo porque fue vuestro país.

No fuimos otra cosa que españoles, y ha sido para bien. Porque vosotros lo fuisteis, lo soy yo. Porque Antonio Machado lo fue, y lo fue con meditado orgullo y con serena inteligencia y con blanca humildad, y si él lo fue, podemos ser españoles todos. Porque os vi enamoraros de España y me pareció bien.

Mi país sois vosotros dos.

Y estoy aquí, al lado de los restos óseos de un poeta que amó mucho y sufrió más, un poeta que escribió un libro titulado *Campos de Castilla*. Es un título tan admirable como modesto y parco, que cada vez que suena en mi cerebro me conmueve y me dibuja una sonrisa en el corazón. Hay dos versos que recuerdo en este instante: «en una tarde azul, sube al Espino / al alto Espino donde está su tierra...». El Espino es el nombre del cementerio de Soria. Allí Machado enterró a su mujer, Leonor Izquierdo. Machado no la olvidó nunca. En esos versos le pide a un amigo que vaya a la tumba de su amada. El amor no se completa si no es en la misma muerte. Por eso me gustan tanto esos versos. Cuando más alto está el amor, es allá, en la muerte de uno de los enamorados.

Ocurrió un 1 de agosto de 1912 en Soria, con un calor insoportable y el cuerpo de una mujer de dieciocho años y las lágrimas de un hombre de treinta y siete, que vela el cadáver, y la murmuración de toda Soria.

El hotel en el que me hospedo se llama Casa Pairal, es un hotel familiar. Y es allí adonde quiero traeros, Cary y Ava, al toque y la decoración familiar de mi habitación. Me quedaría aquí dentro lo que me resta de vida, viendo desde la ventana la plaza del pueblo.

Hoy hay mercado.

Hace frío, es un final de marzo con viento y humedad, con tiempo desapacible. Pero yo he encontrado en esta habitación un refugio. Subo la calefacción y me dedico a invocaros.

Y venís.

Siempre venís.

Porque pienso que lo que me queda de vida va a consistir en charlar con vosotros todos los días, en todas las habitaciones de hotel a las que el destino quiera conducirme.

Estáis en las habitaciones de hotel.

Los hoteles son ya mi casa, pues no tengo casa sobre la Tierra. Hepburn me ofreció la suya en Madrid y la acepté, pero en realidad no tengo casa. Prefiero el corazón de Hep (abrevio su nombre) que su casa.

No tengo casa.

Pero es luminoso, porque es una forma de desistimiento, de humildad, de renuncia, de plegaria.

Un hombre que va de hotel en hotel, viajando por España, Portugal, Italia, Francia y América, acordándose de dos fantasmas enamorados.

Pero en esta habitación del hotel Casa Pairal os siento más próximos que en otros hoteles, y la razón es que se trata de un establecimiento familiar, de una casa tradicional, una casa de finales del siglo XIX, y las paredes, los tabiques, los suelos, los techos os gustan porque os recuerdan a nuestra casa de Barbastro, por eso os habéis hecho aquí tan presentes.

Y luego hay otro detalle sobrecogedor: esta habitación tiene las paredes empapeladas, como empapeladas estuvieron las paredes de nuestra casa en los años setenta.

Acaricio los muebles envejecidos de la habitación. Ava estaba muy orgullosa del taquillón de la entrada y los motivos ya no los sé, no sé si fueron dichos esos motivos, seguro que sí, pero si lo fueron, no les presté atención, y ahora me apena, me apena muchísimo morir sin saber por qué le gustaba tanto aquel taquillón. Y aquí hay uno muy parecido, de modo que lo he acariciado, por ver si me dice algo de aquel que tanto enamoró a mi madre.

Va ganando horas la noche, pero no quiero irme a dormir, porque es por las noches cuando venís, pasada la una de la madrugada, entonces aparecéis, como dos grandes seres de las estrellas.

Un matrimonio tiene que compartir hijos y patrimonio para que sea sólido, ¿es eso? ¿Es así como funciona? Hay miles de matrimonios felices.

Dinero e hijos, como los dos grandes pilares del amor. Y me parece hermoso, tanto el dinero como los hijos. Qué miedo le tienen al dinero los hombres solitarios, o cualquier hombre o mujer en proceso de envejecimiento.

94

Quiero recordar una Nochevieja que me rompió el corazón, pero me lo rompió tanto que me regaló misericordia.

La misericordia, dicen los antropólogos, nace en el antiguo Egipto, o allí se visibiliza por primera vez.

Me tocaba pasar la Nochevieja con mi hijo el pequeño, que ahora ya no se llama Valdi, sino Montgomery Clift, como ya he dicho antes. Pero él no quería venir a Madrid, esto fue en 2017, en el tránsito de 2017 a 2018.

Hepburn y yo decidimos pasarla con él en Zaragoza. Pero teníamos que buscar un hotel. Y teníamos que buscar un sitio para cenar con él. Miré restaurantes, que en esa noche todos ofrecían fiestas de cotillón, con abundante despliegue de bebidas alcohólicas.

Y yo no bebo alcohol desde el 9 de junio de 2014. Y Hepburn tampoco bebe alcohol. No ha bebido nunca alcohol, porque es epiléptica. Ella no puede por unas razones, yo por otras. Pero ninguno de los dos puede probar el alcohol, lo cual a veces nos conduce a un estado aniñado de perfección o de singularidad en el mundo social. A veces he llegado a pensar que el sentido de la bondad natural que tiene Hep procede de no haber conocido jamás los estados de la ebriedad alcohólica, que son estados que rompen el sentido del bien y del mal. No lo sé. Pero ella no se ha emborrachado jamás, lo cual hace que camine por el mundo de una manera diferente. El alcohol es también una declaración de guerra al mundo, de guerra a ti mismo. No haberlo conocido nunca es como mantener una forma de virginidad moral. No haberlo conocido nunca es haber tomado siempre tus decisiones con claridad mental, con la voluntad limpia, en pleno uso de tu responsabilidad.

No tenía sentido, por tanto, que nos apuntáramos a una cena de Nochevieja, regada en alcohol.

¿Qué hacer?

Le pregunté a Monty si no tenía inconveniente en cenar en la habitación del hotel. Y aceptó. Hep y yo nos alojamos en un hotel histórico de Zaragoza, ya un tanto descolorido por el tiempo, pero que fue relevante en los años noventa.

Era el hotel Boston, donde habían dormido el cantante Prince, el político ruso Gorbachov y el mismísimo Michael Jackson.

Pero le había llegado la decadencia, así que por cincuenta euros conseguí una habitación con dos camas, con un cierto lujo y con una mesa lo suficientemente grande para poner allí algunos platos y algunas comidas más o menos adecuadas a las fechas.

Así que Hepburn y yo nos fuimos a comprar antes de que cerraran las tiendas. Fue una compra un tanto caótica. Yo estaba confuso. No sabía qué pensar, pero Hep tomó la iniciativa y decidió que todo aquello sí tenía sentido, me aferré a ella como a un clavo ardiendo. Yo no le veía sentido por ningún lado. Todo el mundo prepara excelentes Nocheviejas; la nuestra iba a ser rarísima, alternativa, diferente. De modo que elegimos un supermercado y compramos lo más caro que vimos.

Compramos paté, jamón de bellota, unas gambas de Huelva y unos carabineros gigantescos, y una torta del Casar. A Monty le compramos Coca-Cola, que es su bebida favorita. Y para nosotros compramos un champán rosa sin alcohol, que es una bebida pensada para fiestas infantiles. Tuvimos que comprar cuchillos y tenedores y platos y copas. Como Hep detesta el plástico, compramos platos, cubiertos y copas de verdad. Esos utensilios están ahora en la casa de Madrid. Están en la cocina, de vez en cuando los veo y se me rompe el corazón.

Yo tenía miedo de que Monty viera en esa cena de Nochevieja un deterioro, un fracaso, un abismo, que viera que su padre ya se había alejado para siempre del espíritu de la Navidad.

Estaba nervioso, más bien atemorizado.

No quedaron nada mal los platos y la comida. Todo tenía

buena pinta, pero yo me acordaba insistentemente de Cary Grant y Ava Gardner.

Dios santo, qué hubieran pensado de aquello. ¿Me hubieran mirado a los ojos? ¿Me hubieran ayudado? Para mi padre las Navidades eran importantísimas.

Jamás he visto a un hombre tan enamorado de la Navidad. Qué pensaría mi Cary Grant de esta Nochevieja. Él, que preparaba todo con amor y con exquisitez. Él, que hizo del día de Año Nuevo el día más importante de nuestra familia, un símbolo de nuestra identidad como familia, si es que fuimos una familia.

¿Lo fuimos?

Si lo fuimos, solo yo lo recuerdo. Si lo fuimos, solo yo me acuerdo de cómo lo preparaba todo, porque para esa ocasión compraba champán francés, y silbaba de felicidad.

Para mi sorpresa a Monty le hizo gracia todo aquello y le pareció estupendo. Le gustó el jamón. Y además había comprado una bolsa de hielo para la Coca-Cola, que guardé en la bañera.

De vez en cuando iba a contemplar el hielo: la bolsa iba perdiendo la rigidez y el agua helada se salía e iba esparciéndose por la bañera.

No solo Monty no puso ninguna pega, sino que le divertía la situación. Además, se tumbó en una de las camas, mientras hacíamos los últimos preparativos. La torta del Casar fue un fracaso, y eso que había costado mucho dinero. Estaba un poco pasada y el queso del que estaba hecha nos apestó la habitación. Al final, me la acabé comiendo yo, porque le tengo pánico a tirar la comida. Si tiro comida, me parece que estoy matando la vida. Si tiro comida, no hay ninguna razón para que yo siga vivo, así funciona mi cabeza. Si tiro comida, me entra pánico; si tiro comida a la basura, me entra una tristeza capaz de aniquilarme. Si tiro comida, Nosferatu viene a comerse mi corazón.

También compramos las uvas.

Pusimos la televisión, y a Monty le pareció genial ver las campanadas de Año Nuevo y comerse las uvas tumbado en la cama, en mi cama. Nunca había pasado una Nochevieja comiendo las uvas desde una cama de hotel.

Qué clase de familia era aquella, yo todo el rato estaba

pensando eso. Pero estaba saliendo bien. Las Navidades, cuando todo ha desaparecido, se convierten en un agujero negro. Aun a pesar de la conflictividad de esas fechas para alguien como yo, sigo fascinado por ese tiempo, y es por la memoria de mi padre.

Me fui relajando y fui apreciando la llegada inesperada de la belleza sobre toda esa habitación de hotel en donde mi hijo Monty, y mi segunda mujer, Hepburn, y yo mismo, estábamos celebrando la llegada de 2018.

Hep puso mucho de su parte, yo creo que se dio cuenta de lo mal que lo estaba pasando, y me ayudó en todo. Me ayudó a mantener a raya a Nosferatu. Se dio cuenta de una manera instintiva. En ella, el instinto y la bondad van de la mano. También es sobria, por eso no suele manifestar de manera verbal su bondad. Nosferatu se la quedaba mirando. Nosferatu nos miró aquella noche a los tres: a Monty, a Hepburn y a mí.

«Los tres sois míos», pensaba Nosferatu.

«No, solo yo», le dije.

«Solo tú —dijo él—, es verdad, contigo tengo suficiente. A ti te torturaré hasta que pidas la muerte.»

Estaba allí, en esa habitación de hotel, causándome un hondo abatimiento, taladrando mi alma con culpas, deserciones, flaquezas, ruidos morales retumbando en mi cabeza, en mis articulaciones, en mi corazón.

No obstante, el aspecto de los cubiertos nuevos, los platos, la comida, las dos camas, la presencia de todas las novedades incandescentes que ya había en la vida de Monty, la aceptación de todo y la vida en presente como única posibilidad de ser feliz, o de vivir con cierta alegría, acariciaron mi corazón y frenaron a Nosferatu.

Pero Nosferatu simplemente se calla, hasta que ve la ocasión de reaparecer. Nosferatu es el mal del mundo asumido por mi corazón. Nosferatu es la imperfección de la vida instalada en mi voluntad. Nosferatu es mi responsabilidad y mi irresponsabilidad.

Le debo al hotel Boston una espontánea noche de reconciliación. Vimos la tele los tres. Hepburn había comprado también jabón para los platos y los cubiertos, de modo que fue como una cocina improvisada. También teníamos bolsas para tirar los restos de la basura orgánica.

La botella de champán de niños resplandecía en mitad de la habitación. Era tan malo aquel champán, con su sabor dulzón y de caramelo, que apenas bebimos dos sorbos.

Hep y yo nos convertimos en dos niños con ese champán infantil.

Fui yo quien vertió el resto de la botella por el desagüe, eso no me dolió, porque era una bebida asquerosa.

Llegaron las campanadas y nos felicitamos el año nuevo, la llegada de 2018, que tan relevante iba a ser en mi vida de escritor, pero en ese momento no lo sabía.

Hepburn llamó a sus padres. Oírla hablar con sus padres me dio una enorme alegría, y vi una repetición de lo que yo hacía con los míos. Se felicitaron el año. Al ver y oír el amor de Hepburn a sus padres regresó el que yo tuve a Cary Grant y Ava Gardner.

En cada una de las palabras de Hepburn estaban ellos. Pensé en eso, en la alimentación del amor, que se nutre de todas las conversaciones de padres e hijos.

Da igual que mis padres ya sean los de otros, a través del padre y de la madre de millones de seres humanos veníais vosotros, y eso me pareció sanador y misericordioso.

Pasaban ya quince minutos de las doce cuando Monty dijo que se iba con sus amigos. Le acompañé hasta el *lobby* del hotel.

Bajamos juntos en el ascensor.

Ya era 2018 y él acababa de cumplir veinte años.

Pensé en el 1 de enero de 1982, el año en que los cumplí yo.

Pensé en si él pensaría en este 1 de enero de 2018 cuando esté viviendo el 1 de enero del año 2054, y tenga la edad que tengo yo ahora. Rocé con mi pensamiento ese 1 de enero del año 2054 en que Monty recordará el 1 de enero de 2018 de la misma manera que yo recuerdo el 1 de enero de 1982.

Las puertas del tiempo estaban abiertas de par en par, y un viento desconocido las agitaba, puertas del tiempo girando sobre sí mismas.

Le di un beso y se marchó con sus amigos.

Yo me quedé allí, en mitad de un *lobby* gigantesco, un *lobby* que fue un espacio de lujo hace unos veinticinco años. Recuerdo cuando se inauguró este hotel. Todo el mundo en Zaragoza hablaba de él.

Ahora está viejo, pero aún conserva algo de lo que tuvo. Ya no es un hotel famoso. Hace unos años perdió una estrella: pasó de cinco a cuatro. Yo creo que los hoteles notan su deterioro. Los hoteles han sido testigos de muchas cosas, y se acaban convirtiendo en seres humanos. Sufrió cuando le quitaron una estrella. Es ya un hotel de otro tiempo. Han ido apareciendo nuevos hoteles que le fueron robando protagonismo.

Cuando lo construyeron, jamás pensé que pasaría allí dentro una Nochevieja, y sin embargo, tengo la poderosa convicción de que él, el hotel Boston, lo supo desde que fue inaugurado en 1992.

Supo que yo celebraría allí una noche muy especial, una noche de la continuidad y de la memoria, una noche que ahora intento convertir en alegría como buenamente puedo.

95

Al día siguiente, cuando íbamos con las maletas por el pasillo, nos encontramos a un recepcionista joven. No sé por qué me dio por hablarle, en uno de esos actos eufóricos, en donde alienta Nosferatu, porque Nosferatu también es euforia y delirio.

Le dije al recepcionista que recordaba que a mediados de los noventa se alojó Michael Jackson en el Boston. El recepcionista se convirtió en un ángel, me sonrió. Quiero decir que me miró como un ángel, y sabía de lo que le estaba hablando. No porque fuera un fan de Michael Jackson, sino porque le obsesionaba lo mismo que a mí: los restos de los seres vivos esparcidos por el espacio, por las casas, por el aire, por las calles, por el viento.

Y nos propuso enseñarnos la *suite* en donde se alojó Michael Jackson. Fue a buscar la llave. Lo esperamos unos cinco minutos. La *suite* estaba en el piso sexto. Abrió una enorme puerta de madera noble, y ante nosotros apareció el lujo embalsamado de los años noventa.

Así eran las pirámides, tal vez en ese momento entendí la filosofía de los grandes monumentos funerarios de Egipto: lugares detenidos en el tiempo, codicia de la permanencia, todo tal como fue, que no se mueva ni el marco de un cuadro, que la alfombra perdure, que perdure todo, que todo sea indisoluble.

Es un sueño que me llevó al piso de Barbastro, porque ese piso es para mí una pirámide de Egipto.

Volví a pensar en mis padres, en lo que les hubiera divertido esta historia de la *suite* de Michael Jackson. Porque esa *suite* concordaba con su idea del lujo, porque yo conocí esa idea. El lujo de los años noventa aún era concordante con el lujo de los años setenta.

Había un salón enorme, un comedor también grande, una sala de televisión, una cocina avejentada, y alfombras y muebles antiguos y cuadros con ciervos y árboles y un barco de madera en una vitrina y una máscara y una imitación de colmillo de elefante. Todas esas cosas ya no eran de nadie.

Hepburn y yo estábamos estupefactos. El recepcionista dijo «falta lo mejor». Y nos llevó hasta el dormitorio principal.

«Aquí durmió Michael Jackson», dijo.

Y se tumbó en la cama.

«¿Puedo?», pregunté.

Y él dijo: «Adelante».

Y me tumbé a su lado, y Hepburn, pudorosa, se quedó mirándonos. No se atrevió a tumbarse. Yo le insistí, pero le pareció algo inadecuado. Le pareció que carecíamos de permiso, como si alguien tuviera autoridad para extender esa clase de permisos.

Así que allí estábamos el recepcionista y yo, tumbados, mirando al techo. Luego, alisamos con mucho esmero la colcha, para que no quedara ni una arruga ni violada la pirámide española de Michael Jackson.

Y sentí pena. La noche en que durmió en esta cama aún era un hombre de suerte, y un hombre con futuro. Traté de comunicarme con él. Sí, por una razón, porque he conseguido no solo que me hablen mi padre y mi madre. He conseguido que me hablen otros muertos.

También esto es un regalo de Nosferatu.

Porque la llave para entrar en el reino de los muertos se llama amor, o compasión.

Es mentira. No se llama así.

Se llama misericordia.

La misericordia es superior al amor y a la compasión. La misericordia es un regalo, no todo ser humano puede sentir la misericordia. Además, la misericordia conduce a la locura.

El dueño de la misericordia es Nosferatu.

Y entonces ellos, los muertos, al verte inmerso en la misericordia, dejan que vengas. Porque les traes dignidad, les llevas un abrazo enamorado, un poco de respeto, un poco de luz, les enseñas tu dolor, que es igual al suyo.

Y hablé con Michael Jackson.

Le dije que todo estaba bien, que todo estaba en paz, que había dejado amor en el mundo a través de sus canciones, y que todo estaba perdonado, y que durmiera tranquilo.

Eso le dije.

Luego fuimos a comer. Era la comida de Año Nuevo. Celebramos la comida de Año Nuevo en un restaurante italiano del Casco Viejo de Zaragoza. Vino mi hijo mayor, mi Marlon Brando.

Y allí estábamos los cuatro: Hepburn, Monty, Brando y yo, que no tengo nombre, como si estuviéramos rodando una gran película del Hollywood de los años cincuenta, una gran producción, con un reparto memorable.

Muchas veces he pensado en esa ausencia de mi nombre, en la imposibilidad de encontrar un nombre. El que narra esta historia es un ser sin nombre. ¿Por qué todos mis seres amados tienen nombre y yo no? Porque es muy difícil que un ser humano llegue a ser algo en sí mismo, más allá de cómo lo ven los otros.

Son los otros los que deberían bautizarme.

No tener nombre, ser solo misericordia.

96

Mira que interpretaron papeles muy distintos a lo largo de sus carreras Cary Grant y Marlon Brando.

Fueron muy distintos.

Ninguna de sus películas se parece.

En cambio, mi Grant y mi Brando son muy parecidos.

Mi hijo Brando ha salido a su abuelo, al gran Cary Grant. Los veo tan iguales frente a la vida. Los dos tienen un gran sentido de la honestidad. Brando ha heredado eso de su abuelo: la seriedad que acaba en honestidad.

«Tu padre es un hombre muy serio», siempre oí eso en mi infancia.

La seriedad era una forma de sobriedad y de pudor. Claro que Grant era serio, porque su forma de ver las cosas le hizo profundamente bueno. La bondad obliga muchas veces al silencio, y el silencio es percibido como seriedad.

Dios santo, cómo he querido yo a mi padre y cómo lo veo ahora transfigurado en Brando. Son iguales. Austeros, sobrios, voluntariosos, alejados de cualquier ostentación, frugales, dignos, callados.

¿Cómo es posible que un abuelo y un nieto sean tan parecidos? Veo aquí un milagro, un hecho extraordinario, porque he sido testigo.

He sido testigo de cómo mi padre resurge en el carácter y temperamento de Brando, pero lo hace de una manera distinta. Es la misma esencia, pero en otro cuerpo, en otras manos, en otro ordenamiento físico, en otro mundo moral, en otro tiempo histórico, pero es una vertiginosa forma de amor.

Los genetistas y todos los científicos que estudian la herencia no entienden el amor.

Y es lo que están buscando.

Lo que buscan lo tengo yo delante, porque veo a mi padre y a mi hijo mayor caminar juntos en una dimensión que es pura belleza.

¿Por qué te has perpetuado en mi hijo, papá? ¿Lo has hecho tú o lo ha hecho la naturaleza? ¿Qué es la naturaleza sino el resultado de tu amor? Creo que no querías irte de mi lado, creo que no querías dejarme solo en el mundo, y que reapareces en Brando, y me dejas ver ese tránsito, ese túnel.

Me dejas ver un camino, al final del cual estás tú, sentado bajo un árbol cuya sombra es de oro.

El rigor de Brando, su genio, su forma exigente de pensar, su testarudez, su idea poderosa de lo que está bien y de lo que está mal, proceden de ti.

¿Quieres que te vea de nuevo?

Es eso, lo sé.

Quieres que te vuelva a ver, nunca debiste morir, estoy tan agotado, voy de hotel en hotel, de ciudad en ciudad, de continente en continente, sufriendo en las habitaciones, oyendo en las habitaciones todos los ruidos, las quejas, los dolores del mundo, pero a la vez invocándote desde esas habitaciones, en una ceremonia de temor y de desesperación.

¿Cuántas veces sale la palabra «desesperación» en todo cuanto escribo? Es la palabra que me dejaste.

Dentro de medio siglo Brando me verá a mí en su hijo. ¿Cómo será? Tú ya lo sabes, tú ya sabes qué es eso.

Cuéntamelo.

97

He venido a Venecia, por fin. En mi laberinto de viajes, Venecia era el centro. Esta ciudad me estaba esperando. Acabo de
llegar. Hoy avisan de que va a haber agua alta.

Me llevan a un teatro para hablar de mi libro, para hablar
de vosotros dos. He hablado por teléfono con Hepburn para
decirle que estoy asustado. La gente es amable. Os veo en mis
lectores a vosotros dos. Viene gente a que le firme el libro.
Llueve en Venecia, y yo todo el rato estoy pensando en mis
zapatos, que se han humedecido.

Me dan mucha pena mis zapatos.

Intento hacer fotos de Venecia, no sé muy bien si soy un
turista o un escritor. Estoy asustado, sí. Hepburn me dice en
un guasap que me tranquilice. Debido a los viajes y al trabajo
de Hep, pasamos tiempo separados.

No soy un ser normal cuando estoy solo, y eso Hep lo sabe.
Porque cuando estoy solo, el caos se queda a vivir en mi corazón, y tan pronto puedo entrar en pánico como en abatimiento como en euforia. Hep me dice: «Prométeme que no te vas
a alterar pase lo que pase». Al no hablar con nadie —porque
si Hep no está cerca, no suelo hablar con nadie—, entro en
un silencio en donde el lenguaje articulado pierde sentido, como
si ya no hablase español, como si no hablase ninguna lengua
conocida. Lo normal sería hablar solo con aquellas personas
que no van a usar lo que dices en tu contra, por eso mi tendencia a hablar únicamente con Hep. Por instinto, sé que lo mejor es el silencio si Hep no está. De modo que he acabado
confiando en una única persona en este mundo.

Curiosamente, ha venido una estudiante de español a acompañarme. Por tanto, me sentiré obligado a hablar español y a

salir del silencio. La llamaré Gina Lollobrigida. Tiene veinticuatro años y se ha leído mi novela. Hablamos de la relación que tiene con sus padres. Le digo a Gina que no sea severa con su padre. Le digo que llame a su padre, al que hace mucho que no ve. Me quedo mirando los zapatos de Gina y pienso en su madre. Pienso en que su madre la ayudaría en su día a elegir los zapatos que lleva, en lo importante que es tener a alguien que te ayude a elegir y comprar unos zapatos. Yo no sé comprarme ni siquiera unos zapatos, ni siquiera sé comprar una barra de pan, siempre me parece que debería ir descalzo y que debería dejar de comer. Porque yo iba con mi madre a comprarme zapatos. Mi madre los elegía y mi padre alababa la elección, así fue durante años, y así ya no es durante más años.

Pienso en lo que le deparará la vida a Gina. Ella me pregunta por Monty y por Marlon. Con Marlon solo se lleva dos años. De modo que se produce el milagro al que ya me estoy acostumbrando y acabo viendo a Gina como si fuese mi hija.

Vivo en un huracán de misericordia.

Mi corazón va dejando paso a la misericordia.

Transformo a todos los jóvenes con que me encuentro en mis hijos.

Quiero que le vaya bien y empiezo a darle todo tipo de consejos. Me embrollo con los consejos que le doy. Me atropello, me contradigo. Me parece que su padre y su madre tienen una hija maravillosa. Ella se ríe de esta adopción sobrevenida. Me ayuda con el paraguas. Debe de pensar que soy un tipo extraño, un hombre a la deriva; y si piensa eso, no me importa, porque es la verdad. Gina dice que como yo he contado mi vida en mi novela, ella me va a contar la suya. Y es curioso porque no es la primera vez que me pasa.

Gina necesitaba contarme su vida, porque aunque ella cree que está llena de cosas que invitan al pesar o al dolor, instintivamente sabe que en su existencia hay también belleza. Me está contando su vida ante el Gran Canal de Venecia; y el agua y la arquitectura, fundidas, nos ayudan o nos protegen.

Al pensar en la vida de Gina la veo transfigurarse en un ángel. Creo que me estoy volviendo loco. Una locura buena. Veo bondad por todas partes. La sonrisa de Gina es un camino que conduce hasta su padre y su madre, y pienso que esa sonrisa es herencia de alguno de los dos, o de ambos.

Miro las aguas del Gran Canal y a la vez pienso en el nacimiento de Gina, pienso en los abuelos, en la gran alegría que Gina trajo a este mundo.

Gina ha hecho que yo me acuerde de cuando tenía su edad. Ojalá volviera a tener veinticuatro años como ella.

98

Cary Grant, Ava Gardner, Monty Clift, Marlon Brando, Katharine Hepburn, Gina Lollobrigida y Nosferatu, en Venecia todos, un gran elenco, un lujo de la historia del cine.

Parece que seamos invitados oficiales del festival internacional de cine de Venecia, que acaba de cumplir 75 ediciones.

Deambulo por la tierra, por las ciudades, por los países, pero todo esto ya lo sabía mi madre, mi madre ya sabía que ocurriría.

Lo imaginó un día, y ahora yo estoy viviendo lo que ella imaginó. No hago más que eso: vivir lo que ella ya sabía que viviría, porque de no ser así, de no haber imaginado mi madre mi vida actual, tendría que morir en este instante, morir de vergüenza y de vacío.

Mi madre tuvo que saber cómo sería mi vida presente, y si lo supo, aún estoy bajo su gobierno, su buen gobierno, aún bajo su mirada, porque una madre siempre sabe dónde está su hijo aunque esa madre no esté en el reino de los vivos.

Si mi madre viviera, sé que tendría la fuerza de una diosa de mi parte.

Y puedo seguir imaginando, imagino qué estarán haciendo ahora Monty y Brando: sea lo que sea, lo están haciendo sin mí, que me voy marchando, si no me he marchado ya completamente de sus vidas. No puedo ver lo que hacen, solo puedo imaginarlo. Me cuesta muchísimo encontrar mi sitio en el mundo, prácticamente no lo he encontrado nunca, pues nunca he sabido qué finalidad tenía mi vida, por eso no tengo nombre, por eso deambulo, por eso viajo.

Vamos todos juntos por el Gran Canal.

La primera edición de la Mostra Internazionale d'Arte Cinematografica di Venezia tuvo lugar en 1932. Todavía no había llegado la guerra a España, pero mi padre ya estaba en el mundo. Y mi madre ya sabía que nos invitarían este año a todos nosotros al festival de cine de Venecia, porque somos grandes actores, porque somos guapos, porque somos estrellas del celuloide.

Regreso al hotel. Abro las ventanas, la madera está erosionada por el óxido del mar.

Y el aire húmedo y salitroso me trae una visión. Veo a Monty y Marlon dentro de treinta años. Veo mi adiós. Veo un beso que dos hombres maduros depositan sobre la frente helada de un anciano.

Piensan en su padre, y ahora me doy cuenta de que todo cuanto escribo nace de un inmenso amor hacia ellos, y que no soy otra cosa que ese amor, y que además es un amor no correspondido en vida, porque será correspondido cuando yo esté muerto.

Porque los grandes amores solo se perfeccionan a través del futuro, allí donde da la vuelta el tiempo.

Y esto me ha sido revelado en Venecia.

Veo a Monty y a Brando ver catálogos de ataúdes en el tanatorio, ver las distintas opciones. Están serios. Yo estuve serio el 18 de diciembre del año 2005. Sus mujeres están con ellos. Los abrazan sus mujeres y ellos se abrazan también. Ahora se están queriendo más, porque yo me he ido. Los padres y las madres, al marcharse, hacen que los hermanos se quieran más, es como un legado que ellos dejan.

100

Esta noche, recluido en el hotel, ha venido a visitarme el fantasma de un amigo. Hace más de cinco años que murió. Pero yo no supe darme cuenta de que me quería.

En las Navidades del año 2013 recibí una llamada suya. Sobre el 20 de diciembre de 2013 ocurrió esa llamada. Mi amigo, a quien llamaré Cooper, porque tenía los ojos de Gary Cooper, me preguntó por mis cosas. Toda la conversación estuvo preguntándome por cómo me iba la vida.

Hablamos, y su interés por mi vida hizo que yo me sintiera protagonista.

Interrumpo aquí la historia, porque de repente la ventana sobre las aguas de Venecia se ha cerrado de manera violenta. La tenía abierta, aunque hacía frío. Son las dos de la madrugada. No sé qué hago levantado a estas horas. Miro el agua. Mi cerebro se atasca. Voy al neceser y busco un ansiolítico y Nosferatu lo tiene en una mano y me lo ofrece con una sonrisa en la que se lee «ya te queda poco, muy poco». También hay belleza en las drogas y recuerdo ahora mismo que Cooper tomaba, en sus últimos años, el mismo ansiolítico que tomo yo ahora. Se lo vi una vez en su casa, en su dormitorio, en la mesilla.

La misma marca de ansiolíticos.

Cooper y yo nos parecíamos muchísimo.

Pero había una gran diferencia entre él y yo: él era mejor persona. Tenía un sentido más hondo de la bondad. Recuerdo que llevamos vidas paralelas. Los dos padecimos, en planos temporales distintos, laberintos y abismos pasionales, amorosos. Los dos tuvimos vidas matrimoniales caóticas, llenas de amores extraconyugales que nos destruían y nos conducían a la destrucción.

Cooper creía en la destrucción por amor a la vida.

Cooper había vivido grandes amores extraconyugales, pero seguía casado con su mujer de siempre. Le torturaba la culpa. Luego consiguió pactar una tregua con la culpa. Siempre firmaba treguas, y siempre se rompían. A veces caía en estados de mutismo. Se quedaba callado. Yo creo que veía desfilar su pasado. Por eso se pasaba la vida viajando, por la misma razón que lo hago yo, porque el movimiento no puede ser retratado. Somos gente que se mueve porque los cuerpos en movimiento son hermosos y logran así la indolencia, la purificación, el vacío, la bondad.

Porque el movimiento no puede ser juzgado.

A Cooper le daba igual un sitio que otro, una ciudad que otra, un país que otro, pero lo importante era salir de su casa de Madrid. Lo importante era moverse. Juntaba viajes, empalmaba un viaje con otro, para no quedarse nunca quieto, sentado en el sillón de su casa, a expensas de un espejo.

Pero aquella llamada de teléfono se ha acabado convirtiendo en uno de los grandes misterios de mi vida.

Sabía que Cooper había tenido un cáncer, aunque en su momento me dijo que ya estaba controlado. Le volví a preguntar esta vez y me volvió a decir lo mismo, que lo había superado. Y siguió preguntando por mis cosas, interesado en todo lo mío.

Hablamos de qué se siente cuando se duerme con la persona amada, y de que tal vez ese sentimiento, a la hora de dormir, fuese la única revelación del amor. Me dijo que si había paz a la hora de dormir con la persona amada, eso significaba que existía una forma de amor importante.

Me dijo que tenía que dejar de beber.

Estoy asustado en este instante, aquí, en Venecia, porque se ha vuelto a abrir la ventana. Y miro el agua, son las tres de la madrugada, no puedo dormir. Todo son llamadas de teléfono. Me acuerdo de Cooper ahora con una intensidad nueva.

Mi vida han sido llamadas de teléfono.

Porque hoy, cuando atravesaba el puente de Rialto, como un turista más, me ha llamado mi adorado Marlon Brando, para preguntarme qué tal estaba. Me he puesto nervioso, casi he tartamudeado. Las palabras me abandonaban, las sílabas me dejaban a la intemperie.

Me ha ilusionado tanto la llamada que ha acabado por asustarme. Monty no me llama nunca, y Brando yo creo que tampoco. La diferencia entre los dos, que no es poca, se basa en que Brando sí atiende mis llamadas; Monty, nunca. De la ilusión de la llamada de Brando he pasado al miedo de su llamada, porque nunca te acabas de creer que le importes a alguien. Nunca te acabas de creer que alguien pueda quererte. He pensado que me llamaba por algún problema. Y no, solo me llamaba para preguntar qué tal estaba.

Son diferentes Brando y Monty.

Monty jamás me ha llamado por teléfono si no es por mediación de un tercero, porque un tercero ha insistido. Jamás ha pensado en que estaría bien hablar con su padre. Y eso me apena no por mí, sino por él, pero Monty es así. No elegí el nombre de Montgomery Clift en vano. Lo elegí a conciencia.

Cierro la ventana, después de mirar los canales un minuto, después de ver cómo la madrugada comienza a abrirse paso sobre Venecia.

Cooper me escuchaba y me quiso. ¿Por qué me quiso? Nunca he sido digno del amor de nadie. Me ha puesto siempre muy nervioso el amor de los demás, porque confío en mi desmerecimiento.

Cooper dijo: «Soy tu hermano, te quiero, todo se arreglará».

Pensé que si todo el rato la conversación fondeaba en mi vida, era porque la suya estaba ordenada y había conseguido vencer la enfermedad.

Qué egoísta fui.

Tres semanas después de esta conversación, Cooper murió. Su llamada era una despedida. Yo no lo advertí ni por asomo. No pude ni imaginar que se estaba despidiendo de mí, que esa llamada era una despedida. Pero la manera de despedirse fue un enigma. La invisibilidad de su despedida fue un monumento, un templo, para que yo pudiera recordarlo investido de belleza.

Cooper eligió la belleza y el enigma.

Pero cómo es posible que ante las puertas de la muerte sintiera interés por mis cosas, eso no he dejado de preguntármelo nunca. Eso no lo puedo ni siquiera comprender y menos asumir.

Eligió Cooper, de alguna forma, que yo lo viera transfigurado en misterio en esta noche de primeros de abril, aquí, en Venecia, junto a las aguas oscuras y el óxido y las algas. Soy yo el que ahora abre la ventana que cae perpendicularmente sobre el canal.

No dijo «esto se ha agravado, no va muy bien, pero seguiré luchando».

No dijo «estoy pendiente de unos resultados».

No dijo «no estoy muy optimista, y ya sabes cómo son los médicos cuando los resultados no tienen buena pinta».

No dijo «el dolor es insoportable, esto se acaba».

No dijo «los médicos me han desahuciado».

No dijo «ven a verme mañana, esto es el final».

Sí dijo «tienes que dejar de beber, ya sabes que te quiero mucho».

Sí dijo «ya estoy recuperado, solo fue un susto».

Sí dijo «me importas».

Renunció no solo a pensar la muerte, sino también a decirla a la gente a la que amaba.

Apenas he conseguido dormir, todo el rato me he estado despertando. Me levantaba de la cama e iba a ver las vistas: la oscuridad, el agua, de vez en cuando una barcaza surcando el Gran Canal. Venecia a las tres de la madrugada, a las cuatro de la madrugada. Cada vez más cerca de las garras de Nosferatu, en una liturgia de desesperación inteligente. Intentaba hacer recuento de las cosas maravillosas de mi vida.

Nosferatu me decía: «Cooper te quiso y tú a él no, nunca estás a la altura de la gente, eres el peor de los hombres».

Y volví otra vez a mirar por la ventana.

Nosferatu dijo: «Cooper, en vez de pensar en él, pensó en ti. Tú eso no lo has entendido nunca, ni lo harás nunca, pensar en el otro antes que en ti, en eso se basa el amor. Ava y Cary pensaron en ti, pero tú solo piensas en ti mismo, y de tanto pensar solo en ti he venido yo a este mundo, por lo que te doy gracias, pues existo y tengo identidad y voluntad y fuerza gracias a tu egoísmo, que procede del terror; soy el hijo de tu mediocridad humana».

Decidí meterme en la bañera y darme un baño de agua caliente.

Venecia es muy hermosa si estás acompañado. No sé hablar italiano, podría haber intentado aprenderlo, podría haber hecho tantas cosas que no hice. Podríais haber sido venecianos, Cary y Ava. Haber nacido aquí, y os hubiera enterrado en la isla de San Michele.

Y hubiéramos tenido una casa aquí, un noble palacio construido sobre el agua, y una barca y flores en las ventanas.

Cooper sabía que esa era la última conversación que íbamos a mantener en esta vida, pero no me lo dijo. No me enteré de nada. Tal vez yo hubiera necesitado saberlo. Tal vez hubiera necesitado que Cooper me dijera algo, pero qué decir. Creo que tendría que habérmelo dicho.

Nadie lo dice.

Mi padre tampoco lo dijo.

Nadie dice que se muere, nadie dice «esta es nuestra última conversación, me voy al espacio profundo, al sitio donde nada sucede ni nada sucederá».

Y ahora viene la pregunta: ¿qué haré yo? ¿Haré lo mismo que Cooper y que Grant?

Cooper sabía algo que yo acabo de saber ahora mismo, cinco años después de su muerte. Cooper sabía que éramos muy afines. Quiso que su forma de desaparecer de este mundo se convirtiera en un mapa del tesoro, para que yo entrara en el enigma y lo viera a él: alto, porque era alto; guapo, porque era guapo; con su pelo blanco, porque ese fue el color de su pelo casi desde joven; magnético, apasionado, romántico, audaz, silencioso, melancólico, lleno de dignidad, porque su patria fue la dignidad.

No nos volveremos a ver nunca, pero sabiendo lo que amabas tú la vida, porque la amabas de una manera devastadora y cruel para contigo mismo, no entiendo cómo te fuiste de ella bajo un silencio tan grande, tan inconmensurable.

Te fuiste así, para que yo me vaya igual.

¿Fue eso lo que me quisiste decir?

Vuélvemelo a decir esta noche, aquí, en Venecia, solos tú y yo.

Al día siguiente, vino a buscarme la lancha taxi, que me llevaría desde mi hotel al aeropuerto de Venecia.

En la lancha me puse de pie, quería despedirme de Venecia prestando toda mi atención a lo que mis ojos estaban viendo.

Miré al conductor de la lancha y tuve envidia de él.

El conductor me dijo en español que le gustaban mis zapatos. Recordé entonces la noche en que hubo agua alta, y cómo toda mi obsesión fue salvar del agua los zapatos que me regaló Mo.

Mientras cenábamos en un restaurante, el agua alta iba creciendo. A la salida, los encargados del restaurante me suministraron unas botas de plástico que me llegaban hasta la entrepierna. Tuve miedo. Salí a la calle y el espectáculo era de un profundo silencio. Había que caminar muy despacio. Mi obsesión eran los zapatos, que no les pasara nada a mis zapatos. Esos zapatos simbolizaban mi vida.

Movía el agua al caminar, lentamente.

El agua estaba creciendo. Si te descuidabas y caminabas, por efecto de la oscuridad de la noche, hasta un canal, podías precipitarte en lo hondo. Podías morir ahogado. Perderte en la noche, que confunde oscuridad y agua.

Me acordé del río Cinca, aquel día de mi cumpleaños, hace tanto.

Una persona que me acompañaba se despistó y comenzó a caminar hacia el canal en vez de hacerlo junto a las casas. Cogí su mano enseguida. Le dije que por allí no.

Cuando se dio cuenta de que la había salvado de caer al agua, me dio un abrazo.

Conseguí salvar mis zapatos.

La gente trabaja y paga, y pasado el tiempo, entrada ya la cincuentena, la gente ya no sabe ni por qué trabaja ni por qué paga. Ya solo quieres alguna forma de paz, alguna manera de estar tranquilo, alguna forma de silencio.

Compruebo todos los días mi saldo bancario, me dice ese saldo que sigo existiendo. Cuando Ava murió, dejó un saldo de unos cuatrocientos euros. Pienso mucho en esos cuatrocientos euros, porque podría haberlos usado en algún capricho último. Podría haberme invitado a cenar, y como yo entonces bebía, nos podríamos haber bebido un vino de cien euros.

Podríamos haber bebido champán francés y haber comido ostras. Con cuatrocientos euros, en España puedes cenar como un rey, como un marqués, como el jefe de algo importante.

El número 4 fue siempre mi número favorito. Y nació esa predilección porque vivíamos en un cuarto piso. De niño convertí mi casa en un santuario. Si nuestro piso era un 4, mi número sagrado se convirtió en el 4. Y era un cuarto izquierda, de modo que «cuarto izquierda» fueron dos palabras que a mí me parecían grandes palabras porque anunciaban el lugar en donde estaban ellos dos, Cary y Ava, el lugar más importante del planeta.

A veces me apetece no exactamente volver a beber, sino volver a ver como veía el mundo cuando bebía, porque lo veía en un estado de gracia, pleno, en ascenso, y de eso sí siento nostalgia.

Los escritores fracasados se esconden donde pueden, en su familia, en sus amigos, en algún cargo público relevante; y los escritores de éxito no existen, porque el éxito en la literatura es una mentira.

La vida nunca premia.

A mí nunca me premió la vida. La vida solo te destruye, con más o menos gracia, pero te destruye. Lo que sí he visto es miles de pactos diferentes que la gente hace con la destrucción. Unos seres humanos pactan de una manera, otros de otra. La mayoría pacta destrucciones más o menos largas, que ocurren en plazos de unos treinta o cuarenta años. Y a eso la gente lo llama vivir, y es mucho.

Las hipotecas con que la gente paga las casas que se compra están hechas con una extensión temporal a imagen y semejanza de la destrucción de la vida.

Esa semejanza entre el tiempo que dura una hipoteca y el tiempo que dura la destrucción de tu cuerpo es casi poesía, una forma de armonía del capitalismo. Es un gran hallazgo de los bancos. Una gran simbología entre existencia e hipoteca. Una conquista de la civilización.

Mis padres no compraron ningún piso ni pidieron jamás una hipoteca. Yo los bendigo por eso.

España tiene gente maravillosa, sin embargo sus élites políticas, sociales, económicas, intelectuales están enfermas. Las élites en España nunca han funcionado, por eso el país sigue siendo un sitio raro, diferente, complicado. Siempre fueron las élites las que nos hundieron.

Pero quiero recordar a los españoles y las españolas, que son gente de extraordinario buen corazón. Me importa bien poco la literatura, yo quiero el amor de la gente, por eso me hice escritor. Porque descubrí algo, descubrí que las palabras enamoran y sirven para no estar solos. Y descubrí que todos los españoles y las españolas con quienes he hablado este último año amaban a sus padres y a sus madres.

Eso fue maravilloso.

103

Mi querido Cary Grant, tengo que contarte algo muy personal, que me ha hecho desgraciado a lo largo de la vida y que
sin embargo fue el fundamento de nuestro profundo amor.

Tú querías que yo llegara a alguna parte en la vida, como
todo padre. Había dos cosas que cuando era un crío se me daban
especialmente bien: esquiar y nadar. Yo quería que te sintieras
orgulloso. Cuando tenía diez años, me apuntaste a una competición de natación en unas piscinas recién inauguradas. Esto pasaba en 1973. Eran las primeras piscinas del pueblo. Y organizaron
competiciones. Me apuntaste a la prueba de crol de cien metros.

Comenzó la carrera y los primeros cincuenta metros conseguí ponerme el primero, pero me fallaron las fuerzas, y en
los siguientes cincuenta metros empecé a bajar el ritmo, llegué a tragar agua y quedé el cuarto de los seis chavales que
competíamos.

No tenía suficiente resistencia física.

Fue un triste cuarto puesto.

Yo me sentí muy decepcionado, porque de alguna manera
volvíamos al silencio, al fracaso.

No es que tú me exigieras nada; era solo una ilusión. Esa
ilusión de hacer algo en la vida. Allí la vi por primera vez, la
ilusión de llegar a algo, aquel día de julio, primeros de julio de
1973. Era un domingo. Y aquel día esa piscina estaba de fiesta.
Mucha gente había acudido a ver las competiciones. Dieron
medallas. Yo no tuve medalla. Me quedé mirando a mis adver-
sarios, que se agigantaron ante mis ojos. Ellos sí que habían
conseguido el orgullo de sus padres. Por solo un puesto hubiera quedado tercero y habría tenido medalla, pero no la había para quien quedaba cuarto.

Lo perverso o lo irónico fue que aquellos niños de mi edad que tuvieron medalla no despertaron el entusiasmo de sus padres, eso me llamó mucho la atención. Sus padres mostraron una natural indiferencia. Entonces me volví a dar cuenta de que eras enormemente especial. Me di cuenta de que tenía un padre distinto. Y que esa originalidad podía hacernos mucho daño, cosa que acabó ocurriendo y ocurre en este mismo instante, cuando escribo estas palabras.

Lo mismo ocurrió con el esquí, solo que este deporte se me daba mejor. Como es natural, yo pude ir a esquiar mientras a ti te fue bien, es decir, hasta 1975 o principios de 1976. Porque era un deporte caro. En el esquí también me apuntaste a competir. Ya imagino que sabías que todo en la vida es una inacabable competición. Tratabas de decirme eso: que la alegría dependía del triunfo en miles y miles de competiciones a las que un ser humano tiene que enfrentarse a lo largo de la vida.

Es curioso, papá, que te anhele en el momento en que eras joven, en el momento de tus cuarenta y pocos años. Porque en el momento en que tú tuviste cuarenta y pocos años eras un emperador de la vida, fue ese emperador al que yo vi, del que yo me enamoré. La vida que te doy en estas páginas que escribo es todo cuanto puedo hacer por nosotros dos, por la recuperación alta y salvaje de nuestro amor profundo, porque existe el amor profundo entre un padre y un hijo. Es un amor desafiante. Su postura ante el paso del tiempo y ante el paso de las nubes, los mares, los países y los imperios es la del desafío. Es un amor que no se resuelve en el presente; justo allí quería ir a detenerme, allí, en esa aseveración tan honda: no se resuelve en el presente, sino que se esconde del presente; ocurre en el presente, pero su magnitud y su profundidad no son visibles en el tiempo presente; su visibilidad pertenece al reino del futuro.

Es decir, se hace visible hoy, en este 2019.

Se acaba de visibilizar ahora mismo.

Cuántas cosas soluciona la muerte. Pues esta acaba siendo una restitución de lo que hubo antes de la vida: la pureza. Eso sentí hace dos días en Venecia: la restitución de la pureza, que es donde tú estás, y hacia donde yo me acerco.

Me fue mejor allí, sí, en el deporte del esquí. Y te di algunas alegrías, porque gané una vez una medalla de oro en un campeonato provincial. Y tú estabas pletórico. Y te gustaba que te contara la historia de cómo la gané. Fue en 1974. Nadie contaba conmigo ni tenían esperanzas en mí, porque acababa de incorporarme al equipo de competición. Y sin embargo, vencí. Otros esquiaban más rápido que yo, pero se cayeron. Podrían haberme superado si hubieran sido más calculadores o más prudentes. Yo creo que celebrabas eso, que hubiera sabido darme cuenta de la virtud de calcular mis límites, pensaste que esa prudencia me sería útil en la vida. No fue así. Creo que no fue así. Pero te gustaba tanto que te contara cómo los demás, confiados en su pericia, perdieron el equilibrio y acabaron en el suelo, en la nieve...

Yo aguanté por cautela y gané, pero luego, un año después, cambié de categoría y allí ya mi carrera como esquiador se vino abajo. No dijiste nada. Pero a mí se me quedó grabada esa decepción.

Las decepciones no se mueren nunca. Perduran toda la vida. Como mucho se vuelven silenciosas y se quedan momificadas, pero allí están. Y las decepciones viejas se alimentan de las nuevas y forman una gran familia. De modo que vinieron nuevos desengaños que se sumaron a los viejos. Como si las frustraciones tuvieran hijos.

Me quedo pensando en cuán grande habría sido tu felicidad si hubiera llegado a ser un esquiador olímpico, si hubiera ganado una medalla de oro en unas olimpiadas de invierno.

Pero no fue.

Todo lo hacía para ti, y creo que esa ha sido la mejor dimensión de mi vida, lo mejor que he hecho en mi vida es procurarte una sonrisa. Creo que ese deseo de que fueras feliz a través de mis pequeños triunfos es lo mejor de mi corazón. Creo que mi contribución a la historia de la bondad humana fue esa. Creo que en esos instantes fui un ser bueno.

Para mí, tu felicidad era la felicidad del mundo.

No sabes lo que supone para mí en este instante de mi vida poder pensar que en algún momento de la tuya yo te ayudé a conquistar el palacio de la alegría.

No sabes cuánto te he querido a través del tiempo, a través

344

de todo, y cuánto te quiero ahora, en este trance en el que estoy inmerso, en esta vida llena de confusión, y sin embargo tras esa confusión de mis cincuenta y seis años siempre apareces tú a lo lejos, muy a lo lejos, envuelto en oscuridad y sangre, en oscuridad y laberinto.

Y me dices: «Soy yo, soy tu padre».

A veces pienso en el divorcio de los muertos. Pienso que no estáis juntos, porque habéis alcanzado vuestro derecho a vivir una muerte el uno sin el otro, porque habéis decidido volver a ser un hombre y una mujer, y no mis padres.

Entonces me reconcilio con la existencia.

Porque estoy ante el adiós definitivo.

Ya tú eres un hombre.

Ya tú eres una mujer.

Ya el acto de que fuerais mis *genitori*, como se dice en italiano, cuya palabra tanto me gusta, se rompe en millones de partículas diminutas, que se expanden, que se enfrían, que se marchan lejos, y cada una de ellas deja de tener vínculo con la otra, de manera que todo ha terminado.

Camináis por las estrellas, cada uno a la búsqueda de otro lugar en el universo, y preparados para ascender por las grandes escaleras de la alegría.

Cualquier pasado de un ser humano de cincuenta y seis años compone un paisaje que se va acercando al de las ruinas, no en el mal sentido de la palabra «ruinas», sino en el sentido de señalamiento de que allí hubo vida, vida que se gastó, vida consumida en las tareas mismas de la vida, porque las ruinas son un refugio noble de la vida que fue, y puede muy bien coincidir mi amor a mis propias ruinas con el amor a las que veo aquí, en Italia, y parece que las ruinas de mi memoria hallan en las ruinas de una civilización un consuelo de naturaleza sobrenatural, de modo que mis ruinas al contacto con las ruinas romanas y cristianas salen reverdecidas, auxiliadas, alegres.

Tus ruinas auxilian a las mías, eso eres, Italia, porque todavía sigo en Italia. Mañana me vuelvo a Madrid.

Nadie recuerda cómo era el tono de voz de mi abuelo, cuáles sus palabras favoritas, cómo era su timbre, sus gestos, sus ojos. Ojos que debieron de encenderse de alegría muchas veces. Y sin embargo, esa voz, que nadie recuerda, durante unos cuantos años le habló al que luego sería mi padre.

No muchos años, es verdad. Porque hubo una guerra, y cárcel, y desgracias. Pero aun así, esos años sucedieron. Fueron reales los años que estuvieron juntos. Me gusta imaginar a mi padre de la mano del suyo. Tal vez mi vida no tenga otro sentido que dar testimonio de que mi padre y el suyo estuvieron juntos alguna vez.

Pasearían por las calles de Barbastro, antes de la guerra civil, allá por 1935. Mi padre entonces tenía cinco años. Mi abuelo, no lo sé. Porque no sé cuándo nació.

Ojalá se pierda también la fecha de mi nacimiento.

Y ahora solo mi hermano y yo recordamos la manera de hablar de mi padre. Con dificultad la recordamos, pues hace ya catorce años que se marchó.

Catorce años que se fue, y sin embargo no se ha ido.

A veces yo mismo tengo muchas ganas de marcharme, de irme con él. Pero ¿adónde?

Llegando está, porque así es, aunque no se adivine todavía su contorno, pero llegando está, silencioso y tal vez borroso aún, el día en que ya no os llame más, con mi insistencia obsesiva, por teléfono, ni quedemos, ni podamos vernos, ni comamos juntos, ni os saque billete del AVE para que vengáis a verme a Madrid.

Qué melodramático me pongo, pero será así.

Recordadme con la alegría más inmensa que quepa en vuestros corazones. Vosotros dos, Monty y Brando, los dos grandes actores de la historia de mi vida.

Con la alegría más inmensa siempre.

Nada me hacía y me hace más ilusión que ir a la web de Renfe para sacaros los billetes. Hace unas semanas había una oferta en primera clase, y le saqué a Monty un billete. Y me imaginé todo el rato lo bien que lo pasaría viajando en preferente.

La naturaleza de mi amor hacia vosotros procede de mi padre, de lo que me amó a mí mi padre. Me iré de este mundo sin saber qué vio mi padre en mí. Yo vi en vosotros su legado. Tal vez eso vio mi padre en mí: el legado de su padre, del que nunca habló.

A la vida me trajeron quienes la vida dejaron mientras la mía seguía, y cada vez que me acuerdo, regresan.

Tuvisteis una familia.

Pero aún no ha llegado el adiós, y aún estamos juntos.

El día que me marche, lo haré rodeado de alegría porque dejo en el mundo dos seres maravillosos, porque os he amado.

Qué alta está la luna esta noche aquí, en Italia.

Hoy estoy ya en Madrid. He cogido el metro desde la T4. La Comunidad de Madrid cuelga en las ventanillas de los vagones unos pasquines con fragmentos de novelas y poemas. Es una manera de difundir la literatura y de entretener a los pasajeros que viajan con sus prisas y que de repente se topan con palabras inesperadas.

Me quedo leyendo uno de esos pasquines. Son unos versos que hablan de la alegría, y su autor es el poeta José Hierro. Parece un pequeño milagro la aparición de esos versos en un vagón de metro. José Hierro nació en Madrid, en 1922. ¿Cómo sería nacer en Madrid en 1922? Al acabar la guerra civil, fue encarcelado. Le acusaron de haber ayudado a presos políticos, entre ellos a su padre. Pasó cinco años en la cárcel. Cinco años por haber ayudado a su padre, me asombra y me conmueve.

He entrado en casa, he dejado la maleta en el recibidor. Me da pereza abrirla porque sé lo que hay dentro. Voy a la cocina y me preparo un café por hacer algo.

Cuando Hierro sale de la cárcel, escribe un libro que se titula *Alegría,* un libro que se publica en 1947, tras haber recibido el premio más importante de la época.

Pienso en si la alegría tendrá una historia o si será contagiosa, un contagio que vaya de un ser humano a otro ser humano, en una cadena sigilosa.

Me siento solo, aquí, en el piso, acaba de salir el café. He vuelto de mis viajes y por ahora no tengo ninguno nuevo a la vista. Temo que la inmovilidad invoque a Nosferatu de un momento a otro. Temo que se abalance sobre mí con una rabia nueva. Temo sus mil preguntas. Cómo acabar con él para siempre. Porque la inmovilidad la aprovechan los espejos de mi casa para recordarme quién soy. Me encomiendo a los versos de José Hierro leídos en el metro de Madrid: «llegué por el dolor a la alegría».

No se puede llegar de otra manera a la alegría.

E imagino que suena el telefonillo en el recibidor.

Será algún paquete. Será un certificado, como siempre.

Mientras le echo una cucharada de azúcar al café me digo que tal vez no, que puede que en esta ocasión no sea ningún paquete, ni ningún certificado.

Me lleno de alborozo imaginando que descuelgo el auricular y oigo dos voces que cuchichean. «Hemos querido darte una sorpresa, papá, sabíamos que estabas en Madrid», dice Brando. Y miro la pantalla del portero automático y allí están los dos, en blanco y negro, como en las antiguas películas de Hollywood, los rostros alegres, jóvenes y risueños de Montgomery Clift y de Marlon Brando.

Han venido a verme.

Ha venido a verme la alegría.